本书得到联合国开发计划署"实现千年发展目标的中国清洁发展机制开发合作项目"和"十一五"国家科技支撑计划重大项目"全球环境变化应对技术研究与示范"的支持

Questions & Answers
for CDM Project Development

清洁发展机制
项目开发百问百答

主 编 马燕合 郭日生　　副主编 吕学都 彭斯震

内 容 简 介

清洁发展机制（clean development mechanism，CDM）是国际社会为减缓气候变化、基于市场的重要创新制度机制之一。本书以问答的形式分不同项目类型解答了 CDM 项目开发实践过程中与方法学相关的常见问题，并按照合作模式、购碳协议、审定过程、监测与核证减排量（certificated emission redvctions，CERs）签发等专题解答了项目开发流程不同环节中的关键问题，对规划类 CDM 常见问题也进行了解答。本书所包括的 206 个问题，是在大量实践基础上提炼出的，具有典型性和代表性的问题。对这些问题的解答也凝练了作者们近年来开展 CDM 项目开发和相关研究所积累的丰富经验和理论认识。

本书对中国从事 CDM 相关工作的项目管理人员、项目开发商、咨询公司、项目业主，以及相关领域的教学研究人员都具有很高的参考价值。

图书在版编目(CIP)数据

清洁发展机制项目开发百问百答／马燕合，郭日生主编. —北京：科学出版社，2009

ISBN 978-7-03-024249-5

Ⅰ．清… Ⅱ．①马…②郭… Ⅲ．无污染工艺-项目管理-中国-问答 Ⅳ．X383-44

中国版本图书馆 CIP 数据核字(2009)第 033810 号

责任编辑：李 敏 王 倩／责任校对：刘小梅
责任印制：钱玉芬／封面设计：鑫联必升

斜 学 出 版 社 出版

北京东黄城根北街 16 号
邮政编码：100717
http://www.sciencep.com

中国科学院印刷厂 印刷

科学出版社发行 各地新华书店经销

*

2009 年 3 月第 一 版 开本：787×1092 1/16
2009 年 3 月第一次印刷 印张：12 1/2 插页：2
印数：1—3 000 字数：300 000

定价：49.00 元
（如有印装质量问题，我社负责调换〈长虹〉）

序

清洁发展机制（clean development mechanism，CDM）作为《联合国气候变化框架公约》框架下《京都议定书》规定的三个灵活机制之一，在帮助附件 1 国家（发达国家和经济转型国家）实现其在《京都议定书》下第一承诺期（2008 ~ 2012 年）规定的温室气体减排义务发挥了重要作用，同时也有效促进了非附件 1 国家（发展中国家）的可持续发展和《联合国气候变化框架公约》最终目标的实现。

为进一步加强我国地方 CDM 项目开发能力建设，提高 CDM 项目开发能力，中华人民共和国科学技术部、商务部中国国际经济技术交流中心和联合国开发计划署共同实施了"实现千年发展目标的中国清洁发展机制开发合作项目"。在《联合国气候变化框架公约》的框架下，该项目创造性地把《京都议定书》规定的清洁发展机制与联合国确定的消除贫困、可持续发展和全球合作促发展等千年发展目标有机结合起来，通过一系列相关活动，加强相关机构的人才队伍培养和 CDM 项目开发能力建设，有效促进了中国 CDM 项目的开发与合作和联合国千年发展目标的实现。

"实现千年发展目标的中国清洁发展机制开发合作项目"通过在辽宁、内蒙古、安徽、河南、陕西、新疆等 12 个省（自治区）开展 CDM 能力建设活动，切实增强了地方政府、企业和公众保护气候的意识，并有效增强了相关机构和企业 CDM 项目开发能力建设。目前，12 省（自治区）通过举办集中培训会和地方培训会等能力建设活动，培训人数达到 1700 人次，共发掘了近 500 个潜在 CDM 项目，完成项目概念文件（project idea note，PIN）文本 108 个，项目设计文件（project design document，PDD）文本 29 个。该项目的实施，也有效推动了中国企业与国际碳买家在 CDM 领域的交流与合作。

科学技术部非常重视气候变化工作，包括 CDM 领域的相关工作。通过国家科技计划项目和一系列双边和多边国际合作项目，重点开展了提高国家和地方执行 CDM 能力方面的活动。科学技术部会同国家发展和改革委员会等部门组织召开了"中国 CDM 大会"、"亚洲碳博览会"等大型 CDM 促进活动；与联合国开发计划署、世界银行、亚洲开发银行等国际组织，与法国、加拿大、日本、意大利、德国、荷兰、挪威等国开展了一系列提高国家执行 CDM 能力的项目合作活动，利用这些合作项目，促成了地方 CDM 技术服务机构的建立，促进了 CDM 理念和项目合作活动在国内的迅速开展，取得了令人鼓舞的可喜成果。到目前为止，科学技术部已支持建立了 28 个省（自治区、直辖市）和新疆生产建设兵团的地方 CDM 技术服务中心。地方 CDM 技术服务中心在推广 CDM 理念、开发 CDM 项目、研究开发新的方法学等方面起到了积极、重要的推动作用，成为我国 CDM 领域一支重要的生力军。

　　《清洁发展机制项目开发百问百答》和《小规模清洁发展机制项目开发指南》就是在"实现千年发展目标的中国清洁发展机制开发合作项目"的支持下，总结该项目以及其他 CDM 能力建设活动和项目开发经验的基础上完成的。我谨对这两本书的出版表示祝贺。希望通过这两本书的出版，能够为促进 CDM 在我国的推广和普及、增强我国相关机构在 CDM 项目开发领域的业务能力提供参考和借鉴，进一步推动我国巨大的 CDM 项目潜力转化成实际成果，充分利用 CDM 带来的机遇为地方可持续发展贡献力量，实现 CDM 项目的预期经济效益和长期的可持续发展效益。

科学技术部副部长

刘燕华

2009 年 1 月

前　言

自2005年2月16日《京都议定书》正式生效以来，清洁发展机制（clean development mechanism，CDM）在中国的推广获得了长足进展。截至2008年底，中国共有1800多个CDM项目获得国家发展和改革委员会的批准，其中356个CDM项目在《联合国气候变化框架公约京都议定书》（UNFCCC）下的CDM执行理事会（EB）成功注册。这些注册成功的项目预计每年将减排1.3亿t二氧化碳当量（CO_2e），占全球所有已注册CDM项目减排额预计总量的54%。

但对于CDM这个新鲜事物，相关企业和项目开发人员仍缺乏充分地认识和了解。当前，中国政府已批准项目的80%以上尚未在EB成功注册，也反映了CDM项目开发过程中所面临的诸多困难和不确定性，迫切需要系统介绍CDM项目开发过程中的关键步骤和要点，及时总结CDM项目开发实践中的经验和教训，以帮助企业和开发人员提高项目开发能力。

为进一步加强我国地方CDM项目开发能力建设，中国科学技术部、商务部中国国际经济技术交流中心和联合国开发计划署共同实施了"实现千年发展目标的中国清洁发展机制开发合作项目"（MDG Carbon-Carbon Finance for Achieving MDGs in China）。该项目实施期为2006~2009年，中国21世纪议程管理中心负责具体的组织、设计和实施工作。该项目创造性地把《京都议定书》规定的CDM与联合国确定的消除贫困、可持续发展和全球合作促发展等千年发展目标（MDGs）有机结合起来，通过一系列相关活动，促进中国CDM项目的开发与合作，并同时实现联合国千年发展目标。项目活动主要分为三部分：①编制中国MDG碳市场战略规划框架以及各试点省MDG碳市场战略规划框架；②CDM项目开发实践，主要包括在12个试点省建立CDM技术服务团队，并开展相关的能力建设活动以及CDM项目概念文件（PIN）和项目设计文件（PDD）的开发工作；③进一步加强公共-私营合作伙伴关系，主要通过建立碳数据电子信息平台（网站和数据库）、设计和编制CDM领域相关书籍以及组织国内项目业主和国际买家圆桌会议等活动，加强公共-私营部门合作伙伴关系，拓展碳市场在中国的发展。

为进一步加强CDM在中国的推广和普及，推动全民参与应对气候变化活动，同时作为"实现千年发展目标的中国清洁发展机制开发合作项目"下的一项重要工作，科学技术部社会发展科技司和中国21世纪议程管理中心精心设计并组织国内CDM领域的专家编撰了本书。

本书内容包括两篇 13 类 206 个问题。第一篇为方法篇，包括方法学共性问题以及可再生能源类项目、工业节能类项目、甲烷利用项目、造林和再造林项目、化学分解类项目和其他类型项目开发过程中与方法学相关的问题及其解答；第二篇为程序篇，包括合作模式相关问题、购碳协议相关问题、审定过程相关问题、监测与 CERs 签发相关问题、项目开发流程的其他问题以及规划类 CDM 常见问题及其解答。

本书所包括的 206 个问题，是在大量实践基础上提炼出的典型性和代表性问题。对这些问题的解答也凝练了作者们近年来进行 CDM 项目开发和相关研究所积累的丰富经验和理论认识。本书对从事 CDM 相关工作的项目管理人员、项目开发人员、技术服务和咨询公司、项目业主，以及相关领域的教学、研究人员都具有很高的参考价值。

参与本书编写的主要人员包括：王灿、卢涛、刘文玲（第一章、第七章、第十一章、第十二章）；唐人虎、郭伟、董琳琳、郑喜鹏、夏小舒、朱庆荣、朱娜、边境、张红（第二章、第三章、第八章、第九章）；陈武、邓伟、姜远（第四章、第十章）；张小全（第五章）；段茂盛、郑悦（第六章）；陈洪波（第十三章）。

中华人民共和国商务部中国国际经济技术交流中心、联合国开发计划署驻华代表处、法国安赛乐－米塔尔公司等机构对本书的策划、框架的设计与撰写等工作给予了大力支持和帮助，在此表示衷心的感谢！

书中不足和疏漏之处在所难免，欢迎读者批评指正。

编　者
2009 年 1 月

目 录 CONTENTS

序
前言

方 法 篇

030 第二章 可再生能源类项目开发

040 第三章 工业节能类项目开发

054 第四章 甲烷利用项目开发

067 第五章 CDM 造林再造林项目问题与解答

089 第六章 化学分解类项目

程 序 篇

109 第十章 审定过程相关问题

119 第十一章 监测与 CERs 签发相关问题

149 附 件

图 目 录

表 目 录

方法篇

第一章

方法学共性问题

一、CDM方法学概念

1. 什么是方法学?

《京都议定书》规定，清洁发展机制（clean development mechanism，CDM）项目必须带来长期的、可测量的、额外的减排量。因此，如何评估CDM项目是否带来以及带来多少额外的减排量在CDM项目实施过程中至关重要。为此，国际社会建立一套有效的、透明的和可操作的程序和方法，估算、测量、核查和核证CDM项目产生的减排量。这样的一套程序和方法可称之为CDM方法学。

2. 经批准的方法学的主要内容构成是什么?

经批准的方法学包括以下内容：

（1）方法学来源：说明该方法学的来龙去脉，它是基于哪些新方法学建议或经批准的方法学的要素综合/整合而成的。

（2）所选择的方法学途径：说明该方法学采用的是《马拉喀什协定》规定的哪一种基准线确定途径。

（3）适用条件：说明该方法学适用的项目类型、减排来源、运行工况要求、资源供应、数据可获条件、关于泄漏的保守性条款、相关的排斥条件等，用以判断所拟议的项目活动是否可以适用该方法学。

（4）项目边界描述：说明项目的物理/地理边界，并且指出在基准线情景和项目活动情景下需要分别考虑的排放源以及泄漏源。

（5）基准线情景的识别：说明基准线情景识别步骤和可能的基准线情景选项。

（6）额外性：说明采用哪种额外性论证的方法。

（7）减排量的计算：详细说明基准线排放、项目活动排放以及泄漏排放的计算公式、计算的假设条件和数据参数要求等；同时说明在什么条件下基准线排放需要事前或事后计算；给出项目的基准线排放量、项目活动排放量、泄漏等计算过程，得出减排量计算结果。

（8）监测参数：说明需要监测的参数，并以列表的形式列出，指导用户如何选择所需的数据和参数。

（9）监测计划：给出要监测的数据对象，列出详细的监测数据表，其中含要求的监测量单位、监测手段、监测频率、监测覆盖范围、数据记录和存档方式，以及存档年限要求等。有的还给出质量控制/质量保证（QC/QA）程序方面的要求。

（10）项目计入期：说明项目活动的开始时间、运行周期，以及计入期的开始时间、长度。

（11）附件：比如项目边界示意图、数据默认值表等。

3. 方法学的关键要素包括哪些?

CDM 方法学主要包括如下五个比较关键的要素。

1）基准线

基准线是指在没有该 CDM 项目的情况下，为了提供同样的服务，最可能建设的其他项目（即基准线项目）所带来的温室气体排放量，应该涵盖项目边界内附件 A① 所列所有气体、部门和源类别的排放量。

基准线是 CDM 方法学的核心内容，也是 CDM 项目减排量产生的前提。因此，基准线排放量的准确性、可靠性和可操作性，保证减排量的合理、完整、准确、透明性和保守。

2）额外性

额外性是衡量 CDM 项目是否合格的重要标准之一。按照《京都议定书》，额外性是指 CDM 项目产生的减排量必须额外于在没有该经注册的项目活动的情况下产生的任何减排量。换句话说，该 CDM 项目所带来的减排效益必须是额外的，即在没有该项目活动的情况下不会发生。

要证明一个项目的额外性，必须说明为什么该 CDM 项目所带来的温室气体减排效益在没有该项目的情况下不会发生，即存在什么样的障碍，使得该项目不能成为基准线情景。

3）项目边界和泄漏

项目边界应包括项目参与方控制范围内的、数量可观并可合理归因于该项目活动的所有人为温室气体排放量或者碳汇吸收量。项目边界若按项目活动场地的物理位置来描述，可称之为物理边界；若按项目活动场地的地理位置来描述（含地理坐标），可称之为地理边界。对某些项目活动类型，例如，可再生能源并网发电项目，其项目活动的减排量发生在项目所联的电网系统（基准线情景），这时项目物理位置之外的电力系统的排放源也纳入到项目边界范围内，于是称之为系统边界。

---

① 指《京都议定书》的附件 A。

泄漏是指发生在项目边界之外的，可测量的且可以归咎于清洁发展机制项目活动的人类活动排放造成的温室气体排放量的净变化。针对不同的项目活动，方法学中会提供如何计算项目引起的泄漏，在计算 CDM 项目的减排量时，和 CDM 项目本身导致的温室气体排放一样，这部分排放量也需要从基准线排放量中减除。

4）减排量计算

CDM 方法学给出了一套计算减排量的计算方法，主要基于假设条件及相关资料数据，应用温室气体排放的计算公式对项目的基准线排放量、项目活动排放量和泄漏进行计算，以三者相减得出 CDM 项目的减排量。

减排量的计算需要依照方法学的要求，计算过程必须做到保守、透明，所使用的参数、数据必须有合理的来源，并且计算结果能够被第三方进行重复。

5）项目监测

项目监测指项目业主收集、记录减排量计算过程中涉及的项目边界范围内的所有相关数据。项目监测计划是项目设计文件中一个重要的部分，对项目减排量的产生、计量有重大影响，它也是制定经营实体进行项目核查的重要内容。

以上几个方法学的要素并不是相互割裂的，而是密切相关的有机整体。

4. 什么是基准线情景?

基准线情景指在没有 CDM 项目活动的情形下，为提供在质量、特性和应用领域相同的产品或者服务，最有可能出现的温室气体排放情景。具体讲，基准线情景就是在东道国的技术条件、财务能力、资源条件和政策法规环境下，合理地出现的一种排放水平情景。

在 CDM 项目的生命周期内，技术进步、市场发展或政策环境的变化等原因，会导致基准线出现静态或动态变化的特征，如图 1-1 所示。

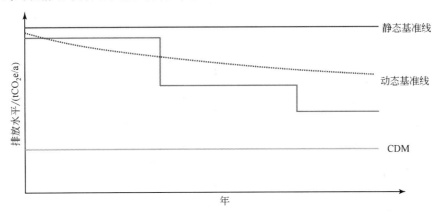

图 1-1　动态基准线与静态基准线

其中，静态基准线适用于现有设备的节能技改项目活动，在项目寿期内，如果不进行设备改造，原有设备的技术效率和排放水平基本维持不变；动态基准线适用于新建项目，在项目生命周期内，最可能的基准线情景排放水平应呈动态变化，以便能合理地反映当时的技术进步及其市场渗透情景（平滑下降曲线）和/或政策法规干预（阶梯状下降曲线）。编制动态基准线较为困难，主要是由于缺乏准确的预测方法和数据材料，同时，也存在很多不确定性和风险。

因此，项目开发者可根据项目的类型及特性，对 CDM 项目的减排量计入期可采用 1×10 年固定计入期或 3×7 年可更新计入期。

5. 如何确定项目的基准线情景和基准线排放？

由于 CDM 项目类型随项目的减排原理、工艺流程和技术类型不同，使得 CDM 项目基准线情景也各不相同。《马拉喀什协议》给出了三种基准线确定的方法。

（1）现有实际的或历史排放量（视情况而定）。这种方法适用于现有设备的节能技改造、废气/废热回收利用、燃料替代和可再生能源并网发电项目等，例如，水泥余热回收利用项目。

（2）代表一种有经济吸引/竞争力的主流技术的排放量（考虑投资障碍因素后）。该方法适用于新建/基建项目，基准线为国内成熟技术、有经济竞争力、占市场主流、符合本国政策法规和技术标准的参考项目，例如，超临界燃煤发电项目。

（3）过去 5 年在类似社会、经济、环境和技术状况下开展的、其业绩在同一类别位居前 20% 的类似项目活动的平均排放量。适用于基准线动态变化较快或预测不确定性较大的情况，用最近投产的多项目择优求平均来模拟未来的情景，例如，水泥生产中增加添加剂项目。

依照以上三种方法，就可以确定项目基准线。也只有确定了项目的基准线，才能够进行事前/事后估算项目产生的温室气体减排量，因此说，基准线的确定是相当重要的。项目开发者应对项目的减排原理、技术类型以及该项目类型的发展状况有较为全面的了解，以作出合理的基准线判定并计算基准线的排放量。

6. 什么是额外性？

对于额外性的定义，《京都议定书》和《马拉喀什协议》各有对应的描述，具体描述如下。

《京都议定书》：CDM 项目的温室气体减排应与减缓气候变化有真实的、可测量的和长期的效益，同时排放对于在没有进行经证明的项目活动的情况下所产生的任何减少排放而言是额外的。

《马拉喀什协议》：如果 CDM 项目活动能够将其排放量降到低于基准线情景的排放水平，则就是额外的。

CDM 项目活动相对于基准线是额外的，即这种项目活动在没有 CDM 的支持下，存在诸如财务、技术、融资、风险和人才方面的竞争劣势和/或障碍因素，导致项目活动难以正常实施，因而该项目的减排量在没有 CDM 时就难以产生。反言之，如果项目活动在没有 CDM 的情况下能够正常商业运行，那么它自己就成为基准线的组成部分，而相对该基准线就无减排量可言。

7. 为什么需要额外性?

CDM 允许《京都议定书》附件 1 国家（主要指发达国家）在发展中国家实现低成本减排，从而解决在其本国减排成本过高的问题。然而，非附件 1 国家（主要是指发展中国家）在自身经济、社会的发展中也不断进行减排，那么，附件 1 国家通过 CDM 在发展中国家实现减排与非附件 1 国家的自身减排这两种减排方式是否冲突，能否确保 CDM 的全球环境效益的完整性，达到《联合国气候变化框架公约》（UNFCCC）附件 1 国家履行减排义务的目的？下面以 M 国和中国开展 CDM 项目合作为例，见图 1-2。

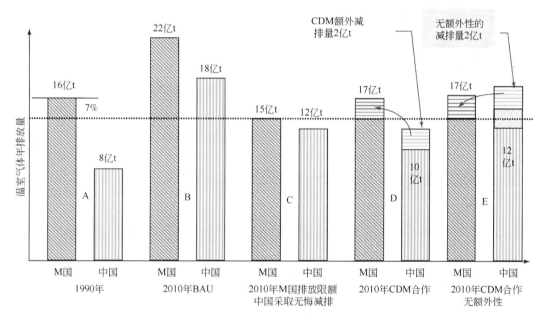

图 1-2　CDM 减排环境效益额外性图解

情景 A：1990 年两国的历史排放水平（M 国：16 亿 t，中国：8 亿 t）。

情景 B：2010 年，若没有《京都议定书》，两国按其本来常规发展趋势［基准方案（business-as-usual，BAU）简称 BAU 方案］，能够达到的排放水平（M 国：22 亿 t，中国：18 亿 t）。

情景 C：2010 年，按照《京都议定书》配额，M 国的年排放限额应比 1990 年水平低 7%；而中国尽管没有减排义务，但实施节能减排措施，也会使国内的排放水平随之降低到比其 BAU 方案低的一个水平，称为无悔减排，这是与 CDM 无关的，在中国自己能力和技术水平范围内能够达到的减排量（M 国：15 亿 t，中国：12 亿 t，总计 27 亿 t）。

情景 D：2010 年，M 国因国内减排行动成本很高，试图与中国合作，从中国廉价购买 CDM 项目的减排量指标，以便抵消其国内同样的排放量。

M 国必须通过提供资金和/或先进技术设备实施具有额外减排的 CDM 项目。额外减排是指相对于中国的无悔减排（基准线）来讲是额外的。只有这样具有额外性的 CDM 减排量碳交易，才能保持国际碳减排交易的碳平衡，也就是保持全球环境效益完整性（M 国：17 亿 t，中国：10 亿 t，总计 27 亿 t）。

情景 E：2010 年，M 国和中国如果进行没有额外性的 CDM 减排量交易，那就是说，M 国从中国迟早要实现的无悔减排量中买走一块，中国并没有因此实现额外的实质性的减排，而 M 国却声称它因此可以多排放同量的温室气体（M 国：17 亿 t，中国：12 亿 t，总计 29 亿 t）。结果，因为没有额外性，M 国与中国的 CDM 合作反倒使交易前后两国的总减排量减少了，或说总排放量增加了。这样与《京都议定书》的宗旨背道而驰，破坏了全球环境效益完整性。

以上五种情景的对比情况清楚地展现了 CDM 的额外性，《京都议定书》要求附件 1 国家和非附件 1 国家在进行 CDM 减排量交易之前的排放量应与交易后的排放量相等，这就要求 CDM 项目必须是额外于基准线情景，才能使得全球的排放量总和不会增加。反之，如果 CDM 项目不是额外性的，那么，附件 1 国家拿着非附件 1 国家的这些非额外的减排量作为国内超标排放量的抵消额，则双方交易后排放量之和反倒增加了，这就与履行减排义务的全球环境目的背道而驰，违背了全球环境效益完整性。

因此说，CDM 项目必须具备额外性，才能带来实质性的减排，也只有具备额外性的 CDM 项目的减排量也才符合《京都议定书》的要求。额外性对于判断一个减排量项目是否属于 CDM 项目，有着决定性的作用。

8. 额外性评估是从哪几个方面进行?

清洁发展机制执行理事会（CDM EB，以下简称 EB）提供了几个额外性论证的评价工具，规定了评估一个项目的额外性的具体步骤，即第一步首先界定可能的基准线情形，第二步做投资分析，第三步做障碍分析，最后以普遍性分析来证明被提议的项目不是基准线情形。

在评估中首先要严格遵守方法学中给定的情形及步骤，通过引用适用的法规条例及官方的、权威的、独立的、公开的和可获得的数据，定性或定量地评估并提供相应依据。

一般方法学均强调用最新的额外性论证和评价工具来完成额外性的论证，或基于此工具给出具体的要求，如使用单位投资成本比较结合基准线的确定等来具体论证。

9. 如何运用额外性评价工具进行项目的额外性分析?

随着 CDM 经验的累积，额外性工具在不断地完善，目前已更新到第 5 版，提供了以下的筛选式方法：

（1）确定替代情形。

（2）使用投资分析确定项目不具有最佳经济或财务吸引力，或经济或财务上不可行。

（3）障碍分析及（类似活动的）普遍性分析。

大体步骤如图1-3所示。

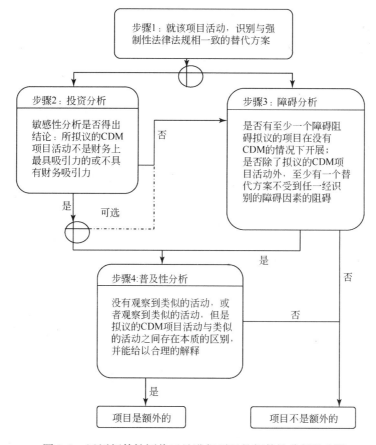

图 1-3　运用额外性评价工具进行项目的额外性分析的步骤

详细的分析方法和要求在额外性工具中都列出了，只要在论证额外性时严格遵守讨论即可，这里不再一一赘述，下面仅仅列出一些常被忽略的细节问题供参考。

在步骤 1 中探讨和识别强制性现行法律法规的替代方案时，若涉及本项目活动，说明某个规定并未得到普遍遵守，一定要使用官方或权威机构的调查结论，若能辅以目前的最新数据及安排指定经营实体（designated opevational entity，DOE）与相应的官方机构负责人面谈则会增加说服力。

在步骤 2 进行投资分析时，有三种可选分析方法：简单成本分析法、投资比较分析法和基准分析法。当使用基准分析法时，投资指标是业主内部指标且高于一般该项目活动的指标，例如，化工厂用自有的内在财务收益指标来衡量其余热利用发电项目收益，则首先须证明此 CDM 项目只可能由该业主投资，且所应用的财务基准线已存在并在过去（如 3 年）及现在被严格遵守。

在作敏感性分析时，需要说明那些敏感性参数是怎样选出的，根据要求，占 20%以上的项目的收益或成本需要被包括进敏感性分析；选定的参数的变化范围也是常常被质疑的重点。所有的这些分析数据及结论需要可被他人重复验证，也就是说要伴随PDD 同时提供一个全面、清晰的计算表和相应证据。

我国大多数项目的财务分析数据都是基于可行性研究报告或初步设计报告，EB 第 38 次会议报告第 54 段肯定了使用经过国家机构批准的可行性研究报告中的数据，但同时要求 DOE 须保证：

（1）此可研究报告是决定该项目投资的依据，换句话说，此可行性研究报告完成与投资决定之间的时间足够短，数据依据没有重大改变。

（2）PDD 及附属资料中所用的所有数据与此可行性研究报告相一致，若不一致，DOE 需要判定是否适当。

（3）在本地及专业的基础上，通过核对相关资料或其他方式，确定此可行性研究报告中的数据在做投资决策时是有效的和适用的。

值得注意的是，我们经常遇到在使用财务数据进行财务分析时混杂了非已批复可行性研究报告的数据，这常常被解释成以实际数据替代可行性研究报告已不成立的数据，且往往是不能够被接受的，除去以上的原因外，更是由于逻辑上此可行性研究报告是用来解释为何当初由此而考虑到 CDM 的收益对项目的决定性影响，及此可行性研究报告的权威性。更详细的关于使用何时数据的解释请参阅 EB 第 39 次会议附件 35 "投资分析评估指导"中第六段，这一指导也提供了更多的如何进行投资分析的意见。

步骤 3 的障碍分析与步骤 2 是可以不同时使用的，我们经常看到一些 PDD 软弱无力的堆砌一些模糊的结论，甚至是将投资分析重复一遍以说明无人愿意投资，如此这般牵强不如直接省略此步。

此障碍分析由于量化指标不易，单独使用确实较难有说服力，但我们也的确看到有大量的潜在项目，尤其是能效提高类项目，其投资回报率可能较高，但企业往往就是不想进行改造，因素有很多，可以归纳到 CDM 上的大体上为对技改的风险的预计（首个类似项目）、行业习惯、市场接受度和融资障碍等因素。这类项目如能从诸如法律法规和工业规范、行业性调研报告、官方统计资料、市场信息文件、来自项目业主或开发商或贷款银行的书面文件、项目可行性研究报告或初步设计报告以及资深权威专家独立评估报告来论证所识别的障碍，则有可能仅仅通过此步骤即可证明障碍的真实存在。

除非在使用障碍分析时证明了所提议的项目是业内第一个此类项目，否则需要进入到步骤 4 普及性分析。仅仅讨论那些已存在的类似项目，所有已注册的 CDM 项目或已在 UNFCCC 网站上公示的项目不需包括在此分析内。

10. 额外性分析的步骤 1 中替代方案一般包括哪些？

项目活动的替代方案应该是项目的现实、可行的替代方案，同时，这些替代方案应该可以提供与拟议 CDM 项目有可比性的产品或者服务。例如，一个原铝或者水泥生产中的温室气体减排项目，其替代方案应可提供与项目活动所产生的产品质量相同、应用领域相同的原铝或者水泥。一般而言，替代方案包括以下几种类型：

（1）拟议的项目活动不作为 CDM 项目活动来实施。

（2）除拟议项目活动外，其他现实、可信的替代方案可以提供在质量、属性和应用领域范围内有可比性的产品或者服务。

（3）继续目前的现状（即没有项目活动或者其他替代方案实施）。

这里需要注意的是，如果拟议的 CDM 项目活动包括好几种不同类型的设备、技术、产品或者服务，替代方案需要对其进行一一识别。这些不同设备、技术、产品或服务的可行组合方案也应考虑为拟议项目活动的可能替代方案之一。例如，热电联产项目，发电和供热的替代方案就需要分别进行考虑。其他项目活动，例如，不同大小或者技术类型的锅炉改造能效项目，其替代方案应分别考虑每种锅炉的不同情形。

11. 项目替代方案与东道国的法律法规"撞车"如何办?

额外性论证工具要求 CDM 项目的替代方案应该符合所有可适用法律法规的要求，即便是一些为减少当地空气污染的法律法规，虽然其约束的目标不是温室气体排放，但项目的替代方案也应符合相关法律法规的要求。

如果一个替代方案与法律法规"撞车"，则需要进一步证明在本国或者当地，该法律法规没有得到系统的贯彻执行。例如，最近国家环境保护部颁布一条法规要求浓度达到 30% 以上的煤矿瓦斯气必须回收利用。但是因为该法规刚刚颁布，相当多煤矿长期以来因缺乏资金、技术设备和技术人员配备，一直是粗放式的瓦斯抽放，一时难以普遍系统地贯彻执行该项规定，因此还难以否定该类项目活动的额外性。如果能提出确凿的证据证明，该法规没有得到贯彻执行，进而可以选用该替代方案；如果不能提供充分的证明，则不能选用该替代方案。

另外，如果拟议的项目活动为项目参与方考虑的、符合可适用法律法规的唯一替代方案，那么，该拟议 CDM 项目活动没有额外性。

12. 什么是 E + 政策、E - 政策?

E + 政策是发展中国家根据国情先后颁布的、向具有较高排放强度的技术或燃料倾斜，使其相对于低碳强度技术或燃料具有比较优势的政策或者法律法规。

E - 政策是向具有较低排放强度的技术或燃料倾斜，使其相对于高碳强度的技术或燃料具有比较优势的政策或法律法规。

E - 政策，例如，风电上网电价补贴政策，其目的是帮助风力发电技术克服障碍并促进其发展，这个是与 CDM 的目的是一致的，但是在额外性问题上却相互"撞车"；在 E - 政策法规下，开展的风电项目很有可能被认为没有 CDM 额外性。这显然不是 CDM 机制的初衷。

因此，针对各国出台的不同政策法规，EB 在第 22 次会议提出在确定基准线情景时，应该用区别对待的方式处理不同类型的国家和/或行业政策。

（1）对于 E + 政策：如果是在《京都议定书》通过以后才实施的，那么基准线情景可以认为是该国家和/或行业的政策或法规没有到位的假想情形。即只有 1997 年 12 月 11 日（通过《京都议定书》）之前通过的 E + 政策才能在确定基准线情景时考虑。

（2）对于 E - 政策：如果是在公约缔约方大会通过 CDM 的模式与程序（2001 年 11 月 11 日，《马拉喀什协议》）之后才贯彻实施的，那么在开发基准线情景时不必给予考虑（基准线情景可以认为是该国家和/或行业的政策或法规没有到位的假想情形）。即在 2001 年 11 月 11 日 (《马拉喀什协议》) 之后通过的 E – 政策在确定基准线情景时可以不必考虑。

按照 EB 这个规则,就具体的政策而言,我国最近颁布的可再生能源法中对可再生能源的财政补贴和鼓励措施就属于这样的 E – 政策,在论证可再生能源项目的基准线和额外性时可以按照 EB 的相关规则进行论证。

13. 投资分析中的三种方法有什么区别?

根据额外性工具,有三种可选的分析方法 (图1-4)。

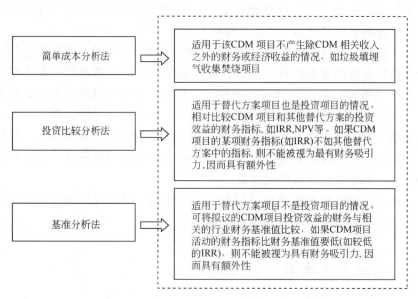

图 1-4 用投资分析论证 CDM 项目额外性的主要方法

(1) 简单成本分析法。如果该项目不产生除 CDM 相关收入之外的财务或经济收益,例如,垃圾填埋气收集燃烧项目,简单成本分析充分表明,项目业主没有积极性去支付这笔无收入的垃圾填埋气收集及运行成本,因而在经济上具有明显的额外性。

(2) 投资比较分析法。该方法主要是比较拟议的 CDM 项目和其他替代方案的投资效益的财务指标,如内部收益率 (IRR)、净现值 (NPV) 等。其适用于 CDM 项目和其他替代方案均为具体投资项目的情景。如果 CDM 项目的某项财务指标 (如 IRR) 不如其他替代方案中的指标,则不能被视为最有财务吸引力,因而具有额外性。

(3) 基准分析方法。与 (2) 一样,财务基准值是项目相关行业的基准回报率。

以上三种分析方法,需要项目开发者结合项目的实际情况,做出相应的判断,选择其中一种来进行分析。如果项目参与方只有投资和不投资两种选择,而无别的方案来确保提供相同的产品或者服务的时候,不适用基准分析方法,适用于投资比较分析方法。如果项目活动的替代方案是从电网提供电力,该替代方案不构成投资,此时,应采用基准线分析方法。

14. 确定项目财务指标的折现率和基准值可以采用哪些值?

关于确定项目财务指标的折现率和基准值可以采用以下指标:

(1) 国债利率,同时可以考虑与私人投资或有官方公布数据相关的风险收益。

(2) 财务成本和资本回报的估算值,同时可以考虑银行或者投资者对于同类项目的投资回报要求。

(3) 公司内部的基准值,但需要证明该基准值能否与该公司以往采用的基准值一致。

(4) 政府或官方批准的用于项目投资决策的参考基准值。

(5) 如果项目参与方能证明以上指标均不适用,可向 EB 提议新的指标,同时有充分的证据表明拟议财务指标是合理的。

确定合理的折现率和基准值对分析项目的财务、经济指标非常重要,它是衡量项目是否经济可行的主要指标。该基准值可参考国家权威机构颁布的行业基准值,或者采用与项目相关的已批准 CDM 项目中采用的基准值。

15. 计算财务指标的时候需要注意什么?

计算财务指标时候需要注意以下几点:

(1) 如果采用投资比较分析法,需要列出所有相关的项目成本(如投资成本、运行维护成本)、收益[包括可能的财政补贴、政府开发援助,核证减排量(certificated emission reductions, CERs)收入除外]和非市场成本、收益(适用于公众投资者)。

(2) 要清楚交待关键的技术经济参数和假设及其合理性验证,使得 DOE 能够复制该分析并得出相同的结果。项目活动与基准线替代方案间具有可比性,原则上应采用相同的基本假设和输入数据。

(3) 关于假定和参数的一致性。投资分析的假定和参数应在不同方案中保持一致,如有不一致的地方需要作进一步的澄清。

(4) 关于分析结论。提交给 DOE 的 PDD 需要清楚列出拟议项目的财务指标,并指出对比分析结论,接下来还要说明 CERs 的销售收入将如何改善该项目的财务指标,使项目在财务上变为有吸引力。

(5) 关于财务分析的项目期间。财务分析的期间不应局限于 CDM 项目活动的拟议计入期。一般说来,比较合适的财务分析期间为 10～20 年。

(6) 关于期末残值。如果资本支出在项目期间没有贬值完,则在计算项目活动最后一年的现金流时,需列入项目活动的资产在评估末期残值。

(7) 关于投资分析参数的参考时间。投资分析的所有参数应适于项目参与方做投资决策时间一致。DOE 应审查该投资决策的时间是否与所用的参数一致。

(8) 关于开工后停工的项目。如果项目开工后停工的,在考虑 CDM 后又重新开工的,则投资分析的参数应反映重新开工前投资决策的时间。

(9) 在进行项目 IRR 计算的时候,应剔除项目的融资成本(如还贷、利息)。

（10）在计算资本金 IRR 的时候，只有资本金才能计入项目的净现金流出，贷款不能视为现金流出。

16. 进行障碍分析的时候需要注意什么？

在项目审定的过程中，障碍分析通常需要注意以下的问题：

（1）PDD 所宣传的障碍一定要足够大，障碍要论述充分，简单的几句话是很难说明障碍的，障碍分析最好要"既定性又定量"。

（2）不一定每个障碍都要论述，但论述的障碍一定要充分。

（3）如果项目的 IRR 比较高，它不一定就不具有额外性，只要障碍分析足够充分。

（4）如果障碍分析不充分，DOE 有权要求项目方提供项目的投资分析。

为了论证所识别的障碍成为项目额外性的充分理由，必须言之有据，有案可查。常见的证据材料包括但不限于以下几种：

（1）相关的法律法规。

（2）CDM 项目预可行性研究或可行性研究报告以及资深/权威专家独立评估报告等。

（3）工业规范。

（4）行业性调研报告。

（5）官方统计资料。

（6）市场信息文件。

（7）来自 CDM 项目业主或开发商或信贷银行的书面文件。

17. CDM 项目的额外性有时效性、地域性吗？

即使是相同类型的 CDM 项目，其额外性也是有时效性，这主要是因为随着技术进步和国产化/商业化进程，有些项目会逐渐失去额外性；所以需要掌握时机，把握发展趋势，确保 CDM 项目在减排量计入期内具有充分的额外性。

同样的，相同类型的 CDM 项目，其额外性也有地域性。由于燃料价格、技术发展水平或厂址选择存在地区差异，同一类项目类型可能在不同地区具有不同的额外性论证结果。所以需要按照项目的实际情况进行识别和论证为什么拟议的 CDM 项目在当地具有额外性，避免一概而论。

18. 投资分析的计算数据与可行性研究报告不一致如何处理？

项目开发者在开发具体 CDM 项目时往往会遇到该问题，产生该问题的主要原因是项目业主在向国家或地方发展和改革委员会申请建设项目国内审批时，往往强调该项目的财务可行性，以求批准立项获得国家贷款。因此，项目可行性研究报告往往立足于"还本付息"能力，从保证必要的内部收益率出发，到推出希望的销售价格或选择乐观的参数。这就掩盖了项目实际可能存在的财务指标缺乏可行性（竞争能力）的事实，而这正是额外性的依据。

解决这一问题需要将项目开发者遇到的财务困难和障碍等实事求是的反映到项目设计文件中，并且将实际的市场价格或批复价格引用到项目设计文件中，并考虑无/有CDM收益对项目财务可行性的影响，指出要CDM帮助克服这些障碍。

19. 所拟议的项目已经列入国家和当地的发展规划如何处理？

国家或当地的发展规划只是体现政府对未来发展的设想，提供可能的基础设施环境，而发展规划中项目的实施主体还是项目业主；项目业主按市场经济规律运作，如果缺乏投资吸引力，或者照样存在种种障碍，阻碍该项目的实施，则该项目仍然具有其内在的额外性。

项目开发者可以对国家的相关发展规划进行研究，对一些重大的有潜在CDM潜力的项目进行开发研究，并将CDM的因素考虑在内，及早进行CDM项目的申报，避免项目的额外性与发展规划冲突。

20. 如果CDM项目经济效益都不错，其额外性是否就很不充分？

额外性充分不充分，不能仅仅看经济效益。这时候需要按照EB给出的额外性工具，针对具体的项目，在法律法规方面、投资分析方面、障碍分析和普遍性分析方面进行综合分析，系统、全面的阐述项目在上述几方面的额外性，进而得出项目是额外的这一结论。

对于财务指标可行性确实比较好的项目，比较难证明财务上的障碍，但是如果能提供证明项目存在其他难以克服的障碍因素，例如，行业惯例、技术和融资等方面，仍可证明项目的额外性。

21. PDD要求采用公开可获得信息，这里指的是什么信息？

公开可获得信息渠道指的是可以在一些公开发表的信息，并且项目参与方或者利用相关方可以找得到的信息，例如，统计、年鉴和行业报告等。

由于CDM对项目的额外性、减排量计算等方面保持透明，一些政府或者企业等内部参考资料或者内部规定之类等非公开资料，不能作为CDM项目的参考依据的。

22. 项目决策时考虑CDM因素的证据有哪些？

为了证明CDM收益对CDM项目活动的重要性，额外性论述时需要提供CDM项目决策时考虑CDM因素的证据。根据EB的要求，如果一个CDM项目在决策之前已经提交了DOE进行审定，则可以不用提交项目决策时考虑CDM因素的证据，因为前后逻辑已经非常清楚；否则，开发者应该在PDD中的额外性论证部分给出项目在决策是考虑了CDM因素的证据。很多的CDM项目在PDD中往往只注重投资分析，并没有按照要求给出相关的证据。

2008 年 8 月 2 日，EB 在第 41 次会议提出了关于项目决策前考虑 CDM 的论证与评估指南，该指南明确提出以下几点意见：

1）对于新项目活动

（1）项目开始日期在 2008 年 8 月 2 日之后的，项目参与方必须书面通知东道国指定国家管理机构（DNA）和/或者 UNFCCC 秘书处，告知项目的开始以及 CDM 的开发情况。这个书面通知必须在项目开始的 6 个月之内发出，并附上项目的准确地理位置和拟议项目活动的概况。如果项目的 PDD 已经进行了利益方意见征集的全球公示，或者已有新方法学提交到 EB 的话，可不需要进行书面通知。

（2）DOE 在审定此类项目的开始日期时，需要确认 DNA 或者 UNFCCC 秘书处收到该书面通知。否则，将难以判定项目活动实施前是否认真考虑 CDM。

（3）项目参与方在第一次通知 DNA 或者 UNFCCC 秘书处后，并每隔两年需要再次进行通报 CDM 项目开发进展。

2）对于现有项目活动

项目活动开始日期在 2008 年 8 月 2 日之前的，并且还没有进行 PDD 的全球公示，则需要提供证据证明项目活动在实施之前已经充分的考虑了 CDM。该证据需满足以下条件：

（1）项目参与方需指出项目开始日期之前，已经获知 CDM，并且 CDM 的收益是作为项目实施决策的一个决定因素。支持证据可采用项目参与方的董事会决议或者备忘录的形式，证明已考虑将项目作为 CDM 项目活动来实施。

（2）项目参与方需提供证据表明，在实施项目的同时是如何进行 CDM 项目开发的。支持证据可采用 CDM 咨询合同、核证减排量购买合同、与核证减排量销售相关的文件（如与碳基金的通信文件）、与 DOE 签订的审定合同、报纸公告和与 DNA 或者 UNFCCC 秘书处的通信文件，等等。

（3）如果不能给 DOE 充分的证据表明项目实施前考虑 CDM，则可认为项目活动在实施之前没有考虑 CDM。

23. 确定项目边界和泄漏需要注意哪些方面？

项目边界设定直接影响到基准线、泄漏以及数据采集的范围。如果项目边界设定得不够清晰，则会影响到项目排放量的计算，例如，在一些 CDM 项目中，没有对具体的气体及其排放源进行合理的定义，也没有考虑到相关技术的改进，因此对基准线排放量、项目排放量计算的准确性产生了很大影响，也使得基准线情景的描述不够清晰明了。反之，如果项目边界定义的范围过大，除了影响到排放量、减排量的计算，还会使得项目开发者无法正确地应用该方法学。

泄漏的规模是由很多因素决定的，产生泄漏的可能性及大小在一定程度上是项目边界大小的函数，项目边界越大，将所有可能影响因素考虑在内的几率就越大，因而泄漏产生的几率就越小。因此，减少泄漏的一个方法是设定一个可接受的较大的项目边界。对大多数与能源相关的 CDM 项目而言，项目边界可以设定为其物理/工程边界。处理泄漏最有效的办法可能是通过恰当的项目设计来防止泄漏的发生。如果项目的泄漏比较明显，在计算项目的减排效益时，需要将泄漏从项目的减排量中减去。

24. 如何确定基准线和监测方法学？

选择方法学的时候，需要根据项目的类型，在 EB 的官方网站筛选相关的已批准方法学，并对方法学中的适用条件与拟议项目活动的情况进行一一对比，确定项目满足其适用性要求的方法学。

CDM 项目 PDD 的开发者在应用经批准的方法学时必须论证该项目符合方法学的适用条件，必须严格按照方法学的要求开发 PDD。如果 DOE 在审定该 PDD 时发现本项目对方法学的实际应用与该方法学的要求有某些合理的偏离，则 DOE 需要按照规定的格式和程序向 EB 提出允许偏离的申请。只有获得 EB 的正式同意，这样的变通应用才能许可。如果发现现有版本的方法学应用面太窄或有欠缺或有误，则可以按照规定的文件格式和程序向 EB 提出对该方法学的修正案。如果修正案被接受，EB 将在秘书处 CDM 网站上正式公布最新修正版，自公布之日起 14 日后生效。这时，原先版本的方法学还有一定的宽限期，允许在新版本方法学生效前已经应用该旧版本的方法学开发出，并已经提交 DOE 审定（上网公示）的 PDD 不必更新，条件是该 PDD 必须在 8 个月内经 DOE 审定通过并提交 EB 申请注册。逾期则失效，必须应用新版方法学更新 PDD。

25. 项目监测需要注意哪些事项？

项目监测是 CDM 项目 PDD 编写和实施中非常重要的一部分，关系到项目的成败和 CER 收益的实现。

根据 EB 最新版的 PDD 编制指南的规定，监测计划的编写涉及以下几个方面：

（1）监测机构的确定。

（2）监测数据的选择（监测数据的采集和处理及保存）。

（3）质量控制和质量保障。

（4）监测结果的核查（紧急情况的处理预案、数据丢失的处理程序）等。

以上每一个步骤都非常重要，都需要在 PDD 阶段和项目实施阶段给予足够的重视，以使项目产生的实际减排量都得到核证和签发，减少项目损失。

一些项目业主和项目开发单位对监测计划还不够重视，例如，监测计划的制定不够充分、不符合方法学的要求，或在项目运行中没有按照 PDD 文件中的规定实施监测。通常出现和可能出现的问题主要有以下几个方面：

1) 监测方法学的选择

通常出现的问题：没有按方法学的要求去写、没有按照监测计划的要求去监测。主要的问题在于没有针对项目自身的具体情况进行分析、制定有针对性的监测计划和培训计划，而是照搬照抄别人的东西，以致在实施监测时无所适从。

因此，要制定合适的监测计划，并且在运行的时候严格按照监测计划的要求、内容实施监测。要按照方法学的要求写监测设备的精度和监测频度并且按照相关要求实施。

2) 监测机构的确定

通常出现的问题：监测机构描述极其简单、职责不明确；出现企业重组、人员调动、离岗等，没有明确管理机构设置、管理程序安排和岗位责任要求；没有对新到岗的员工进行培训。

要确定监测机构的机构、管理程序以及相关人员的职责，通过实施有针对性的培训计划，确保相关人员掌握相关的知识和技能。

3) 监测数据范围的选择

通常出现的问题：监测数据收集不全、PDD 编制中出现漏项、对需要监测和不需要监测的数据区分不清。

一般来说，项目的减排量主要包括基准线排放量、项目排放量和泄漏三个部分，因此，这三部分的排放量都要进行监测，不能漏项，按照方法学要求，项目本身排放和泄漏为零的除外。政府间气候变化专门委员会（IPCC）公布的默认值、减排量计算过程产生的二级数据等则无需监测。

4) 监测设备的选择

通常出现的问题：设备精度选择不合适，常常出现设备数量不够、精度不够或过高等现象。

监测设备的精度和监测频率必须达到方法学要求，并且设备精度、设备数量、安装位置都应在监测计划中给予交待。对于发电项目来讲，电表通常要求一用一备；其他逸散气体销毁类项目要求更严，除了流量表一用一备，由于生产的连续性，测量管路也要求有两条交替使用，在一条管路校准时，使用另外一条管路。测量设备的安装位置也应该加以注意，保证所测数据能够直接用于减排量的计算。

5) 监测数据的采集、处理、保存

通常出现的问题：频度达不到要求，数据保存位置和方式不合适的情况也经常出现。

数据的记录、数据处理应由专人负责，计算机自动存储和手工读表相结合。电子文档和纸质文档均要有备份，并分别保存。数据采集的频度、精度要适当，单位时间产生减排量大的应该频度高一些，在出现问题时，可减少损失。

6）紧急情况的处理预案

可能出现的问题：没有预案或预案不合适，出现了情急情况或者突发事件而不知道该如何正确处理来保证对 CERs 的监测。

实施监测时候，必须要有紧急情况的处理预案，以用于突发事件。例如，电量计量的主表和副表同时出现问题，应有紧急情况处理预案。

7）数据丢失的处理程序

可能出现的问题：没有补救措施和程序，或者没有按照原来设定监测计划中的补救措施和程序对丢失的数据进行补救，以致丢失的数据不被核证机构所认可。

数据丢失时应有补救办法和处理程序，或采用历史经验的方法或根据数学的方法，按照方法学的要求依较保守的方式加以处理。不论采用何种方式都需要按照监测计划规定的管理程序进行上报和审判，要有相关责任人的签字。

8）项目对环境影响的监测

由于项目建设和运行对周边环境产生严重影响而没有及时发现，将可能影响到项目正常运行和产生减排量。

要定期对项目引起周边环境的变化进行监测以防止出现对环境的破坏，出现问题的时候应采取适当的方案加以挽救。这一点经常被忽略。但一旦出现问题对项目的影响是致命的。

总体上讲，在监测过程中，项目开发者应结合项目的实际特点，谨慎地编制与项目特性相符合的监测计划，并且在监测过程中严格执行监测计划规定的管理程序、应急预案等措施，以避免监测过程中与减排量相关的一些重要参数的丢失。

一个比较好的建议是安排指定经营实体在 PDD 审定或者核查核证前开展对监测计划和培训计划的预审，以保证 PDD 的监测计划能够符合要求，使项目能够依照监测计划顺利进行监测。

二、方法学的批准现状

26. 目前方法学的批准现状如何？

截至 EB 第 41 次会议，EB 已经批准并且继续生效的方法学共有 53 个大规模方法

第一章 方法学共性问题

····19

学、14 个整合方法学、35 个小规模方法学、10 个造林和再造林方法学、1 个整合造林和再造林方法学和 3 个小规模造林和再造林方法学，共 116 个。相关方法学的简单介绍见表 1-1。

表 1-1 已批准方法学简介（截至 EB 第 41 次会议）

编号	方法学名称	部分关键适用条件①
AM0001	HFC23 废气焚烧	现有 HCFC22 生产设施中的 HFC23 废气的现场分解
AM0007	季节性运行的生物质热电联产厂的最低成本燃料选择分析	对现有的化石燃料热电联产项目进行改造，使其可以季节性地使用生物质废弃物为燃料
AM0009	以前被燃烧或者排空的油田伴生气的回收和利用	回收正在生产的油井在生产过程中产生的油田伴生气，用于能源消费或者生产能源产品；该伴生气以前被焚烧或者排空
AM0014	天然气热电联产	基准线情景下电和热分别生产；项目所生产的电和热仅供给一个特定设施
AM0017	通过替代凝汽阀和回收冷凝物提高蒸汽系统效率	凝汽阀的定期维护或者回收和再利用冷凝物不是常规实践；蒸汽由化石燃料锅炉生产
AM0018	蒸汽系统优化	对应生产过程的产品是同质的，且产出比较稳定；蒸汽产出可连续监测
AM0019	替代单个化石燃料发电项目的部分电力的可再生能源项目	被替代的化石电厂有足够的容量，可以满足计入期内相关电力需求的增加
AM0020	抽水中的能效提高	减少向最终用户供水的城市水力设施的能耗；不适用于新建设施
AM0021	己二酸生产中的 N_2O 分解	建设一个专门设施，催化或者热分解现有的己二酸生产设施中产生的 N_2O
AM0023	天然气管道压缩机或者门站的减少泄漏	建立先进的泄漏探测和维修系统，避免相关的泄漏
AM0024	水泥厂余热回收利用发电	利用水泥熟料生产过程中的余热发电；基准线情景下，水泥熟料生产中产生的余热仅用于水泥生产线内部
AM0025	通过对有机废弃物处理方式的改变进行减排	对新鲜垃圾进行如下处理：好氧状态下堆肥、气化产生合成气、厌氧消化并进行沼气的回收处理、机械/热处理生产燃料或者稳定生物质并进行利用、焚烧发电或者供热；基准线情景是填埋处理
AM0026	智利或其他基于优先调度零排放并网型国家的可再生能源发电	
AM0027	在无机化合物生产中以来自可再生来源的二氧化碳（CO_2）替代来自化石或者矿物来源的 CO_2	应用来自生物质加工过程中已经产生的以前被废弃的 CO_2 作用生产原料
AM0028	硝酸或己内酰胺生产尾气中 N_2O 的催化分解	现有生产设施尾气中 N_2O 废气的分解（第三级分解）

大规模方法学

编号	方法学名称	部分关键适用条件
AM0029	天然气联网发电	新建天然气联网电站；天然气供应充分
AM0030	原生铝冶炼设施中通过阳极效益减排全氟化碳（PFC）	在现有的冶炼设施中减排 PFC
AM0031	快速公交转换系统	建设新的或者扩建已有的快速公交转换系统
AM0034	硝酸生产厂中在氨燃烧室内的 N_2O 催化分解	在现有的硝酸生产设施的氨燃烧室内安装分解 N_2O 的催化剂（第二级分解）
AM0035	电网中六氟化硫（SF_6）减排	电力设施中循环利用 SF_6 或者减少 SF_6 的泄漏
AM0036	供热锅炉从化石燃料到生物质废弃物的燃料替代	现有锅炉或者新建锅炉
AM0037	减少油井伴生气的焚烧或者排放，并将其用作原料	相关的伴生气在过去 3 年中被焚烧或者排放；回收的伴生气用作化工产品的生产原料或者能源
AM0038	硅锰合金生产中提高现有的埋弧炉的电效率	所消耗电力来自电网；项目不影响原材料消耗和产品生产
AM0039	通过联合堆肥减排有机废水和生物有机固体废弃物中的甲烷排放	不适用于来自人类便管理系统的污水
AM0041	木炭生产过程中木材碳化过程的甲烷减排	改烧生产窑的设计和运行；对于其他温室气体的排放和产品无影响
AM0042	应用来自新建的专门人工林生物质的联网发电	项目实施前，现场没有发电设施；人工林是为项目新建的
AM0043	应用聚乙烯管道替代旧的铸铁管道或者无阴极保护的钢管减少天然气输配管道的泄漏	更换不属于常规或者计划中的维护；管道输送的其他近期没有发生变化
AM0044	能效提高项目：工业或区域供暖部门中的锅炉改造或替代	在多个地点通过改造或者替换提高锅炉效率；被改造或替换锅炉仍然有一定的剩余寿命；锅炉使用单一燃料
AM0045	独立电网系统的联网	独立电网中所有的化石燃料电厂被更加高效和低排放的电厂代替
AM0046	向住户发放高效的电灯泡	免费或者以折扣价格向居民家庭发放自镇流荧光灯（CFL 节能灯），替代现有的低效灯泡
AM0047	使用来自有机来源的废弃油和/或废弃脂肪生产生物柴油作为燃料使用	必须是生产者申请减排量
AM0048	新的热电联产设施，向多个用户供电和/或蒸汽，替代使用高排放燃料的电力和蒸汽生产	基准线情景下不是热电联产；仅限于现有的生产能力
AM0049	工业设施中使用气体燃料的能源生产	从煤或者油到气体燃料的转换；在现有工业设施中进行能源生产

大规模方法学

第一章　方法学共性问题

编号	方法学名称	部分关键适用条件
AM0050	氨和尿素联合生产设施中的原料转换	用天然气替代石脑油作为生产原料
AM0051	硝酸生产厂中 N_2O 的第二级分解	在现有硝酸生产线的反应室内进行 N_2O 的减排（二级减排）
AM0052	通过决策支持系统优化提高现有水电站发电量	可以包括梯级电站、径流式和带水库的电站
AM0053	生物甲烷注入天然气输配管道中	生物甲烷来自填埋气、废液处理或者动物废弃物管理系统等
AM0054	通过引入油/水乳化技术提高锅炉能效	提高现有的以残余油为燃料锅炉的效率
AM0055	精炼设施中的废气回收利用	废气以前被焚烧；回收的废气用于产热
AM0056	通过锅炉更新或改造提高能效，以及可能的化石燃料锅炉燃料替代	以改造或更新尚有剩余寿命的化石燃料锅炉为主，可以附加燃料替代；不涉及热电联产；改造前后蒸汽产量不变
AM0057	通过将生物质废弃物用作造纸原料或者生物油避免来自生物质废弃物的排放	所生产产品和生产上现有的高质量产品的性能相当
AM0058	新建一个集中供热主系统	热来自热电联产电厂或者供热锅炉；热电联产机组非背压式；电厂和锅炉均只使用一种燃料
AM0059	减少原生铝冶炼炉中的温室气体排放	对现有设施中融化技术的改造减少 PFC 排放
AM0060	通过更换新的高效冷却器节电	用新的高效冷却器替代现有的冷却器；冷却器是电驱动的；现有的冷却器仍有一定寿命
AM0061	现有电厂的改造或者能效提高	针对联网电厂；现有电厂至少有 10 年运行历史；项目仅包括涉及投资的活动
AM0062	通过改造透平提高电厂的能源效率	电厂使用化石燃料，不适用余热或者生物质；电厂仅向电网供电
AM0063	回收工业尾气中的 CO_2 避免使用化石燃料生产 CO_2	废气来自现有工业设施
AM0064	回收地下硬岩贵金属和基体金属矿中的矿井甲烷，并且利用或者分解	针对正在生产的矿井，非煤矿；项目实施前，甲烷（CH_4）被排空或者部分用于生产热能
AM0065	在镁工业中用其他防护代替 SF_6	在现有设施中应用氟化铜 [$CF_3CF_2C(O)CF(CF_3)_2$]、1,1,1,2-四氟乙烷（HFC134a）或者使用"稀释 SO_2 技术"的 SO_2 替代 SF_6 作为防护气体
AM0066	在海绵铁生产中利用余热加热原材料实现减排	仅限于固体原料；原料加热后直接进入炉体

大规模方法学

编号	方法学名称	部分关键适用条件
大规模方法学 AM0067	在电网中安装高效率的变压器	减排量仅限于减少的变压器损失；所使用的高效变压器对应的技术在过去 3 年中在电网内的使用比例不超过 20%
AM0068	改造铁合金生产设施提高能源效率	改造封闭式电弧熔炉为开放式渣池熔炉，同时，改造直流旋转窑为逆流旋转窑；有至少 3 年的市场记录
AM0069	利用生物甲烷作为民用燃气生产的原料和燃料	针对现有的污水处理厂或垃圾填埋场，实施沼气回收利用；有至少 3 年的沼气排空或者燃烧的记录；民用燃气生产厂需有至少 3 年使用化石燃料进行生产的记录以及燃气产量和质量的数据
整合方法学 ACM0001	垃圾填埋气项目	基准线情景是填埋气的部分或者全部排空；项目对填埋气进行回收，并加以利用或者焚烧
ACM0002	可再生能源联网发电	不适用于包括从化石燃料到可再生能源转换的项目、生物质能发电项目和功率密度小于 $4W/m^2$ 的水电项目
ACM0003	水泥生产中通过部分化石燃料替代实现减排	在水泥熟料生产过程中进行燃料替代；减排量仅来自化石燃料燃烧，和原料的分解无关
ACM0005	水泥生产中增加混材	仅限于国内销售的水泥
ACM0006	生物质废弃物联网发电	所使用生物质必须是生物质废弃物
ACM0007	单循环转换为联合循环发电	通过利用以前未使用的电厂余热生产蒸汽并供给透平将单循环变成联合循环
ACM0008	煤层气、煤矿瓦斯气和通风瓦斯的回收发电、供热、燃烧分解、催化氧化	煤层气来自正在生产的井工煤矿；不使用 CO_2 或者其他气体驱煤层气
ACM0009	天然气替代煤炭或石油作为工业燃料	针对热生产过程中的燃料替代；项目不改变生产工艺
ACM0010	粪便管理系统中的 CH_4 减排	养殖场的动物实施圈养；对现有的厌氧粪便管理系统进行改造；所在点年均温度高于 5℃
ACM0011	现有电厂中从燃煤/燃油到天然气的燃料替代	现有电厂至少有 3 年的运行历史；电厂的装机容量没有大的变化
ACM0012	基于废气/废热/余压能源系统的温室气体减排	减排量应由能源的生产者申请
ACM0013	使用低碳技术的新建化石燃料发电厂	非热电联产；来自使用相关燃料发电厂的电力占系统总发电量的50%以上
ACM0014	避免废水处理中的 CH_4 排放	针对工业废水处理中的 CH_4 排放
ACM0015	水泥窑水泥熟料生产中使用不含碳酸盐的原料	水泥的类型、产量、设备的寿命不发生变化

第一章 方法学共性问题

编号	方法学名称	部分关键适用条件
AMS-I. A.	可再生能源项目：用户发电	所发电力全部现场使用；用户没有和电网相连或者和微型电网相连；不包括热电联产
AMS-I. B.	可再生能源项目：用户使用的机械能，包括或不包括电能	基准线情景下机械能来自化石能源
AMS-I. C.	可再生能源项目：用户使用的热能，包括或不包括电能	基准线情景下热能来自化石能源；包括生物质热电联产项目
AMS-I. D.	可再生能源项目：联网的可再生能源发电	不包括热电联产；包括可再生生物质发电；相关电网中有化石燃料机组
AMS-I. E.	可再生能源项目：用户热利用中替换非可再生的生物质	通过引入新的可再生能源最终用户技术，替代非可再生生物质的使用；非可再生的生物质自 1989 年 12 月 31 日以来一直使用
AMS-II. A.	提高能效项目：供应侧能源效率提高——传送和输配	提高输配电系统或者集中供热系统的能效
AMS-II. B.	提高能效项目：供应侧能源效率提高——生产	提高供电或者供热设施的效率；可以是针对现有设施，也可以是新设施
AMS-II. C.	提高能效项目：针对特定技术的需求侧能源效率规划	促进节能设施的使用，如灯泡、冰箱、风扇和空调等；可以是更换已有设施，也可以是新安装设施
AMS-II. D.	提高能效项目：针对工业设施的能源效率提高和燃料转换措施	促进特定工业或矿业生产设施的节能措施；可以是更换已有设施，也可以是新安装设施
AMS-II. E.	提高能效项目：针对建筑的提高能效和燃料转换措施	针对一个或者一组类似建筑的节能措施；可以是更换已有设施，也可以是新安装设施
AMS-II. F.	提高能效项目：针对农业设施和活动的提高能效和燃料转换措施	可以是更换已有设施，也可以是新安装设施
AMS-II. G.	提高能效项目：非可再生生物质热利用中的能效提高	非可再生的生物质自 1989 年 12 月 31 日以来一直使用
AMS-II. H.	提高能效项目：通过热电联产或者热点冷联产实现减排	替代现有或者新建的提供电、蒸汽/热和冷服务的设施；不替代现有的热电联产或者热电冷联产系统
AMS-II. I.	工业废气的高效利用	能效参数记录可获得；装机容量保持不变，产品产量变化幅度在 10%；不使用辅助燃料
AMS-II. J.	高效照明技术的需求侧活动	使用镇流荧光灯替代白炽灯；项目活动实施后的光强应不少于实施前；单个项目年节电不超过 60GW·h
AMS-III. A.	其他项目类型：农业	
AMS-III. B.	其他项目类型：化石燃料转换	针对现有的耗能设施；不适用于从化石燃料到可再生能源的燃料转换
AMS-III. C.	其他项目类型：通过低温室气体排放车辆实现减排	
AMS-III. D.	其他项目类型：农业和与农业相关工业中的 CH_4 回收	对实行圈养的养殖场的现有粪便管理系统进行改造；基准线情景下不回收和利用 CH_4；所在地的年平均温度高于 5℃

左侧栏：小规模方法学

编号	方法学名称	部分关键适用条件
AMS-III. E.	其他项目类型：通过控制燃烧、气化或者机械/热处理来避免因生物质腐烂而导致的 CH_4 排放	基准线情景下通过填埋进行处理，而且不回收 CH_4
AMS-III. F.	其他项目类型：通过堆肥避免生物质腐烂导致的 CH_4 排放	基准线情景下通过填埋进行处理，而且不回收 CH_4
AMS-III. G.	其他项目类型：垃圾填埋 CH_4 气回收	回收和燃烧填埋气
AMS-III. H.	其他项目类型：废水处理中的 CH_4 回收	
AMS-III. I.	其他项目类型：通过有氧系统替代厌氧污水池避免废水处理中 CH_4 排放	项目活动不回收或者燃烧 CH_4
AMS-III. J.	其他项目类型：避免工业过程使用通过化石燃料燃烧生产的 CO_2 作为原材料	基准线情景下使用来自应用化石燃料专门生产的 CO_2；项目所使用来自可再生生物质应用过程中生产的以前被废弃的 CO_2
AMS-III. K.	其他项目类型：焦炭生产由开放式转换为机械化，避免生产中的 CH_4 排放	基准线情景下是传统的开放式焦炭生产，且不回收 CH_4
AMS-III. L.	其他项目类型：通过控制热分解避免生物质腐烂产生 CH_4	基准线情景为厌氧条件下腐烂，而且不回收 CH_4
AMS-III. M.	其他项目类型：通过回收纸张生产过程中的苏打减少电力消耗	从纸张生产中产生的废弃黑液中回收烧碱
AMS-III. N.	其他项目类型：聚氨酯硬泡生产中避免 HFC 排放	使用 HFC134a、二氟乙烷（HFC152a）、HFC365mfc 或 HFC245fa 作为发泡剂，避免 HFC 作为发泡剂的使用
AMS-III. O.	其他项目类型：使用从生物气中提取的 CH_4 制氢	分离生物气中的 CH_4，用作制氢过程中的原料和燃料，替代液化石油气
AMS-III. P.	其他项目类型：精炼设施中的废气回收和利用	回收目前非焚烧的废气，用于产热，替代化石燃料
AMS-III. Q.	其他项目类型：基于废气的能源系统	废气/废热用于热电联产、电力和热力生产，余压发电
AMS-III. R.	其他项目类型：家庭或者小农场水平农业活动中的 CH_4 回收	安装系统，对目前排放的 CH_4 进行回收利用，或者改变目前的废弃物管理方式，实现 CH_4 的回收利用；每个系统每年的减排量不高于 5 t CO_2 e
AMS-III. S.	其他项目类型：在商业车队中引入低排放车辆	车辆在特定的固定线路上运行
AMS-III. T.	其他项目类型：植物油生产和作为交通燃料使用	植物油的添加比例按体积计算不高于 10%，或者在经过改造的车辆中使用纯的植物油

小规模方法学

第一章 方法学共性问题

编号	方法学名称	部分关键适用条件
AR-AM0001	退化土地再造林	
AR-AM0002	通过造林再造林恢复退化土地	
AR-AM0003	在退化土地上通过植树、人工促进天然更新和控制放牧的造林和再造林	
AR-AM0004	农地上的造林或再造林	
AR-AM0005	以工业或商业产品为目的的造林和再造林	
AR-AM0006	以灌木为辅助的退化土地造林再造林	
AR-AM0007	农地或牧地上的造林和再造林	
AR-AM0008	以可持续木材生产为目的的退化土地造林或再造林	
AR-AM0009	允许放牧的退化土地造林或再造林	
AR-AM0010	保护区内未管理草地上的造林和再造林	
AR-ACM0001	退化土地造林再造林	
AR-AMS0001	草地或农地上的造林和再造林	
AR-AMS0002	城镇用地上的造林和再造林	
AR-AMS0003	湿地上的造林和再造林	

（表左侧竖排：造林和再造林方法学）

注：①只给出了部分比较关键的适用条件。详细、完整和确切的适用条件，请参见具体方法学。

27. 各方法学针对哪些项目类型？

已经批准的针对减排项目的方法学可以大致分为如下几类，如表1-2所示。

表1-2　已批准方法学分类统计

项目类型	已批准方法学
新能源和可再生能源（15个）	AM0019、AM0026、AM0036、AM0042、AM0052、AM0053、ACM0002、ACM0006、AMS-I. A.、AMS-I. B.、AMS-I. C.、AMS-I. D.、AMS-I. E.、AMS-III. O.、AMS-III. T.
节能和提高能效（40个）	AM0014、AM0017、AM0018、AM0020、AM0024、AM0027、AM0031、AM0038、AM0044、AM0045、AM0046、AM0048、AM0054、AM0055、AM0056、AM0058、AM0060、AM0061、AM0062、AM0063、AM0066、AM0067、AM0068、ACM0007、ACM0012、ACM0013、AMS-II. A.、AMS-II. B.、AMS-II. C.、AMS-II. D.、AMS-II. E.、AMS-II. F.、AMS-II. G.、AMS-II. H.、AMS-II. I.、AMS-II. J.、AMS-III. J.、AMS-III. M.、AMS-III. P.、AMS-III. Q.
甲烷回收利用/避免甲烷排放（23个）	AM0009、AM0023、AM0025、AM0037、AM0039、AM0041、AM0043、AM0057、AM0064、AM0069、ACM0001、ACM0008、ACM0010、ACM0014、AMS-III. D.、AMS-III. E.、AMS-III. F.、AMS-III. G.、AMS-III. H.、AMS-III. I.、AMS-III. K.、AMS-III. L.、AMS-III. R.

项目类型	已批准方法学
燃料替代（10 个）	AM0007、AM0029、AM0049、AM0050、ACM0003、ACM0009、ACM0011、AMS-III. B.、AMS-III. C.、AMS-III. S.
非 CO_2 和 CH_4 温室气体减排（10 个）	AM0001、AM0021、AM0028、AM0030、AM0034、AM0035、AM0051、AM0059、AM0065、AMS-III. N.
资源综合利用（3 个）	AM0047、ACM0005、ACM0015

注：部分方法学可以归入多类，此处仅将其归入一类。AMS-III. A. 无内容，没有列入。

可以看出，针对节能和提高能效类项目的方法学最多，达 40 个，占 40% 左右；针对 CH_4 减排的方法学也比较多，达 23 个；针对可再生能源类项目的方法学为 15 个，但是此类方法学的适用范围非常广；针对非 CO_2 和 CH_4 温室气体减排的方法学虽不多，但这一类项目的减排量非常大。

28. 在国内应用比较广泛的经批准方法学有哪些?

到 2008 年 8 月 22 日，我国进入审定阶段的 CDM 项目的总数为 1488 个，使用的方法学的总次数为 1625 次。表 1-3 是我国进入审定阶段项目使用方法学的比例。

表 1-3　我国进入审定阶段项目使用方法学的比例

所使用方法学	使用频率	占总方法学使用次数的比例/%
ACM0002	692	46.51
AMS-I. D.	406	27.28
ACM0004	145	9.74
ACM0008	72	4.84
ACM0006	46	3.09
ACM0001	36	2.42
ACM0012	80	5.38
AM0029	40	2.69
AM0034	23	1.55
AM0001	13	0.87
AM0024	8	0.54
AM0025	7	0.47
AMS-I. C.	7	0.47
AM0005	6	0.40
ACM0010	6	0.40
AM0033	5	0.34
AM0028	4	0.27
AMS-III. H.	4	0.27
AMS-II. D.	3	0.20
AM0018	2	0.13

第一章　方法学共性问题

所使用方法学	使用频率	占总方法学使用次数的比例/%
AM0021	2	0.13
AMS-II. E.	2	0.13
AMS-III. B.	2	0.13
AMS-III. Q.	2	0.13
AR-AMS0001	2	0.13
AM0003	1	0.07
AM0006	1	0.07
AM0032	1	0.07
ACM0005	1	0.07
ACM0007	1	0.07
ACM0009	1	0.07
AMS-III. D.	1	0.07
AMS-III. R.	1	0.07
AR-AM0001	1	0.07
AR-AM0003	1	0.07

可以看出，我国项目所使用的方法学的总个数为 35，占所有曾批准方法学的 30% 左右。使用次数在 10 次以上的方法学仅有 10 个，分别为 ACM0002、AMS-I. D. 、ACM0004、ACM0008、ACM0006、ACM0001、ACM0012、AM0029、AM0034 和 AM0001。针对可再生能源发电项目的方法学 ACM0002 和 AMS-I. D. 使用累计超过 1000 次，占总使用次数的 73%；针对废气/废热/余压回收利用的方法学 ACM0004 和 ACM0012 的使用次数累计达到了 225 次，占 15%；针对垃圾填埋气回收利用的方法学 ACM0001、针对煤层气回收利用的 ACM0008、针对生物质废弃物发电的 ACM0006、针对天然气发电的 AM0029 和 N_2O 分解的 AM0034 和针对 HFC23 分解的 AM0001 也占据了很大的比例。

由此可以看出，我国目前进入审定阶段的 CDM 项目的类型非常集中，一方面降低了后面开发项目的难度；另一方面也导致项目开发的风险比较集中。

到 2008 年 8 月 22 日，我国进入注册申请以后阶段的 CDM 项目的总数为 368 个，使用的方法学的总次数为 420 次。表 1-4 是我国进入注册申请以后阶段项目使用方法学的比例。

表 1-4　我国进入注册申请以后阶段项目使用方法学的比例

所使用方法学	使用频率	占总方法学使用次数的比例/%
ACM0002	174	41.43
AMS-I. D.	95	22.62
ACM0004	67	15.95
ACM0001	13	3.10
ACM0006	11	2.62

所使用方法学	使用频率	占总方法学使用次数的比例/%
ACM0008	13	3.10
AM0001	10	2.38
AM0029	10	2.38
AM0034	15	3.57
AM0005	2	0.48
AM0021	2	0.48
AM0024	2	0.48
AM0028	2	0.48
ACM0010	1	0.24
AM0025	1	0.24
AM0032	1	0.24
AR-AM0001	1	0.24

可以看出，使用次数在 10 次以上的方法学仅有 9 个，分别为 ACM0002、AMS-I. D. 、ACM0004、ACM0001、ACM0006、ACM0008 、AM0001、AM0029 和 AM0034。可以看出，前三位的方法学和进入审定阶段项目所使用的方法学的排序完全系统。针对可再生能源发电项目的方法学 ACM0002 和 AMS-I. D. 使用累计 269 次，占总使用次数的 63%；针对废气/废热/余压回收利用的方法学 ACM0004 的使用次数为 67 次，占 15%；针对垃圾填埋气回收利用的方法学 ACM0001、针对生物质废弃物发电的 ACM0006、针对煤层气回收利用的 ACM0008 和针对 HFC23 分解的 AM0001 的使用分别占 2% ~4%。

29. 从哪里可以获取经批准方法学?

CDM 官方网站累积公布了所有经批准方法学，并保持最新的修正更新版本，供 CDM 项目开发者免费获取和使用，以下是相关网址链接：http：//cdm. unfccc. int/methodologies/PAmethodologies/approved. html。

第一章 方法学共性问题

第二章

可再生能源类项目开发

一、基础知识

30. 可再生能源类项目包括哪几种类型，在中国的发展现状如何？

可再生能源项目一般包括风电、水电、生物质能、太阳能、地热能、海洋能、核能和氢能项目。

（1）风电项目。中国的风能资源非常丰富，潜力巨大。风能资源丰富的地区主要分布在东南沿海及附近岛屿以及北部（东北、华北、西北）地区。目前风电建设规模不断扩大，风电场管理逐步规范。截至 2007 年底，中国以 5906MW 的总装机容量位居世界第五。经过多年的实践，专业队伍和设备制造水平提高，培养了一批专业的风电设计、开发建设和运行管理队伍。

（2）水电项目。我国水能资源丰富，不论是水能资源蕴藏量，还是可能开发的水能资源，在世界各国中均居第一位。但是目前我国水能的利用率仅为 13%，水力发电前景广阔。到 2007 年底，电装机容量达到 145GW，居世界首位；除了常规水电站以外，我国抽水蓄能电站的建设也取得很大的成绩。

（3）生物质能项目。截至 2007 年底，国家和各省发展和改革委员会已核准项目 87 个，总装机规模 2200 MW。全国已建成投产的生物质直燃发电项目超过 15 个，在建项目 30 多个。

（4）太阳能项目。太阳能产业包括太阳能热利用产业和太阳能光伏产业。太阳能热水器产业规模迅速扩大；产业体系基本形成；技术不断进步、装备水平提高、开发具有自主知识产权的新技术、新产品；到 2007 年底我国太阳能热水器产量已突破 2300 万 m^2，保有量达 1 亿 m^2，成为世界上第一生产应用超级大国。

（5）地热能项目。地热发电产业已具有一定基础，目前国内可以独立建造 30MW 以上规模的地热电站，全国已实现地热供热 800 万 m^2。地热供热开发利用目前正在由粗放转入集约，地热供热示范点、示范区正向国际水平迈进。

（6）海洋能项目。中国是世界上主要的波能研究开发国家之一，洋温差能利用技术的进展与主要项目。

（7）核能项目。中国在核电技术的研究开发、工程设计、设备制造、工程建设和营运管理等方面，具备了相当的基础和实力，能自主设计建设 30 万 kW 和 60 万 kW 压水堆核电机组，也具备了以我为主、中外合作建设百万千瓦级压水堆核电机组的能力。

（8）氢能项目。氢能是公认的清洁能源，作为低碳和零碳能源正在脱颖而出，中国的中长期科学和技术发展规划战略也把氢能列为重点之一，我国已在氢能领域取得诸多成果，特别是通过实施"863"计划，我国自主开发了大功率氢燃料电池，开始用于车用发动机和移动发电站。

二、方法学与项目开发

31. 可再生能源类项目的方法学都有哪些？各自适用范围如何？

到 EB 第 41 次会议（2008 年 8 月）为止，EB 已经批准并且继续生效的方法学共有 53 个大规模方法学、14 个整合方法学、35 个小规模方法学、10 个造林和再造林方法学、1 个整合造林和再造林方法学和 3 个小规模造林和再造林方法学，共116 个。

其中，相关可再生能源类 CDM 项目方法学名称及其适用范围如表 2-1 所示。

表 2-1　可再生能源类 CDM 项目方法学名称及其适用范围

	编号	可再生能源类 CDM 项目方法学名称	适用范围*
大规模方法学	AM0019	替代单个化石燃料发电项目的部分电力的可再生能源项目	被替代的化石电厂有足够的容量，可以满足计入期内相关电力需求的增加
	AM0026	智利或其他基于优先调度零排放并网型国家的可再生能源发电	
	AM0036	供热锅炉从化石燃料到生物质废弃物的燃料替代	现有锅炉或者新建锅炉
	AM0042	应用来自新建的专门人工林生物质的联网发电	项目实施前，现场没有发电设施；人工林是为项目新建的
	AM0052	通过决策支持系统优化提高现有水电站发电量	可以包括梯级电站、径流式和带水库的电站
	AM0053	生物 CH_4 注入天然气输配管道中	生物 CH_4 来自填埋气、废液处理或者动物废弃物管理系统等
	AM0069	生物质沼气作为原燃料用于煤气生产	废水处理设施或堆填区收集的沼气是用来全部或部分的代替用于煤气生产的天然气或其他高碳含量的化石燃料
整合方法学	ACM0002	可再生能源联网发电	不适用于包括从化石燃料到可再生能源转换的项目、生物质能发电项目和功率密度小于 $4W/m^2$ 的水电项目
	ACM0006	生物质废弃物联网发电	所使用生物质必须是生物质废弃物

编号		可再生能源类 CDM 项目方法学名称	适用范围*
小规模方法学	AMS-I. A.	可再生能源项目：用户发电	所发电力全部现场使用；用户没有和电网相连或者和微型电网相连；不包括热电联产
	AMS-I. B.	可再生能源项目：用户使用的机械能，包括或不包括电能	基准线情景下机械能来自化石能源
	AMS-I. C.	可再生能源项目：用户使用的热能，包括或不包括电能	基准线情景下热能来自化石能源；包括生物质热电联产项目
	AMS-I. D.	可再生能源项目：联网的可再生能源发电	不包括热电联产；包括可再生生物质发电；相关电网中有化石燃料机组
	AMS-I. E.	可再生能源项目：用户热利用中替换非可再生的生物质	通过引入新的可再生能源最终用户技术，替代非可再生生物质的使用；非可再生的生物质自 1989 年 12 月 31 日以来一直使用
	AMS-III. O.	其他项目类型：使用从生物气中提取的 CH_4 制氢	分离生物气中的 CH_4，用作制氢过程中的原料和燃料，替代液化石油气
	AMS-III. T.	其他项目类型：植物油生产和作为交通燃料使用	植物油的添加比例按体积计算不高于 10%，或者在经过改造的车辆中使用纯的植物油

＊只给出了部分比较关键的适用条件。详细、完整和确切的适用条件，请参见具体方法学。

32. 可再生能源类项目方法学在中国应用的现状如何？

可再生能源类 CDM 项目方法学在中国应用现状如下：

（1）针对可再生能源类项目的方法学为 16 个，占方法学总数 14% 左右，并且此类方法学的适用范围非常广。

（2）目前，我国进入审定阶段的 CDM 项目所使用的方法学的总个数为 35，占所有曾批准方法学 30% 左右。其中可再生能源发电项目的方法学 ACM0002 和 AMS-I. D. 使用累计超过 900 次，占总使用次数的 67%。

（3）常说的可再生能源，包括水能、风能、海洋能、地热能、太阳能和生物质能等。我国可再生能源类的项目类型非常集中，目前公认的比较成规模的可再生能源主要有水能、风能、太阳能和生物质能 4 种。项目类型集中降低了后面开发项目的难度，但同时也导致项目开发的风险比较集中。

（4）虽然我国可再生能源类项目开发所涉及方法学的数量不是很多，但是在一些常用此类方法学的使用中仍然存在着部分难点，例如，投资分析、项目决策时考虑 CDM 因素的证据、项目普遍性分析、国家激励政策问题、基准线情境识别中的相关技术的排除、相关资源量的估算等分析说明；很多开发者在应用这些方法学时往往会犯同样的错误，从而延误项目的国内审评、DOE 的审定以及 EB 的注册。

（5）从各类可再生能源类项目在 EB 成功注册的比例来看，风电类项目的成功比例较高，而在项目数量上占绝对优势的水电类项目在 EB 成功注册的比例却较低。这主要是因为风电 CDM 项目在我国开发时间较早，技术含量较高，前期开发成本也相对较高，资金回收率较低，因此导致项目的额外性和普遍性很好论述，说服力较强。水电CDM项目在EB成功注册的比例较低的原因主要是水电的开发技术已经很成熟，开发成本相对较低，资金回收率相对较高；某些地区水电项目的密集也对水电项目的额外性和普遍性的论证带来影响。

33. 改造类可再生能源项目是否有可应用的方法学开展CDM?

因为可再生能源项目的改造目的是增加项目发电容量，这部分增加的发电容量是由可再生能源产生的，所以可以根据所增加的发电容量开展CDM。

这类项目可以应用经批准的ACM0002（第7版）经批准的ACM0002（可再生能源发电并网的整合基准线）方法学。因为这个方法学的应用条件之一就是项目活动是安装或者更新/改造某一类型的电厂。可以是水电站、风能、地热、太阳能电厂、波能或者是潮汐能这种可再生能源。

这类项目的基准线情景如下：

如果没有CDM项目活动，现存的电厂要按照历史平均水平继续向电网提供电量，直到这个电厂被替代或者被改造。从上述的时间点，基准线情景被假设符合项目活动，并且基准线发电量被假设等于项目活动所产生的电量，并假设没有减排。

项目边界的范围包括项目电厂和CDM项目电厂相连的所有电力系统。

基准线排放：

基准线排放只包括由于项目活动被替代的电厂中火电厂的CO_2的排放，计算公式如下：

$$BE_y = （EG_y - EG_{baseline}） \cdot EF_{grid,CM,y}$$

其中：BE_y是第y年的基准线排放（tCO_2/a）；EG_y是项目活动的上网电量（$MW \cdot h$）；$EG_{baseline}$是改造或翻新情况下，在基准线情景下向电网输送的电量（$MW \cdot h$）；$EF_{grid,CM,y}$是根据最新版本的"电力系统排放因子计算工具"计算的电网组合边际排放因子。

$$EG_{baseline} = EG_{historical}，直到 DATE_{BaselineRetrofit}$$

$$EG_{baseline} = EG_y，DATE_{BaselineRetrofit} 之后$$

其中：$EG_{historical}$是该现有设备输送到电网的历史平均年供电量；$DATE_{BaselineRetrofit}$是该发电设备在没有CDM项目活动情况下被更换或者更新之日。

数据的时间跨度可从最近可获得的年份（或月份、周或其他期间）算起；到设施建设、更新或改造之日，其改造规模应达到显著影响产出的程度（例如，占其5%或更多），以$MW \cdot h/a$来表示。如果是水电设备，就需要至少5年（120个月）（排除季节反常年份）的历史发电数据。对于其他设备，需要至少3年的数据。

为了估计在没有该项目活动情况下，现有设备需要更换的时间点（$DATE_{BaselineRetrofit}$），项目参与者可以考虑如下的做法：

（1）确定此类型设备的典型平均技术寿命并存档备案，要考虑到部门和国家的通常惯例，例如，基于工业调查、统计资料、技术文献等。

（2）评价负责设备更换时间计划表的主管公司的惯常做法并存档备案，例如，基于对类似设备更换的历史纪录。

第二章 可再生能源类项目开发

在没有该项目活动情况下，对现有设备何时会需要更换的时间点应该以一种保守的方式来选择，即如果时间范围能确定，则应选择最早的日期。$DATE_{BaselineRetrofit}$ 是不需要监测的。

34. 一个生物质废弃物热电联产项目，在项目实施后只发电不供热，请问项目监测计划中应该如何处理，而项目减排量的签发会受到什么影响？

根据《清洁发展机制的方式和程序》（缔约方第 17/CP.7 号决定），修订监测计划需要项目参与方提出理由，并说明修订可以提高信息的准确性或完整性，并应提交有关的制定经营实体加以审定。EB 第 26 次会议以报告附件 34 的形式对此进行了明确，项目活动注册后的监测必须严格根据经批准的 PDD 中所包含的监测计划进行。如果项目实际监测情况与经批准的监测计划不符合，应该按照相关程序对监测计划进行修正，将修正的监测计划提交给指定经营实体加以审定，并提交 EB 秘书处，秘书处对修正的监测计划进行完整性检查，并邀请一位专家对此进行评估，评估合格后 EB 予以批准。

上述生物质废弃物发电项目，如果项目运行后已经确定下来只发电而不供热，而且不是因为建设工期或者建设计划的延后原因，将来也不打算开展供热了，那么，严格按照 CDM 的相关规定，应该提交修正的项目监测计划；但如果仅仅是因为供热部分的建设计划推后或者目前还有一定不确定性，可以结合项目具体情况和 DOE 充分沟通，如果 DOE 同意，原则上不用对监测计划进行修正，但在监测报告里面需要对此进行详细说明和解释，DOE 需要对此在报告里予以披露。

35. 风能发电每发 1 度^①电，可以减排多少 CO_2 e？如果风能发电开展 CDM 项目，带来的收益对于每度电的补贴一般有多大？

在风力发电项目中，通过项目上网电量与基准线排放因子（CM）两个值来计算项目减排的 CO_2 e。计算公式为

$$项目减排 CO_2 e = 项目上网发电量 \times 基准线排放因子$$

其中：基准线排放因子基于风电项目所属的区域电网进行统计推算。

在风电 CDM 项目中，基准线排放因子是电量边际排放因子（OM）与容量边际排放因子（BM）通过公式 $CM = OM \times 0.75 + BM \times 0.25$ 计算得到的。OM 与 BM 值根据适用于风电项目的方法学 ACM0002 中引用的"电力系统排放因子计算工具"要求计算。其中，OM 根据电力系统中所有电厂的总净上网电量、燃料类型及燃料总消耗量计算；BM 则采用已批准的变通方法，首先计算新增装机容量及其中各种发电技术的组成，其次计算各种发电技术的新增装机权重，最后利用各种发电技术商业化的最优效率水平计算排放因子。

为了更准确方便地开发符合国际 CDM 规则以及中国清洁发展机制重点领域的 CDM 项目，国家发展和改革委员会国家应对气候变化领导小组办公室研究确定了中国区域

---

① 1 度 =1kW·h

电网的基准线排放因子，并将电网边界统一划分为东北、华北、华东、华中、西北和南方区域电网，不包括西藏自治区、香港特别行政区、澳门特别行政区和台湾省。由于南方电网下属的海南省为孤立岛屿与电网，海南电网的排放因子也单独计算。上述电网边界包括的地理范围为：

（1）华北区域电网：北京市、天津市、河北省、山西省、山东省、内蒙古自治区。

（2）东北区域电网：辽宁省、吉林省、黑龙江省。

（3）华东区域电网：上海市、江苏省、浙江省、福建省。

（4）华中区域电网：河南省、湖南省、湖北省、江西省、重庆市、四川省。

（5）西北区域电网：陕西省、甘肃省、青海省、宁夏回族自治区、新疆维吾尔自治区。

（6）南方区域电网：广东省、广西壮族自治区、云南省、贵州省。

（7）海南电网：海南省。

通过统计计算，2008 年 7 月 18 日公布的不同区域电网风电的 CM 数值如下（表 2-2）。

表 2-2　不同区域电网风电的 CM 数值

电网	OM/[t CO$_2$ e/(MW·h)]	BM/[t CO$_2$ e/(MW·h)]	CM/[t CO$_2$ e/(MW·h)]
华北区域电网	1.116 9	0.868 7	1.054 9
东北区域电网	1.256 1	0.794 6	1.140 7
华东区域电网	0.954 0	0.815 4	0.919 4
华中区域电网	1.278 3	0.715 6	1.137 6
西北区域电网	1.122 5	0.631 5	0.999 8
南方区域电网	1.060 8	0.696 8	0.969 8
海南省电网	0.894 4	0.762 8	0.861 5

从以上内容可得，计算风电项目每度电（上网电量）可以减排多少 CO$_2$ e，即单位电量的 CO$_2$ e 减排量时，首先要确定该项目所连接的区域电网，然后根据该电网区域的 CM 值计算得出单位电量的 CO$_2$ e 减排量。例如，某风电项目所发电量将输出至华北电网，根据计算公式，项目减排 CO$_2$ e = 上网发电量 × 基准线排放因子，该项目每度电的 CO$_2$ e 减排量为 1.0549 kg。

如果风电项目开展 CDM 合作，风电场将获得比较可观的碳收益，从而大大降低风场高投资高成本的运营风险。由以上内容可以看出，单位电量的 CO$_2$ e 减排量值取决于项目发电输出的区域电网排放因子，所以每度电的电价补贴，即单位供电量的交易收入也与排放因子密不可分，同时与碳市场交易价格及汇率密切相关。例如，华北电网每度电产生的 CO$_2$ e 减排量为 1.0549 kg，东北电网每度电产生的 CO$_2$ e 减排量为 1.1407 kg，根据目前碳市场交易的平均价格，以 10 欧元/ tCO$_2$ e 及欧元对人民币汇率 1:10 进行大概测算，华北电网与东北电网风电项目的电价补贴分别为 0.105 49 元/度和 0.11407 元/度。其他电网项目电价补贴值依次类推。

36. 两个 25MW 在同一流域且同一个业主的水电站，能否打捆成一个项目？如果可以的话需要什么样的条件？若是一个 10MW 的和一个 40MW 的情况，能否做成一个项目？

根据中国 CDM 项目开展及申报、审定等方面的常规做法，CDM 所依托的项目就应该是符合我们国家对项目的一般界定，例如，针对项目取得相应级别的政府批文等。对于问题中提到的同一流域同一业主的两个水电站情况，如果这两个水电站在报发展和改革委员会核准的时候是在一起按照一个项目来报的，并且在一起批的，以 CDM 的角度考虑可以认为这是一个项目，但需要 DOE 对项目资料和自身情况进行审定，其符合按照一个项目申报的必要条件，例如，项目前期可行性研究报告或者批复文件等。这种情况在我国的风电场建设中更为常见，我国由于申报体制的规定，50MW 装机以上的风电场需要国家发展和改革委员会核准，而 50MW 装机以下的风电场只需省级发展和改革委员会核准，所以很多情况下几个风电场建在一起，且属于同一业主，却以单个项目的名义在省发展和改革委员会获得核准文。这样的情况应以一个核准文对应一个项目来进行 CDM 的申报工作更为恰当。回到上面的问题，对于两个 25MW 在同一流域且同一个业主的水电站，能否做成一个项目，要看项目核准资质文件以及 DOE 的意见来综合评估。如果是两个分别的核准文，则应按两个项目来分别申报。同样，对于一个 10MW 的和一个 40MW 的情况，是一样的判断方法。

另外，EB 对于小规模 CDM 项目，为了节省业主的开发费用，提供了简化的开发方式，即可以以"打捆"的方式对小项目进行开发。所谓小项目，对于水电来讲，装机在 15MW 以下的水电站可以按照小项目来开发，这样做的好处是其开发难度会低于大项目的开发难度。对于一个 10MW 和一个 40MW 的情况，两个水电站应该采用不同的方法学进行开发，即 10MW 的水电站按小项目来开发，40MW 的水电站按大项目来开发。

并不是所有的小水电都适于打捆开发。为了避免项目开发商利用打捆的方法降低开发难度及费用，对于打捆的小项目，EB 特别要求拟议打捆项目活动不可以是拆自某一大规模项目活动的组成部分，并给出了具体的判断方法。

对项目进行打捆开发在降低成本的同时也会带来风险。捆内如果有个别项目出现问题，可能会拖延其他项目的注册时间，所以采用何种开发方式应该综合考虑，以提高项目的成功几率，缩短项目的注册周期。

37. 抽水蓄能水电和普通水电有区别吗？是否都可以申报 CDM 项目？

普通水电站是利用水的高度差，把水的势能转化为电能，在电网系统中往往担当基荷。而当用电较少的时候，电能又不易存储，就可以用多余的电能把水抽到高处，电能转化为势能存储起来，这样在缺电的情况下就可以把水放下来发电，此种发电形式称为抽水蓄能水电站（pumped storage power station），即以电力系统低谷电能抽水，并以位能形式储存电能的水电站。

其具体形式是设有上、下两个水库，利用电力系统用电低谷时的剩余电力，将下水库的水抽存到上水库中，以位能的方式蓄能；到电力系统的高峰负荷时，再从上水库放水发电，名为水电厂实际起的是蓄能作用。在抽水和发电能量转换（由电能变为水能，再由水能变为电能）过程中，输水系统和机电设备都有一定的能量损耗。发电所得电能与抽水所用电能之比，是抽水蓄能电站的综合效率，早期在 65% 左右，近来已提高至 75% 左右。抽水蓄能是利用电力系统多余的低价电能，转换成电力系统十分需要的高价峰荷电能，并具有紧急事故备用、调峰、调频、调相的效用，可以提高电力系统的可靠性。抽水蓄能电站按水流情况可分为3类：①纯抽水蓄能电站，上水库没有天然径流来源，抽水与发电的水量相等，循环使用；②混合式抽水蓄能电站，上水库有天然径流来源，既利用天然径流发电，又利用由下水库抽水蓄能发电；③调水式抽水蓄能电站，从位于一条河流的下水库抽水至上水库，再由上水库向另一条河流的下水库放水发电。

能源短缺，特别是电力紧缺严重地制约着我国经济的发展。在许多大中城市，拉闸限电是家常便饭，而另一方面在用电低谷，由于需电量大幅度减少，许多发电站不得不关闭部分发电机组，降低发电量。抽水蓄能电站正是根据一天之中用户对电能需求率变化不定的特点，在用电低谷，一般是在后半夜几个小时内用，核电厂或火力发电厂过剩的电力将水从抽水蓄能发电厂的低水库抽到高位水库，待到第二天用电高峰时，把高水库中的水放出来发电，用来补充用电高峰所需的部分电力。抽水蓄能电站是电力系统唯一能填谷的调峰电源，一些大型的火力电厂在用电低谷时，也不能时开时停，缺乏调峰能力。对峰谷差大、调峰能力不足的电力系统，设置一定规模的此类电站是必要的。

在目前 EB 批准并生效的方法学中并无适合抽水蓄能水电站 CDM 开发的方法学，如果考虑开发针对抽水蓄能水电领域的方法学会存在很多技术上无法界定的难点。特别是在基准线确定这方面，例如，抽水蓄能水电站用于电力系统调峰所发电量可以替代其他存在温室气体排放项目的发电量，而这些被替代的其他有温室气体排放并用做调峰的项目在电网中是很难明确界定的，所以根据抽水蓄能水电站项目的实际情况和开发方法学的技术要求，抽水蓄能水电站暂不可进行 CDM 项目开发，但可以作为研究课题开展前期研究，经过认真论证，提出此类项目开展的方法学提交到联合国清洁发展记事会，如果得到批准后，就可以按照批准的方法学开发 CDM 项目了。

38. 功率密度定义的淹没表面积是否是水库正常蓄水位时水库表面积，还是水库最大水位时的表面积？

水力发电项目属于可再生能源发电，在我国，水力发电项目一般是要并网发电的。对于可再生能源并网发电的项目对其进行 CDM 开发适用的方法学是 ACM0002（consolidated baseline methodology for grid-connected generation from renewable sources）。方法学 ACM0002 的适用性中规定，径流式水力发电项目和一些有水库的水力发电项目均可以被开发成 CDM 项目。对于有水库的水力发电项目，有如下几种情况是符合该方法学的适用性的：

（1）拟议项目建在既有水库基础上，且该水库库容不因本项目而改变。

（2）拟议项目建在既有水库基础上，水库库容增大，且其功率密度大于 $4\mathrm{W/m^2}$。

（3）拟议项目需建设新的水库，且其功率密度大于 $4\mathrm{W/m^2}$。

对于功率密度小于 $4\mathrm{W/m^2}$ 的水力发电项目，不可以直接使用该方法学进行开发，但是如果其所淹没的区域无明显植被覆盖，可以向 EB 提请对本方法学的修编。

功率密度的定义是这样的：

$$PD = \frac{Cap_{PJ} - Cap_{BL}}{A_{PJ} - A_{BL}}$$

式中：PD 是项目活动的功率密度（W/m^2）；Cap_{PJ} 是为实施拟议项目活动后的装机容量（W）；Cap_{BL} 是为实施拟议项目活动之前的装机容量，对于新建水电项目，本值为 0；A_{PJ} 是实施拟议项目活动后的满库容时水库的表面积（m^2）；A_{BL} 是实施拟议项目活动之前满库容时水库的表面积，对于新建水电项目本值为 0。

按照方法学的规定，应该取满库容时的水库表面积来计算拟议项目的功率密度。CDM 的数据来源一般是项目的可行性研究报告以及初步设计报告，而且目前国内的实际情况是有些可行性研究报告只对水库正常蓄水位时水库表面积进行了估算。如果使用正常蓄水位时的水库表面积计算功率面积，会导致计算出的功率密度比严格按照方法学要求计算出的功率密度偏大一些，但偏差一般不会特别大，在审定中可以结合项目具体情况，和负责审核的 DOE 沟通，只要不影响适用性条件的结论，一般说来问题不大。

39. 可再生能源类项目核证过程中经常会遇到哪些问题？

目前我国可再生能源项目以发电项目为主，这类项目在核证过程中遇到的常见问题及 PDD 编写时对应的事先解决方式如下：

（1）上网电量计量电表没有按照 PDD 监测计划中的要求安装，包括安装位置、数量和精度。

在 PDD 提交注册前撰写监测计划的过程中，对于能确定的电表安装方案，接线方案要按照实际情况详细撰写；对于在这个阶段无法确定的信息，不要随便套用其他项目的具体方案，应尊重事实，在满足 PDD 撰写内容要求的情况下在描述上留出一定的扩展空间为将来在检测报告中描述实际情况做铺垫。

（2）电量计量装置没有按照 PDD 监测计划中的要求进行校核。

如果电表校核周期和校核单位等，在项目注册之前无法确认，那么要尊重实际情况不要随意套用其他项目的信息，可以强调按照行业或国家的相关规定执行。

（3）几期可再生类 CDM 项目共用关口表、上网电量计量方式与 PDD 中存在较大出入。

在项目主体的实际开发中，由于资源集中的原因，经常出现的情况是在第一个项目借助 CDM 成功开发后又继续开发若干个同类型 CDM 项目，并且考虑到资源的合理利用，几期项目合用一个关口表的现象是存在的。在 PDD 编写过程中，要尽量多地了解信息，对于可能有后续几期项目的情况，监测系统描述的时候一定要充分考虑这种可能性，因此在对上网电量的计量和分配方式上要做简要描述。

三、市场及其他问题

40. 目前各种可再生能源类 CDM 项目在中国开展情况如何？除了现有开展 CDM 的项目类型外，还有其他潜在的 CDM 项目类型吗？

CDM 的行业和领域包含能源工业（可再生能源/不可再生能源）、能源分配、能源需求、制造业、化工行业、建筑行业、交通运输业、矿产品、金属生产、燃料的飞逸性排放（固体燃料、石油和天然气）、碳卤化合物和 SF_6 的生产和消费产生的逸散排放、溶剂的使用、废物处置、造林和再造林以及农业。可再生能源是目前最热门的项目类型。可再生能源领域开发 CDM 的项目，主要通过开发利用太阳能、风能、水力、生物质能等可再生新能源，代替化石能源发电，作为燃料，降低 CO_2 排放量；抽取煤炭开采过程中的煤层气，或通过厌氧工艺处理含有机物的固体或液体废弃物，将 CH_4 回收再利用。现有的 CDM 项目中，58.95% 是可再生能源项目，其中包括水电、风电、生物质、沼气、地热和太阳能等；CH_4 减排、煤层气利用等项目占到项目总数的20.43%；提高能效类项目占项目总数的 14.09%，排在第三位。可再生能源类 CDM 项目占目前 CDM 项目总数的 59% 左右。我国相关政府部门通过制定 CDM 项目运行管理办法、建立 CDM 技术服务中心、开展广泛的 CDM 专业和普及培训、举办 CDM 国际合作交流和博览会等，极大地促进了 CDM 开发与合作。截至 2008 年 8 月底，我国已经申请的项目是 1425 个，已经获得国家发展和改革委员会批准的有 1126 个项目；其中 239个项目已经得到 EB 的批准注册，已经获得 6400 万 t CO_2 e 的减排量。随着企业积极性的提高，我国 CDM 项目正呈加速发展的趋势。

除了现有开展 CDM 的项目类型外，还有其他潜在的 CDM 项目类型。

城市废弃物燃烧发电，由于资金和技术上的障碍很多，额外性很明显，目前属于示范阶段，方法学的开发存在一定难度。

工业节能和可燃性工业废气利用项目，其中电力工业的节能潜力主要集中在超临界火电项目、天然气规划发电项目和热电联供项目，天然气发电作为 CDM 项目发展潜力巨大，随着宁夏首个天然气发电项目被批准成为 CDM 项目，更多的 CDM 项目将会被开发出来以达到节能减排的目的。

钢铁工业的节能潜力主要集中在干法熄焦、高炉炉顶压差发电、全高炉煤气发电改造以及转炉煤气的回收利用等项目上的潜在的 CDM 项目。

水泥工业主要是水泥生产线建设中低温余热发电装置有减排潜力，以及户用沼气池、煤层气的开发利用等都是 CDM 项目的潜在开发对象。

节能建筑 CDM 项目，由于缺乏资金，我国建筑节能水平很低，大量的高耗能建筑的节能改造进展缓慢，新建节能建筑的比例甚微。

氯碱 CDM 项目目前发展还有限制，国内氯碱行业生产方法多以电石法为主，而电石渣制水泥也是近几年开始在国内广泛发展起来的，通过这种方法实现 CDM 还需要一段时间，因此该行业发展 CDM 项目还有待于进一步吸取国外 CDM 的项目建设经验。

其他可开发的 CDM 项目中，还包括生物燃料、氢能、化工行业的醇醚、可燃冰、煤制油、生物乙醇、二甲醚和 GTL 以及太阳能光伏等领域的潜在的 CDM 项目。其中可燃冰的开发潜力巨大。可燃冰是天然气水合物，这种新能源的矿产是全球公认的优质石油的替代性资源。

可再生能源资源潜力巨大，但成本和技术因素使得其利用率非常低。水能、生物质能的应用相对成熟；风能、地热能、太阳能由于政策的支持近年来发展比较迅速。海洋能（包括潮汐能、波浪能、温差能、盐差能等）尚处于研究阶段，距商业化应用还有一段距离。与此同时，可再生能源能够作为 CDM 项目的开发还有待于进一步的研究和摸索。

第三章

工业节能类项目开发

一、基础知识

41. 工业节能一般包括哪几种类型的项目？中国重点节能工程包括哪些？

中国经济持续快速增长，能源生产和消费也快速增加。中国能源结构以煤炭为主体，清洁优质能源的比重偏低，多年来，中国煤炭占一次能源生产总量的比例一直居高不下，一般维持在70%~75%，远远高于国际平均的水平。煤炭的大量开采、消耗，不仅带来了生态环境破坏和水资源的污染，也给应对全球气候变化造成了很大压力。针对日益严峻的能源问题，节能和提高能源利用效率越来越受到人们的重视。目前，我国各行业能源利用效率虽然不断提高，但是相比国际先进水平，主要耗能行业的能源利用效率仍比较低，节能潜力很大。

工业节能项目有多种分类方式，按行业可分为交通行业、水泥制造行业、建筑行业、钢铁行业、纺织行业、电力行业和石化行业等。

交通行业：交通运输领域是我国能源消费的重要方面，是能源消费增长最快的部门之一。交通运输用能，特别是汽车用能，是未来能源需求增长最快的领域。近年来民用交通工具、汽车发展迅猛，汽车消费需求的大幅度增长已对汽油供应造成了严重压力。通过优化交通运输结构和车辆构型、推广节油新技术、开发新型高效汽车、实施车辆油耗限制标准等措施实现节能减排。

水泥制造行业：中国的水泥产业发展迅速，2007年全国规模以上水泥企业总产量达13.5亿t，增速高达13.48%。但水泥行业是一个高耗能的产业，水泥生产消耗的煤占全国总耗煤量的15%。在如此大产量的背后，水泥行业中蕴藏着巨大的减排潜力。

建筑行业：能源界目前普遍认为建筑节能是各种节能途径中潜力最大、最为直接有效的方式。随着我国城市化进程的不断推进、城镇建设的高速发展，人民生活水平不断提高，建筑能耗的比例将不断增加。建筑将超越工业、交通等其他行业而最终成为能耗大户，建筑节能将成为提高全社会能源使用效率的首要方面。

钢铁行业：钢铁产量连年大幅攀升，能量消耗约占钢铁生产成本的1/3，节约能源是钢铁企业发展的重点。目前中国所使用的约4000座电气炉在运行中能源利用率均显著下降，引进炉渣预热系统可以有效地节能降耗，促进钢铁工业可持续发展。

纺织行业：纺织厂经过一定周期的运营，在厂房保温、织机工效、电力系统、蒸汽设施、空调设备和水处理等环节上普遍存在一定的问题。纺织厂实行 24 小时工作制，实际上除了直接的生产机器（纺线、织布等）以外，因其他负荷所需要的能耗，都可以根据实际的需要进行调整。变固定费用为可变动费用，进而减少变动费用的支出。另外，即使是直接的生产机器，仍可以通过提高能源利用效率来削减能耗，以达到节省的目的，从而增加企业的利益以及经营的安全度。

电力行业：通过对火力发电厂发电运行状态的监测，分析耗能点，提出最佳的节能方案，并对其进行改造，达到提高设备热效率、降低燃料使用量的目的。以火力发电厂为例，节能工作的内容包括设计施工、运行管理到技术改造等方面。节能对象分为两类：一类针对锅炉、汽轮机和主要辅机，目的是提高主机的热效率，降低辅机耗电量；另一类针对热力系统，优化和完善热力系统及其设备，改善操作方式，提高运行效率。

石化行业：单位 GDP 能耗不降反升，使得石化行业成为最需要解决能耗问题的行业。炼油、乙烯、合成氨、烧碱、电石、纯碱和黄磷的节能潜力超过 1500 万 t 标准煤。

综合考虑可行性因素，"十一五"期间，国家推动鼓励节约和替代石油等十项重点节能工程，具体如下：

（1）燃煤工业锅炉（窑炉）改造工程：更新改造低效工业锅炉，建设区域锅炉专用煤集中配送加工中心；淘汰落后工业窑炉，对现有工业窑炉进行综合节能改造。

（2）区域热电联产工程：建设采暖供热为主热电联产和工业热电联产，分布式热电联产和热电冷联供，以及低热值燃料和秸秆等综合利用示范热电厂。

（3）余热余压利用工程：在钢铁、建材和化工等高耗能行业，改造和建设纯低温余热发电、压差发电、副产可燃气体和低热值气体回收利用等余热余压余能利用装置和设备。

（4）节约和替代石油工程：在电力、石油石化、建材、化工、交通运输等行业，实施节约和替代石油改造，发展煤炭液化石油产品、醇醚燃料代油以及生物质柴油。

（5）电机系统节能工程：更新改造低效电动机，对大中型变工况电机系统进行调速改造，对电机系统被拖动设备进行节能改造。

（6）能量系统优化工程：对炼油、乙烯、合成氨和钢铁企业进行系统节能改造。

（7）建筑节能工程：新建建筑全面严格执行 50% 节能标准，四个直辖市和北方严寒、寒冷地区实施新建建筑节能 65% 的标准，并实行全过程严格监管。建设低能耗、超低能耗建筑以及可再生能源与建筑一体化示范工程，对现有居住建筑和公共建筑进行城市级示范改造，推进新型墙体材料和节能建材产业化。

（8）绿色照明工程：以提高产品质量、降低生产成本、增强自主创新能力为主的节能灯生产线技术改造，高效照明产品推广应用。

（9）政府机构节能工程：有建筑节能改造和综合电效改造，新建建筑节能评审和全过程监控，推行节能产品政府采购。

（10）节能监测和技术服务体系建设工程：省级节能监测（监察）中心节能监测仪器和设备更新改造，组织重点耗能企业能源审计等。

二、方法学与项目开发

42. 工业节能类 CDM 项目方法学都有哪些？各自适用范围如何？在中国的应用现状如何？

已经批准的 CDM 方法学从针对项目类型的角度可以大致分为如下六类：新能源和可再生能源、节能和提高能效、CH_4 回收利用和避免 CH_4 排放、燃料替代、非 CO_2 和 CH_4 温室气体减排、资源综合利用类。问题所指的工业节能类 CDM 项目方法学从广义上等同于各类节能和提高能效的 CDM 项目方法学。截至 2008 年 9 月 1 日，EB 已批准的工业节能类 CDM 项目方法学共有 40 个，如表 3-1 所示。就国内来讲，应用这类方法学开发的项目总数约为 233 个，约占国家发展和改革委员会已批准 CDM 项目总数的 16%；但如表 3-2 所示，这些项目所应用方法学类型较为集中，其中针对废气/废热/余压回收利用的方法学 ACM0004、ACM0012 及 AM0024 的使用次数达到 218 次，占此类项目总数的 93%。此种情况降低了后面开发同类项目的难度，但同时也会导致项目开发的风险比较集中。

对比表 3-1 和表 3-2，我们可以发现 75% 的工业节能类方法学在我国没有得到应用。究其原因，可能有如下三个方面：

（1）开发公司目前的精力还是在可再生能源方面，因为这类项目的开发已较为成熟，技术开发成本较低，注册成功率较高；相对注册成功率不高的工业节能类项目，开发者更优先选择难度较小的 CDM 项目类型。

（2）工业节能类项目的可复制性较好，同样出于开发成本的考虑，开发者更偏向于已经被开发的领域，而不是开拓新领域。

（3）方法学本身的复杂性限制了对应领域项目的开发。例如，AM0017 和 AM0045 等，由于批准的方法学过于复杂，甚至连提议该方法学的机构也没有使用该方法学开发项目。

表 3-1　工业节能类 CDM 项目方法学及其适用范围

	编号	方法学名称	关键适用条件
大规模方法学	AM0014	天然气热电联产	基准线情景的电和热生产是独立分开的，不能是联产；热电联产系统的所有人可以是第三方，也可以是工业类使用者，但不能是其他消费方；根据需求方定热，并以热定电供给电网，不能超额供应
	AM0017	通过替代凝气阀和回收冷凝物提高蒸汽系统效率	蒸汽由化石燃料锅炉生产；凝气阀的定期维护或者回收和再利用冷凝物在各自国家不具普遍性；至少 5 个相类似厂区拥有凝气阀的状况和冷凝物回收方面的数据
	AM0018	蒸汽系统优化	蒸汽系统优化后，产品在质上没有变化，在量上比较稳定；蒸汽消耗可以连续监测

编号	方法学名称	关键适用条件
AM0020	抽水中的能效提高	减排源自于降低向最终用户供水的城市水力设施的能耗；能效改善包括技术泄漏的降低和用电泵机能效提高；本方法学只适用于改造项目，不适用于新建设施
AM0024	水泥厂余热回收利用发电	适用于利用水泥熟料生产过程中的余热发电的项目；所发电量用于本厂水泥生产，余额供给电网；如果本厂现存自有电厂，那么基准线情景必须假定为没有余额电量向电网输送；产生的电量可以用来替代电网送电，也可以替代一个指定的产电源，前提是被替代方可以被清晰定义；余热只能用于本发电项目
AM0031	快速公交转换系统	无论什么方式，本项目必须要有一个清晰的计划来降低现有公共交通总量；与当地法规不冲突；项目只基于城市道路；项目所在城市拥有传统的公交系统
AM0038	硅锰合金生产中提高现有的埋弧炉的电效率	基准线情景和项目本身的埋弧炉必须是用于生产硅锰合金；生产过程中所消耗的电力来自于电网；电网和系统边界可以被清晰定义，且有关电网特性的信息可得；不能因为项目活动对所用原材料和硅锰合金的生产产生质上的影响；在执行本项目前，至少有存在 3 年的数据以供评估基准线排放；硅锰合金生产设施不会因项目活动而增大产能
AM0044	能效提高项目：工业或区域供暖部门中的锅炉改造或替代	适用于在多个地点通过改造或者替换提高锅炉效率的项目；被改造或替换锅炉仍然有一定的剩余寿命；项目边界可以被清晰建立；项目活动仅限于通过锅炉改造和安装来提高能效，不包括通过改变燃料而获得的能效提高；项目边界内的锅炉没有相关最小能效等级限制；锅炉使用单一燃料
AM0046	向住户发放高效的电灯泡	免费或者以折扣价格向居民家庭发放 CFL 节能灯，替代现有的低效灯泡
AM0048	新的热电联产设施，向多个用户供电和/或蒸汽，替代使用高排放燃料的电力和蒸汽生产	基准线情景不是热电联产项目；减排只针对现有的生产能力；被替代掉的设备不会被售出或用作他途
AM0054	通过引入油/水乳化技术提高锅炉能效	提高现有的以残余油为燃料锅炉的效率，且锅炉有 5 年以上的历史数据；在项目执行前，油/水乳化技术没有被采用过；油/水乳化不需要因为项目活动而增加热力进行预热；除乳化技术外的设备，现有设备不因项目活动而改变；锅炉产热量不会因项目活动而增加；锅炉剩余寿命要大于计入期
AM0055	精炼设施中的废气回收利用	在项目活动开始前，存在 3 年有关废气未被回收利用（焚烧）的证明；回收的废气用于产热，且被用于同一精炼设施；精炼设施的产能不因项目活动而提高；废气的量和成分均可测量
AM0056	通过锅炉更新或改造提高能效，以及可能的化石燃料锅炉燃料替代	项目以改造或更新尚有剩余寿命的化石燃料锅炉为主，可以附加燃料替代；国家/地方法规本身不要求现有锅炉设备的替代，也没有对锅炉的能效等级划最低标准；改造前后蒸汽质量（气压和温度）不变；锅炉燃料保持单一；本项目活动不存在对蒸汽传输系统的能效提高，不涉及热电联产

大规模方法学

第三章　工业节能类项目开发

<table>
<tr><td>编号</td><td>方法学名称</td><td>关键适用条件</td></tr>
<tr><td>AM0058</td><td>新建一个集中供热主系统</td><td>热来自热电联产电厂或者供热锅炉；热电联产机组非背压式；电厂和锅炉均只使用一种燃料；项目活动不会对电厂的技术寿命和任何主要生产环节产生影响；电厂要有3年以上历史运行数据；在项目活动开始前，热或汽没有抽出用作包括工业生产的其他用途</td></tr>
<tr><td>AM0060</td><td>通过更换新的高效冷却器节电</td><td>用新的高效冷却器替代现有的冷却器；现有冷却器正常维护的情况下仍有一定寿命；新旧冷却器均是电力驱动；替换不会造成生产程序的变化，不要求额外服务；替换不是直接或间接受法律法规要求的；现有的或新的冷却器如果直接使用至冷剂来产冷或空调，此项目不适用于本方法学；基准线必须是继续使用现有冷却器</td></tr>
<tr><td>AM0061</td><td>现有电厂的改造或者能效提高</td><td>项目以电厂改造为主，可以附加燃料替代；针对联网电厂；现有电厂至少有10年运行历史；项目仅包括因改造或提高能效的投资活动；项目不能涉及安装新的发电设备；基准线情景必须是沿用现有电厂；本方法学不适用于绿色能源电厂和热电联产电厂</td></tr>
<tr><td>AM0062</td><td>通过改造透平提高电厂的能效提高</td><td>电厂使用化石燃料，不适用余热或生物质发电；电厂仅向电网供电；项目本身不能是厂家推荐的升级或预防性的维护活动，也不能是因预防性维护所导致的能效提高；改造前后，汽轮机的运行参数（气压、温度等）保持在±5%的变化范围内；现有汽轮机的寿命不因项目活动而增加；项目活动不存在燃料转换，现有电厂不是热电厂、联合循环发电厂，或者电厂的部分电力专属于工业生产</td></tr>
<tr><td>AM0066</td><td>在海绵铁生产中利用余热加热原材料实现减排</td><td>改造前后，生产设备的产品类型保持一致；所应用的余热必须只来自于项目活动内的窑炉；被预热的原材料必须是固体物质；原料加热后直接进入炉体；在项目开始前，至少存在3年以上有关所耗燃料/电力、原材料成分、最终产品和生产水品的相关数据。现有设施的设备寿命不因项目活动而增加；在没有项目活动的情况下，余热不会被利用</td></tr>
<tr><td>AM0067</td><td>在电网中安装高效率的变压器</td><td>项目活动包括替代既有区域的低效变压器和在新区域安装高效变压器；减排量仅限于变压器空载损耗的减少；项目参与方必须保证被替代的变压器不会用到其他配送网络中；项目开始前，存在过去3年所安装的变压器类型及总量的数据</td></tr>
<tr><td>AM0068</td><td>通过改造铁合金生产设备提高能效</td><td>所改造设备只生产一种类型的铁合金（成分一致）；改造包括对熔炉和旋转炉的改造，但单独改造旋转炉的项目不足以构成CDM项目，一定要等到熔炉也被替代那一刻；铁合金的质量和类型不因项目活动而改变；至少有3年的数据来评估基准线排放；基准线情景必须是正常维护情况下延用现有设备</td></tr>
</table>

大规模方法学

	编号	方法学名称	关键适用条件
整合方法学	ACM0007	单循环转换为联合循环发电	项目为通过利用以前未使用的电厂余热生产蒸汽并供给透平将单循环变成联合循环；现场余热没有被用作他途；现有的透平不会因项目活动而使寿命增加；项目开发方能找到合适数据计算综合排放因子
	ACM0012	基于废气/废热/余压能源系统的温室气体减排	这是一个整合方法学，适用于多种类型的项目活动；本方法学不适用于废气/废热被用于单循环电厂的项目
	ACM0013	使用低碳技术的新建化石燃料发电厂	项目非热电联产；近期建成电厂的燃料消耗和发电量的数据可得；使用基准线燃料发的电占区域内总电量的50%以上
小规模方法学	AMS-II. A.	提高能效项目：供应测能源效率提高——传送和输配	针对输配电系统或集中供热系统的能效提高项目
	AMS-II. B.	提高能效项目：供应测能源效率提高——生产	提高现有供电或者供热设施的效率；可以针对现有设施，也可以是将要建设的新设施
	AMS-II. C.	提高能效项目：针对特定技术的需求侧能源效率规划	促进节能设施的使用，如灯泡、冰箱、风扇和空调等；被替代设备的产出与基准线相差不超过10%；项目可以是更换已有设施，也可以是在未有区域新安装设施
	AMS-II. D.	提高能效项目：针对工业设施的能源效率提高和燃料转换措施	促进特定工业或矿业生产设施的节能措施；可以是更换已有设施，也可以是新安装设施；项目边界内的能源使用可以被直接测量和记录；因项目活动所带来的影响可以被区别出来
	AMS-II. E.	提高能效项目：针对建筑的提高能效和燃料转换措施	针对一个或一组类似建筑的节能措施；可以是更换已有设施，也可以是新安装设施；项目边界内的能源使用可以被直接测量和记录；因项目活动所带来的影响可以被区别出来
	AMS-II. F.	提高能效项目：针对农业设施和活动的提高能效和燃料转换措施	针对能源设施和活动的能效提高以及燃料转换项目，可以是更换已有设施，也可以是新安装设施
	AMS-II. G.	提高能效项目：非可再生物质热利用中的能效提高	如果同区域存在其他类似小规模CDM项目，那么必须保证本项目所节省的非可再生生物质没有被其他CDM项目纳入计算过；项目参与方能够以调查方法证明，项目边界内非可再生生物质自1989年12月31日以来一直使用
	AMS-II. H.	提高能效项目：通过热电联产或者热电冷联产实现减排	替代现有或新建的提供电、蒸汽/热和冷服务的设施，并将其整合；项目完成后，相比之前产出增加不超过5%，因此本方法学不适用于通过改造现有设施来增加产出的项目；因项目活动的总节能量每年不超过60GW·h；不替代现有的热电联产或热电冷联产系统
	AMS-II. I.	针对工业设施的废气能量的有效利用	因生产废余的能量与产量呈一恒定比例；项目执行前后产品同质；相关能效参数可以被测量和记录；因项目活动所带来的影响可以被区别出来；项目不附加燃料；本方法学不适用于通过改造现有设施来增加产出的项目

清洁发展机制 项目开发百问百答

	编号	方法学名称	关键适用条件
小规模方法学	AMS-II. J.	在需求侧采用高效照明技术	替代现有设备的高效技术必须是新的，不是从其他地方转移过来的；项目照明设备产生的总流明要等于或高于被替代的；单个项目活动合计节能每年不超过60GW·h
	AMS-III. M.	其他项目类型：通过回收纸张生产过程中的苏打减少电力消耗	项目从纸张生产中产生的废弃黑液中回收烧碱；所产生的减排每年超过60kt CO_2 e
	AMS-III. P.	其他项目类型：精炼设施中的废气回收和利用	回收目前被焚烧的废气，用于产热，替代化石燃料；回收的废气服务于同一精炼设施；精炼设施的产能不因项目活动而提高；废气成分可被测量；所产生的减排每年超过60kt CO_2 e
	AMS-III. Q.	其他项目类型：基于废气的能源系统	废气/废热用于热电联产、电力和热力生产，余压发电；所产生的减排每年超过60kt CO_2 e

表 3-2　我国工业节能类 CDM 项目方法学应用情况

编号	国家发展和改革委员会已批复（截至 2008/7/18）	已公示（截至 2008/9/1）	已注册（截至 2008/9/1）
AM0018	2	2	0
AM0024	11	13	2
AM0058	2	0	0
ACM0007	2	2	0
ACM0004	145	145	19
ACM0012	59	84	0
AMS-II. D.	3	3	0
AMS-II. E.	2	2	0
AMS-III. M.	1	1	0
AMS-III. Q.	6	12	0
合计	233	264	21

43. 目前，工业节能类 CDM 项目在中国开展情况如何，除了现有开展 CDM 的项目类型外，还有其他潜在的 CDM 项目类型吗？

截至 2008 年 9 月 1 日，国家发展与改革委员会批准的 1444 个 CDM 项目中有 233 个属于工业节能类，如表 3-3 所示。其开展情况可以总结如下：

（1）项目所涵盖的行业有限。目前这类项目所涵盖的行业在我国仅限于水泥、钢铁、焦化、化工、有色金属、电力、石化及造纸行业。

（2）项目所采取的节能方式有限。从表 3-3 中也可以看到，目前最为常见的就是废气、余热、余压回收发电这一类，而其他的节能方式很少见，但却具有很大的开发潜力。

（3）项目类型较为集中。从项目数量上，相比可再生能源类项目整体开发进度较弱；但水泥行业和钢铁行业的工业节能类项目在国内的开发数量远超过其他行业，可见我国这类项目的开展情况较为集中。

表 3-3　国家发展和改革委员会审批通过的工业节能类 CDM 项目行业统计

行业	节能方式	项目数
水泥行业（共 111 个）	余热发电	108
	利用电石渣替代部分生料生产水泥熟料	3
钢铁行业（共 67 个）	干熄焦余热利用	17
	高炉煤气余压发电（TRT）技术	18
	高炉煤气燃气 – 蒸汽联合发电（CCPP）	9
	烧结厂废气闭路循环余热回收发电	23
焦化行业（共 26 个）	焦炉煤气回收利用	26
化工行业（共 17 个）	废气余热回收发电	13
	蒸汽系统优化	1
有色金属行业（共 3 个）	硫酸余热发电	3
电力行业（共 8 个）	针对锅炉、汽轮机和主要辅机（包括超超临界发电）	4
	针对热力系统（包括热电联产改造）	4
石化行业（共 3 个）	油田放空天然气回收工程	1
	天然气燃气 – 蒸汽联合发电	2
造纸业（共 1 个）	余热热电联产	1
合计		233

原因可能有以下几个方面：

（1）CDM 的普及面仍然有限。从 2005 年《京都议定书》生效至今，总共只有 3 年左右的时间，并且从概念的普及到真正挖掘项目进行开发还需要一定时间。

（2）单个项目减排量较小，缺乏市场吸引力。

（3）CDM 项目开发本身跨度时间较长，一般在一年以上。对于新进入市场机构来讲，开拓和应用新方法学相对应用多次方法学的项目开发技术成本要高得多；另外，立足于工业节能类项目开发出来的方法学本身复杂程度很高。

在分析潜在工业节能类 CDM 项目类型之前，需要把握 CDM 项目的两个本质：一是项目相对于基准线存在减排量，即能相对减少温室气体的排放；二是项目具有额外性。工业节能类 CDM 项目也同样要满足这两条基本条件。

对于已存在方法学的项目来说，其开发潜力需要看项目具体情况和所依据方法学的严格程度。从项目数量的潜力来看，所有获得国家发展和改革委员会批复的项目类型都具有在项目数量上增加的潜力。从类型扩展的角度看，还有以下归纳的几种项目情况也具有潜力：

（1）方法学已被应用过，但某些行业还没有相应 CDM 项目开发。例如，应用较多的废气、余热回收类的方法学在铝、铜等工业生产行业还没有得到过相应开发，但潜力巨大。

（2）方法学没有成功应用先例，但在中国存在相关项目潜力；目前 40 个工业节能类的方法学在中国也只应用了 10 个，并且 AM0013——超超临界燃煤发电项目、AM0058——热电联产改造项目、AM0062——电厂通流改造项目和 AM0056——锅炉更新改造项目等方法学的应用都还处在项目的挖掘或初期开发阶段。

还有大量的潜力存在于符合 CDM 项目本质但没有已批准方法学的项目。此类项目虽然很多，但考虑到目前新方法学的开发难度和开发周期，不宜于作为当前潜力挖掘的重点。

44. 针对基于方法学 AM0061 和 AM0062 这类电厂改造提高能效项目，虽然方法学已通过，但目前还没有项目进行申报，不知这类项目能不能做？AM0061 与 AM0062 的异同是什么？

这类项目可以做，但是这两个方法学无论额外性论证、减排量计算还是监测都较为复杂，对项目开发方和 DOE 的要求都较高，并且单个项目减排量较小，所以至今都没有项目进行申报。

这两个方法学的异同分别从三个方面进行讨论：方法学的适用性、基准线与额外性论证、减排量计算。

1）适用性

同：

（1）项目电厂为火电厂，并网发电。

（2）保养性、预防性的活动不能被算作 CDM 活动。

（3）项目电厂不能是热电联产电厂。

（4）计入期长度不能超过电厂设备/透平的剩余寿命，有多个设备/部件或寿命只能确定一个时间段时，要根据保守性原则，以剩余寿命最短的部件或时间段中最早的时间点为准。

异：

（5）AM0061 适用于所有电厂改造提高能效的项目，AM0062 只适用于汽轮机或燃气轮机的改造项目。

（6）AM0061 要求项目电厂至少有 10 年的运行历史，或由于机械故障或损伤导致年平均热耗率增加至少 25%并且输出功率减少至少 10%，AM0062 对此没有要求。

（7）AM0061 要求有 5 年的历史运行数据，AM0062 则只要求 3 年的数据。

（8）AM0062 不适用于燃料更换，AM0061 可以用于燃料更换，但由此产生的减排量不与考虑。

（9）AM0061 要求电厂机组的功率在改造后整个计入期内都不能超过铭牌功率的 15%。

（10）AM0062 要求所有影响透平效率的参数在基准线情形和项目活动保持一致（±5%以内）（例如，汽轮机的蒸汽压力、温度、蒸汽质量；燃气轮机的冷凝器真空度、燃烧温度）。

2）基准线与额外性论证

同：

（1）使用整合的基准线和额外性论证工具"Combined tool to identify baseline scenario and to demonstrate additionality"进行论证。

（2）基准线情形必须为继续当前实践——继续运行当前电厂而不做改造，否则方法学不适用。

异：

（3）AM0061要求投资分析中只考虑那些直接提高能效的措施的投资成本。

（4）AM0061要求对于每个影响能效的措施进行额外性论证，对于那些不具额外性的措施对能效的影响要在最终的能效提高中扣除。

（5）对于AM0061，唯一合适的障碍是投资障碍，其他障碍不得被使用。

3）减排量计算

同：

（1）基准线排放划分为三部分分别计算：①项目在计入期内年上网电量小于历史年均上网电量的部分，排放因子为项目历史排放因子。②项目在计入期内年上网电量大于历史年均上网电量，但小于项目历史可能的最大上网电量的部分，排放因子取项目历史排放因子和项目所在电网排放因子之中较小的那个。③项目在计入期内年上网电量大于项目历史可能的最大上网电量的部分，排放因子为项目所在电网排放因子。

异：

（2）电网排放因子的计算：①AM0061取电网排放工具中的BM、电网排放工具中的CM（OM/BM各占50%）、基准线情形的排放因子三者中的最小值。②AM0062取电网排放工具中的CM。计算历史上网电量和历史最大可能发电小时数时，AM0061要求用5年历史数据平均，AM0062则要求3年历史数据平均。

45. 什么样的集中供热项目可以应用AM0058这个方法学，这个方法学的难点在哪里？

1）方法学适用性

（1）给居民和商业供暖，不用作除集中供热外的其他用途，如工业生产。

（2）热主要由热电联产电站（CHP）提供，可以新建现代化的供热锅炉作为电站供热的补充。

（3）项目边界可以被清晰识别。

（4）用于集中供热的电站运行必须符合：①热来自于联网的热电厂的透平抽汽，不能是背压式热电联产电站；②只用一种燃料（最大可有1%的其他用于启动的辅助燃料），保证基准线情形和项目情形使用同一种燃料；③项目不会使电站技术寿命增加并且不带来任何主要产品变化。

（5）所有调峰锅炉运行必须符合：①锅炉集中供热只用于供应给居民或商业区域加热建筑和/或生活热水，不能用于工业生产；②每个锅炉只能使用一种燃料。

（6）所引用的工具里的适用性条件。

以下几种情形的潜在减排不予考虑，但是仍适用于本方法学：

（1）集中供热供应热水给生活热水产生的减排量。

（2）将个体采暖改为集中供热产生的减排量。

（3）给新建建筑供热时电站供热占总供热比例小于50%。

（4）由于供热损失减少（如热水损失）或需求侧的措施（如建筑绝热，使用温度调节阀，由于付费方式改变而导致的行为改变等）。

2）方法学的难点

（1）基准线确定与额外性论证：与以往经常用到的基准分析不同，需要使用平准化供热成本来进行投资比较分析，并将使用到的参数明白地表述出来：①投资成本；②贴现率；③设备效率；④燃料价格；⑤燃料的运行处理费用；⑥其他运行维护费用。

（2）减排量计算。本方法学减排量的计算为方法学中较难的部分，需要的数据较多，其中包括：①热电联产电站替换的每个小供热锅炉详细的数据统计，可能需要包括的数据有 锅炉的容量、锅炉的供热面积、锅炉的热效率、锅炉的年均煤耗、锅炉的年均供热量和锅炉已运行年数。②每个换热站（包括已有建筑的新建建筑）对应的建筑面积。

（3）监测。①由于监测的主要数据供热量需要在换热站一侧测量，所以此数据的得到需要和热力公司协调；②各换热站下不同类型建筑类别的面积需要每年更新。

46. 如果要开发水泥厂余热发电 CDM 项目，现有可选择的方法学主要包括 AM0024、ACM0012、AMS-III. Q.，它们的异同是什么？

AM0024、ACM0012 和 AMS-III. Q. 都是可以用于开发水泥厂余热发电 CDM 项目的方法学，但是其适用条件有很大差别。对于特定的项目，必须根据项目自身的情况对方法学进行选择，使用正确的方法学对项目进行开发。表 3-4 简单列出了这三个方法学的适用范围，它们具体的区别和选择方法将在下面文字部分中说明。

表3-4 水泥厂余热发电 CDM 项目可选择的方法学

编号	方法学名称	适用范围
AM0024	水泥厂余热回收利用发电	利用水泥熟料生产过程中的余热发电
ACM0012	基于废气/废热/余压能源系统的温室气体减排	废气/废热/余压利用
AMS-III. Q.	基于废气的能源系统	废气/废热用于热电联产、电力和热力生产，余压发电小项目，年减排不超过 60kt CO_2 e

方法学 AM0024（水泥厂余热回收利用发电）是一个大项目方法学，其适用的项目类型是利用水泥熟料生产过程中的余热来发电，并且所发电量用于满足项目所在地的水泥工厂的电力需要，多余部分电送入电网。需要强调的是，本方法学仅适用于水泥熟料生产过程的余热发电，其他工序的余热利用不能使用此方法学，且拟议项目不能影响水泥工厂本身的温室气体排放。

方法学 ACM0012（基于废气/废热/余压能源系统的温室气体减排）是一个经整合的大项目方法学，其适用的项目类型有如下两种。

类型一，拟议项目所要利用的能量（废气/废热/余压），在没有拟议项目的情况下将被燃烧掉或者释放到大气中，这些能量将被用来热电联产、电力和热力生产，或者用于生产机械能。

类型二，在已有的工厂里，拟议项目利用一部分废的蒸汽（注意只是蒸汽，废热或者废水都不可以）来发电。拟议项目可以在原有基础上增加废气的回收利用率，提高能量利用效率，且不能引入新的化石燃料的消耗。

另外，该方法学对项目开发的细节作了很细致的规定，这里不一一赘述。

方法学 AMS-III. Q.（基于废气的能源系统）是小项目方法学，适用于利用已有工厂的废气和/或废热来进行热电联产、电力和热力生产，或者余压发电。由于是小项目方法学，其适用范围对项目的减排规模进行了规定，其每年产生的减排量要少于或等于，但不能超过 60kt CO_2 e。小项目方法学的要求比较简单，开发难度较低。

综上所述，对于一个水泥厂余热发电 CDM 项目的方法学选择，首先考察其年减排量是否超过 60kt CO_2 e，如果满足小项目方法学 AMS-III. Q. 的要求，则选用方法学 AMS-III. Q. 。对于清晰可判定的利用水泥熟料生产过程中的余热来发电的项目，选用方法学 AM0024，其他复杂的情况参见方法学 ACM0012 的适用条件，来对其进行开发。

47. ACM0012 的第九个适用条件中的"目前使用设备的剩余寿命"中"设备"一词指的是产生废气余热的设备，还是指发电产热的设备？

该适用条件在方法学里面的描述为，"项目边界内的工业设施和使用废气余热所发电和发热的单位，若在项目开展前已在现场直接发电产热，则减排计入期以下列两个时间段内较短的一个为准：目前使用设备的剩余寿命，计入期"。这里的"设备"应该是指发电产热的设备。所有关于设备寿命和计入期长短的问题里，设备都指的是在项目活动以前已有、已在运行的设备。

48. 很多工业节能类的方法学都涉及替换或者改造现有锅炉，而确定这些现有锅炉的寿命将影响到 CDM 项目的计入期，请问如何确定现有锅炉寿命？需要注意哪些问题？

目前各方法学中关于估计设备技术寿命的流程主要根据 EB 第 22 次会议附件 2 中的相关指导方针制定。设备的寿命主要考虑以下两种具体情况。

（1）类似设备的典型平均技术寿命，并参考国家的普遍实践（例如，工业调查、统计和技术文献等）。

（2）评估和记录负责设备替换的公司的实践（如类似设备历史替换记录）。

根据设备的技术寿命和已运行时间，可以确定项目剩余寿命和预计设备被替换的时间。确定设备被替换的时间时要采取保守性原则：如果设备被替换的时间只能确定一个时间段，则选取此时间段中最早的时间点。如果有多个设备被替换，则可选取如下两种方法：①具体问题具体分析，为每个设备决定被替换时间，这种方法适用于项目中包含不同类型的设备；②为所有设备假设一个保守的技术寿命，即各个设备中最早应被更换的时间。

如果项目中包含安装大量单独的设备，方法学可以根据替换或改造所能带来的排放特征的改善（地区或工业中此类设备）来设定基准线。

49. 工业节能类的项目核证过程中经常出现哪些问题？这些问题是否有办法在 PDD 编写过程中事先解决？

与可再生能源类项目相比，工业节能类 CDM 在我国实施的较少，完成核证的项目类型比较单一，个数也较少。就目前来看，这类项目在核证过程中遇到的常见问题及 PDD 编写时对应的事先解决方式如下：

（1）由于很多节能类项目所发电量为自用，因此在电量的检测上无法提供出有利的证明材料。在 PDD 提交注册前撰写监测计划的过程中，一定要充分了解项目所发电量的用途、结算方式及计量方式。如果结算方式和计量方式可以满足方法学对于电量的监测要求则可以按照实际情况描述；如果无法满足方法学规定的检测要求则需要一方面寻找变通方式，另一方面与项目业主沟通对项目主体的情况按照方法学的要求进行改进。

（2）与额外性相关部分数据与注册时 PDD 描述的差异较大。虽然理论上核证过程中不需要再审查项目的额外性内容，但是在项目核证过程中的部分数据与之前 PDD 中额外性论证的解释直接相关，很多项目核证结果与之前 PDD 中的描述偏离很大，因此引起了 EB 对于其额外性的关注和质疑。建议在注册阶段 PDD 编写的过程中额外性论证所用到的相关参数的估计值要合理，要与事实接近，不要只考虑项目注册阶段的要求。

三、市场及其他问题

50. 温室气体减排技术服务公司是否可以作为 CDM 项目的申请人并享有 CERs 的收益？

按照《中国清洁发展机制项目管理规则》的规定，CDM 项目的申请人也即项目实施机构，是指在中国境内实施清洁发展机制项目的中资和中资控股企业，负责清洁发展机制项目的工程建设；按照这个规定，企业开展技术改造项目，企业自身应该是项目主体，也应该理所当然成为 CDM 项目的申请人，这是项目实施企业的权利，除非企业同意放弃这种权利，并得到国家主管部门的批准；至于 CERs 收益，这个问题是个具体的商务模式的问题，可以与能效类项目实施领域里多种灵活的运作模式进行结合，企业和技改项目服务单位通过正常的商务谈判，按照风险利益均担的原则签署相关技术服务合同。

第四章

甲烷利用项目开发

一、垃圾填埋气用项目

51. 垃圾填埋项目为什么可以开发成 CDM 项目，其现状和前景如何？

填埋垃圾中产生大量的气体，这种填埋气体既是一种大气污染源，又可能引起填埋场火灾和爆炸事故的发生；同时，因气体中含有高浓度的 CH_4（大于 50%），又是一种有用的资源。垃圾填埋发电项目是利用垃填埋所产生的大量的气体发电，用这些气体发电，将大大改善环境质量，同时创造较好的经济、社会效益，推动了环保产业的发展。

从 20 世纪 90 年代初到 2000 年底，我国的城市已建成近千座垃圾填埋场，估计目前我国的垃圾填埋场每年产生的填埋气总量达 800 万 t 以上，而且在相当长的一个时期内，仍将以卫生填埋技术作为城市垃圾处理的主要方式。由于经济和技术方面的原因，大部分的垃圾填埋场还是采用较简单的堆放填埋，采取的仍是被动式气体导排系统（通过石笼直排），现有垃圾填埋场所产生的大量垃圾填埋气体没有得到有效的收集和利用。进入 21 世纪以来，国内正掀起新一轮较规范的垃圾填埋场建设高潮，使填埋气体能够长期、稳定地产生，为大规模收集和资源化利用填埋气体提供了最基本的条件。

52. 垃圾填埋项目可选用的方法学有哪些？

垃圾所产生的沼气利用项目属于类别 13，由于还涉及产生的沼气用来发电或者产生热能，所以也涉及类别 1。这类项目所适用的方法学有：

1）ACM0001 经批准的垃圾填埋气项目活动整合的基准线方法学

该方法学适用于垃圾填埋气收集项目。

（1）基准线：该基准线是指温室气体的大气排放。该基准线方法学考虑到，为遵守有关规章或政府合同要求，或出于对安全或消除异味的考虑，由垃圾填埋场所产生的一部分甲烷会被收集和消除。

（2）监测方法：监测计划基于对所收集的填埋气体的量的直接测量以及用于火炬

焚烧和产生电能所消耗的填埋气体的量。监测计划包括对焚烧的填埋气体的质量和数量的连续监测，焚烧的 CH_4 的数量以及用于产生电能的 CH_4 的数量等。

（3）方法学应用举例有：济南垃圾填埋气发电项目等。

2）AM0025 多种废物管理系统中有机废物气体排放的处置

该方法学适用于原本要用于填埋的新鲜垃圾和用于堆肥、气化、厌氧处置、旋转硫化炉及焚烧的项目。

53. 垃圾焚烧项目在项目开发过程中一般会遇到哪些问题？

垃圾焚烧项目在项目的识别和开发过程中，需要注意以下几个问题：

（1）需要澄清垃圾焚烧的过程中掺煤量的相关情况。

（2）炉渣的含碳量需要不超过 1%。

（3）关于早期考虑 CDM 的问题，方法学 AM0025 发布于 2007 年 5 月 4 日，项目如果提出考虑项目的时间都早于方法学发布的时间，需要提供考虑 CDM 的相关证明，如董事会决议。

（4）在作经济分析的时候，需要澄清业主获得的垃圾处理费的收益等方面的问题。

54. 垃圾填埋项目核查过程中有哪些问题？

关于垃圾填埋气项目，有如下问题是 DOE 比较注意的：

（1）PDD 时期预测的 CH_4 的产生量，一般都是模型计算，一般情况下都大于实际情况下 CH_4 的产生量。产生的原因可能是由于 CH_4 收集系统的建设不科学，没有按照原先的设计去实施。

（2）CH_4 的流量计量按照体积流量计，应该实施实时温差补偿。

（3）火炬的效率（flare efficiency）。一般的项目业主会产生误解。简单地监测入口和出口的 CH_4 的浓度，这样的监测是错误的。实际上应该按照 EB 的一个工具去监测。

（4）如果间歇性的监测 W_{CH_4}，需要讨论 95% 的数据置信度是如何来的。

二、农业沼气利用项目

55. 农业沼气类项目在 CDM 项目中的地位如何？

农业生产是人类最基本的改造自然的活动，其过程不仅改造了地表环境，并且改造了大气、土壤及生物之间的自然的物质循环，对环境造成了影响，例如，造成土壤流失、土地沙漠化、温室气体排放增加等严重的环境问题。

由于人类活动的需要，大量的森林和草场被开发为农田，随之而来的土壤呼吸和农业废弃物秸秆的燃烧造成温室气体的排放。同时，畜牧业的大力发展，排放相关粪便及污水，这些废物在厌氧池中存放过程中，也会释放大量的 CH_4，造成全球温室效应的增加。

众所周知，CH_4 的全球变暖指数是 CO_2 的 21 倍，N_2O 的全球变暖指数是 CO_2 的 310 倍。而大气中大多数 CH_4 和 N_2O 的排放都来自于农业活动。综上所述，农业生产活动对温室效应的影响是不容忽略的。

56. 农业沼气类 CDM 项目有哪些适应的方法学？

就目前在开发的 CDM 项目中，农业沼气类项目开发的比较少，这类项目可适用的方法学有如下几种：

1）ACM0010 粪便管理系统的 CH_4 减排

该方法学适合于现有的畜牧场的厌氧的粪便管理系统被一个或多个动物粪便管理系统替代从而导致温室气体排放减少的项目。

（1）基准线：根据在没有实施该项目时，方法学中确定基准线过程中识别的动物粪便管理系统。

（2）监测方法：监测计划应当包含，每一个核查监测期，对项目边界范围内的每一个有项目活动进行的农场的监测。

（3）方法学应用举例有：河南牧原猪场 CDM 项目的利用及 CH_4 减排项目等。

2）AMS-III. A. 农业

该方法学适合于在现有的大豆－玉米轮耕的酸性土壤上，使用接种菌作为肥料，通过减少使用尿素肥料从而达到温室气体减少排放的项目。

（1）基准线：基准线排放包含因生产尿素肥料而生成的 CO_2 的排放。基准线基于在没有项目活动的情况下，每个种植大豆－玉米的农场的尿素肥料的使用量。基准线的确定应该基于相关农户在前 3 年完整轮耕大豆－玉米的历史记录。

（2）监测方法：对于参与项目活动的每个农户，应该建立关于前 3 年大豆和玉米单独使用尿素肥料的历史记录。同时还应该确定前三个轮耕周期并没有使用根留菌肥料。监测参数应该包含农田公顷数、根留菌肥料的使用数量、尿素肥料的使用数量以及其他肥料如化学肥料的使用数量等。监测方法应该基于农户的历史记录以及其他的监测方法。

3）AMS-III. D. 动物粪便管理中 CH_4 的回收

该方法学适合于改造现有的养殖场厌氧粪便处理系统，收集并通过燃烧或其他有益方式来处理收集的沼气。

（1）基准线：在没有项目活动的情况下，生物质和其他有机物被留置在项目边界内进行厌氧性腐烂并将 CH_4 排放到大气中。根据在没有项目活动的情况下本将腐烂的原料的数量，采用最新政府间气候变化专门委员会（IPCC）指南的步骤，事先计算的 CH_4 排放量。（请参考 2006 年 IPCC 范例指南（国家温室气体详细目录）《农业、林业和其他土地用途》卷中"家畜和肥料管理产生的排放"章节。）如果回收的 CH_4 用于生产热量或发电，可适用于类型 I 项目活动的相应类目。

（2）监测方法：将通过直接测量用作燃料或用于燃烧的 CH_4 数量，事后估计项目活动每年实现的减排量。应采用流量计，对回收的 CH_4 数量和用作燃料或用于燃烧的 CH_4 数量进行事后监测。应采用连续分析测量仪测量沼气中 CH_4 的含量，或用准确率达到 95% 的定时测量方法替代。日常维护应确保实施最优燃烧，并监测燃烧效率。

（3）方法学应用举例有：墨西哥厌氧生化分解项目、Farm manure to energy project 等。

4）AMS-III. R. 家庭或者小农场水平活动农业活动中的 CH_4 回收

该方法学适合于农业活动中的粪便和废物产生的 CH_4 的分解和回收（没有项目活动，这些粪便和肥料会产生厌氧腐烂，释放 CH_4 到大气中）。限于减排量小于 6 万 t CO_2 e 的项目，并且须和方法学 AMS-I. C. 结合使用。

（1）基准线：在不存在项目活动的情况下，生物质及其他的有机物在项目边界内厌氧发酵产生的 CH_4 排放。

（2）项目活动排放：运行处理设施消耗化石燃料或电能产生的 CO_2 排放。

（3）监测方法：运行的系统的数目，相关系统的年平均运行小时数，动物的数量及相关粪便废物的产生量等。

57. 如何应用现有方法学开发养殖场粪便处理类沼气项目？

CDM 项目必须使用经过批准的方法学，目前唯一可以用于养殖场粪便处理类大规模 CDM 项目的方法学是 ACM0010，它是由原 AM0006（粪便管理系统的温室气体减排）和 AM0016（畜牧场动物进食过程中改进的动物废物管理系统的温室气体减排）两个方法学整合成的。应用该方法学之前，需要先按照方法学 ACM0010 的适用性要求，确定项目是否适用于该方法学。如果项目满足方法学的适用性要求，则需要进一步确定项目的基准线情景、定义项目边界、论证项目的额外性和计算减排量等。

如果项目的减排量比较小，并且符合小项目的定义，则可以使用简化的小规模项目方法学。例如，改造厌氧池粪便处理并回收沼气进行处理的项目可以采用小规模的方法学 AMS-III. D. 。但是，如果项目所回收的气体利用于产热或者是发电，则须结合第一类小规模方法学来进行开发。第一类小型方法学主要采用于可再生能源类的项目，分别是利用可再生能源为用户提供电能（AMS-I. A.）、机械能（AMS-I. B.）、热能（AMS-I. C.）和并网发电（AMS-I. D.）。养殖场粪便处理类沼气项目结合两类方法学应用的项目实例有菲律宾猪场 CH_4 回收发电项目、柬埔寨农场 CH_4 回收燃烧发电项目等。

58. 农业沼气类 CDM 项目的适用性范围如何？

从农业项目现有的开发情况来看，以大规模项目方法学 ACM0010 和小规模项目方法学 AMS-III. D. 应用最广。

前面已经提过大规模方法学 ACM0010 是应用于现有的养殖场的厌氧的粪便管理系统被一个或多个动物粪便管理系统替代从而导致温室气体排放减少的项目。大规模 CDM 项目如果要适用于这个方法学还应该满足以下条件：

（1）养殖场中的动物包括牛、水牛、猪、绵羊、山羊或家禽等的数量在控制的范围内。

（2）农场中家禽产生的粪便不直接排放到自然水体（如河流或者江河）中。

（3）在厌氧处理系统中的基准线情形，用来处理动物粪便的处理池的深度不应该浅于 1m。

（4）在基准线情形中，厌氧粪便处理系统所在的现场的年平均温度应该高于 5℃。

（5）在基准线情形中，粪便等废弃物在厌氧处理系统中最低停留时间也应该超过一个月。

（6）厌氧粪便处理系统处理废物的过程应该保证对地下水没有废弃物的泄漏，例如，处理池底部应该有防渗漏层。

同样的，如前面提到，小规模 CDM 项目方法学 AMS-III. D. 适用于从养殖场的粪便处理系统中回收 CH_4 并进行处理的项目。如果没有相关的 CDM 项目活动，则这些粪便经厌氧性发酵释放的 CH_4 是直接排到空气中去的。项目中的处理包括在现有的 CH_4 排放源中安装 CH_4 回收和燃烧系统或者改变对生物垃圾和原料的管理方式，从而使安装了 CH_4 回收和燃烧系统的厌氧消化过程得到控制。

小规模 CDM 项目如果要适用于这个方法学除了应该满足上面列出的 ACM0010 满足的条件，还应该满足以下条件：

（1）基准线情形中没有对 CH_4 的回收、燃烧和其他方面的利用。

（2）必须对污泥进行氧化处理。如果厌养后淤泥渣滓施于土壤，必须确保适当的条件和处理程序（不产生额外的 CH_4、N_2O 的排放）。

（3）应该采用技术措施（如燃烧），确保厌氧消化产生的所有沼气被利用或燃烧掉。

（4）本措施仅限于年减排量不超过 6 万 t CO_2 e 的项目活动。

59. 农业沼气类大规模 CDM 项目如何识别基准线情景及论证额外性？

对于大规模项目 CDM 方法学 ACM0010 来说，项目基准线情景的识别和证额外性的论证一般采用以下步骤：

1）步骤 1：识别拟议 CDM 项目活动中可能的情形

识别项目参与者或者类似项目的开发者能够获得现实的和可信的替代方案，它们能够提供与拟议的 CDM 项目活动同等的产出或者服务。这些替代方案应包括：

（1）拟议的项目活动本身，但没有被注册为 CDM 项目活动。

（2）其他可信的项目情景，包括对相关活动的普遍性分析。同时应该考虑 2006 年 IPCC 关于温室气体排放指导手册中一套可能的完整的粪便废弃物管理系统（第十章，表格 10.17）。在识别定义可能的项目情形时，不同的动物废弃物管理系统的整合也应该考虑在内。

（3）继续现状（不采取该项目活动或其他替代方案），视情况而定。

应用额外性分析工具最新版本中的步骤 1 - b，排除其他与相关法律法规不符合的情景。就该项目活动，识别出现实的和可信的替代情景，这些情景符合强制性的法律法规。

2）步骤 2：障碍分析

需要建立完整的一系列障碍分析去阻止没有申报项目情况下可能的情景。

（1）财务障碍：①没有贷款给这一类型的技术创新活动；②无法从国内或国际资本市场获得私人资本，因为在拟议的 CDM 项目活动实施国存在实际的或感觉到的投资风险，这种风险被该国家信誉等级或来源于资深机构的其他国家投资报告所证实。

（2）技术障碍：①缺乏技能熟练和（或）训练有素的员工来运行和维护该技术，由此导致难以承受的设备故障和失修或其他效能低下的风险；②缺乏实施该技术的基础设施和技术维护的后勤保障（例如，因为缺乏天然气输配管网而无法使用天然气）。

（3）由于通行的习惯做法造成的障碍。

除别的外，该项目活动是该类型项目的"第一个"。

3）步骤 3：投资分析

所有步骤 2 识别的没有障碍的替代情景都应该进行财务分析。对于每一个替代情景，粪便废弃物的所有花费和经济收入都应该以一种透明和完整的方式阐述，并且计算 IRR 和 NPV。IRR 的计算包括投资额、运行维护费用及其他的花费。基准线情景通常被识别为最具有经济吸引力的情景。

4）步骤 4：普遍性分析

普遍性应该选择过去或者现在正在进行的与申报的粪便废气物管理项目进行类比。如果某些项目发生在同一个地区或者是相同大小的规模，又或者是在一个有可比性的环境法规、投资环境、技术发达程度的框架下，则具有可比性。从而可以帮助论证项目的额外性。需要注意的是，其他的 CDM 项目不包含在普遍性分析中。

如果可以阐述项目的基准线情景不是拟议的未注册为 CDM 项目的项目活动本身，则可以总结为，项目是具有额外性的。

60. 农业沼气类小规模CDM项目如何识别基准线？

对于小规模CDM项目，比较常用的是AMS-III. D.，这一类型的方法学中，基准线的情景定义为：在没有项目活动的情况下，生物质和其他有机物被留置在项目边界内进行厌氧性腐烂并将CH_4排放到大气中。根据在没有项目活动的情况下本将腐烂的垃圾或原料的数量，采用最新IPCC指南的步骤，事先计算CH_4的排放量。（请参考2006年IPCC范例指南《国家温室气体详细目录（农业、林业和其他土地用途）卷》中"家畜和肥料管理生产的排放"章节。）

61. 农业沼气类大规模CDM项目如何实施监测？

以ACM0010来说，监测计划应该包含每一个监测期对每一个农场的现场核查。
关于基准线排放，应该监测：
（1）在没有进行项目活动之前，项目现场的动物粪便废弃物管理系统的分布图。
（2）基准线中，估计CH_4排放的参数MCF、Bo和Rvs。
（3）基准线中，监测氮气排放的参数EF_{N_2O}和R_N。
（4）基准线中，动物废物处理系统运行中所消耗的电量。
（5）基准线中，动物废物处理系统运行中所消耗的石化燃料的数量。
（6）用于发电的沼气的量，仅限于沼气发电产生减排量的项目。
（7）估计热能和电能排放因子的数据和参数。
关于项目排放应该监测：
（1）家禽的数量。包括每种不同的家禽的数量和每种不同类型的家禽的重量。
（2）项目活动中估计CH_4排放的参数MCF、Bo和Rvs。
（3）基准线中估计氮气排放的参数EF_{N_2O}和R_N。
（4）默认的固体排泄物挥发指数或者其他的用来估计挥发固体数量的参数。如果采用喂食计量方法，则给动物喂入的肥料和能量也需要检测。
（5）厌氧分解池的泄漏。如果采用，则使用15%的默认值。但是如果项目参与方使用更低的数值，则应该采取相关支持这个更低数值的监测手段。
（6）默认的动物排泄物的氮气的排放或者其他的参数用来监测动物排泄物的氮气的排放。
（7）项目活动所使用的电量。
（8）项目活动为产热所使用的燃料的数量。
（9）用于燃烧、产热和发电的沼气的流量。
（10）沼气中的CH_4的浓度。
（11）关于尾气燃烧的排放的相关参数的检测。
（12）项目活动中的沼气的泄漏。

62. 农业沼气类小规模 CDM 项目如何实施监测?

小规模方法学 AMS-III. D. 将通过直接测量用作燃料或用于燃烧的 CH_4 数量事后估计项目活动每年实现的减排量。

(1) 应采用流量计,对回收的 CH_4 数量和用作燃料或用于燃烧的 CH_4 数量进行事后监测。应采用连续分析仪测量测量沼气中 CH_4 的含量,或可采用不连续分析,但结果要达到95%的置信度。

(2) 日常维护应确保实施最优燃烧,并监测燃烧效率。燃烧效率指气体在燃烧中烧尽所需的时间乘以燃烧过程的效率。应采用以下选项之一来确定在密闭燃烧过程的效率:①采用默认值(90%);②对效率进行连续监测。

如果选定了选项,应根据燃烧装置的制造规范(温度、沼气流速)进行连续监测。如果在任何时段任何参数超过了规范规定的范围,则这一时段将采用默认值50%,因为在此情况下无法监测燃烧效率。

项目活动中,一部分沼气通过燃烧被消除,另一部分作为能源使用。如果不进行单独测量,项目活动可对用作能源的那部分沼气考虑采用燃烧效率。

63. DOE 在核查核证农业沼气类 CDM 项目方面有哪些新规定?

对于常规 CDM 项目而言,指定经营实体在核查核证其减排量时,是否可以使用抽样方式,取决于指定经营实体自身的判断。

对于 ACM0010 或者小规模 CDM 项目方法学 AMS-III. D.,PDD 中应描述在减排量计算公式中综合获得一年内可靠的测量结果的各项条件的方法,以及用于测量、记录和处理获得的数据的方法和测量仪器,并在计入期内对它们进行监测。同时,流量计、取样设备和气体分析仪必须进行日常维护、测试和校准以确保其精确性。必须对土壤中的残渣一般使用情况(不引起 CH_4 排放)进行监测。监测计划应包括对项目边界内的各个农场进行现场检查,该项目边界在各查核阶段实施项目活动。

64. 方法学中关于农业沼气类 CDM 项目的泄漏问题有哪些规定?

对于 ACM0010,项目泄漏包括项目边界外、土地使用处理粪便废弃物产生的排放。这些排放包括项目活动下边界外的净排放和项目基准线情景中边界外的排放。只有 N_2O 和 CH_4 的净排放是正值的时候才考虑。

小规模 CDM 项目方法学 AMS-III. D. 则不考虑项目泄漏。

65. 能源工业中有与农业相关的项目吗?

在一些经济发达地区,农作物秸秆(包括玉米秸秆、小麦秆、稻草、油料作物秸秆、豆麦作物秸秆、杂粮秸秆和棉花秆等）成了"废物"，特别是产粮区，出现了焚烧秸秆现象，这一现象造成了如下问题：

（1）生物质量资源变成严重的污染源，产生的烟雾中含有大量的一氧化碳（CO）、CO_2、氮氧化物、光化学氧化剂和悬浮颗粒等物质。

（2）焚烧造成浓烟弥漫，引发交通事故，同时容易造成火灾。每年因焚烧秸秆造成人员伤亡、高速公路被迫关闭的交通事故屡见报道。

（3）另外，秸秆焚烧不仅烧毁了秸秆富含的有机质，氮素、磷、钾也大量损减，还使土壤有机质减少，土壤细菌、放线菌和真菌数量也相应减少，造成土壤结构破坏，耕地产出能力、抗灾能力及农产品质量明显下降。

生物质能源可以转换为清洁燃料的可再生能源。秸秆中的有害物质（硫和灰分等）含量仅为中质烟煤的1/10左右，同时生物质CO_2的排放和吸收构成自然界碳循环，其能源利用可实现CO_2零排放。实践证明，生物质能源对减少CO_2排放的作用是十分明显的，在减少温室气体排放的同时能有效减少氮氧化物的排放。

现有的关于生物质发电的方法学为ACM0006，相关的方法学应用举例有中节能宿迁2×12MW生物质发电项目等。

66. 农业沼气类 CDM 项目开发具有什么特点？

农业项目一般具有以下特点：

第一，一般都具有良好的可持续发展效益，与发展中国家的发展战略密切相关，容易得到政府和项目实施主体的支持。以畜禽粪便的治理为例，不仅可以减少污染，有效改善当地环境，而且可以给养殖场带来经济效益，这样不仅可以加快中国治理养殖场粪便污染的步伐，同时还可以对全球的温室气体减排作出贡献。再以生物质发电为例，农户可以获得优质的能源，避免使用薪柴或煤炭造成环境污染和对健康的不利影响，也有利于保护土壤；对农村地区发展具有非常好的综合效益。

第二，农业项目开发市场广阔。中国是一个畜牧业的大国，然而目前绝大多数的养殖企业或者养殖户还没有意识到CDM可能带来的收益。以一个年养殖一万头规模化的养猪场为例，如果建立粪便处理利用系统，通过沼气回收，可减少粪便储存中的厌氧环境的CH_4排放150~200t，相当于减少3000~4000 t CO_2 e，同时还可以带来巨大的经济收益。因此，通过发展农业CDM项目，养殖场可以通过销售温室气体带来国际环境补偿收益，更由于粪便得到处理，减少了养殖所面临的环境保护压力，促进养殖业的健康发展。

三、煤层气利用项目

67. 什么是煤层气类项目？煤层气类项目适用的方法学有哪些？

煤层气俗称煤矿瓦斯，长期以来作为一种煤矿灾害源进行控制，一般通过通风稀释排除或建立瓦斯抽排系统抽排。中国是产煤大国，每年排放约 100 亿 $m^3 CH_4$，约折合 9000 万 t CO_2 e。

煤层气类项目是指将采煤前或采煤过程中逸散的瓦斯收集并利用的项目。煤层气类项目属于 UNFCCC 划分的 15 种项目类型中的第 8 类，采矿/矿产品生产，目前仅有一个方法学——ACM0008。

68. ACM0008 方法学的适用性如何？

ACM0008 第 4 版适用于以下技术上可行的抽采和利用煤层气的方案（包含采气、抽取后处理和能量利用三部分）：

（1）煤层气抽取方案：①采煤活动前地表钻井抽放；②巷道中采煤前抽放；③采空区抽放；④风排瓦斯；⑤上述方案的组合。

（2）抽出的煤层气处理方案：①焚烧；②催化氧化；③上述方案的组合。

（3）能量利用方案：①不利用；②发电（包含上网及自备电厂）；③供热；④输入燃气管道；⑤上述方案的组合。

ACM0008 第 4 版不适用于以下情况：

（1）露天矿井。

（2）已经完全废弃的矿井。

（3）单独进行原始煤层气的抽采而不进行采煤活动及不是对采煤过程导致的煤层气飞逸性排放进行的处理和利用。

（4）采煤活动前采用 CO_2 或其他流体增强煤层气抽采。

69. 中国目前颁布的与煤层气项目开发有关的法律法规及政策有哪些？

中国目前颁布的与煤层气项目开发的有关法律法规及政策包括（但不局限于）：

（1）《煤矿安全规程》，2005 年 1 月 1 日生效，由国家安全生产监督管理局颁布，其中与 CDM 项目开发有关的条款包括（但不局限于）：

第 148 条 对抽放瓦斯的规定：

①利用瓦斯时，瓦斯浓度不得低于 30%，且在利用瓦斯的系统中必须装设有防回火、防回气和防爆炸作用的安全装置。不利用瓦斯，采用干式抽放瓦斯设备时，抽放瓦斯浓度不得低于 25%。

②抽放容易自燃和自燃煤层的采空区瓦斯时，必须经常检查 CO 浓度和气体温度等有关参数的变化，发现有自然发火征兆时，应立即采取措施。

③井上下敷设的瓦斯管路，不得与带电物体接触并应有防止砸坏管路的措施。

（2）GB21522—2008《煤层气（煤矿瓦斯）排放标准（暂行）》，2008 年 7 月 1 日生效，由环境保护部及国家质量监督检验检疫总局发布，其中与 CDM 项目开发有关的条款包含但不局限于以下：

4.2.1　煤层气（煤矿瓦斯）排放限制

自 2008 年 7 月 1 日起，新建矿井及煤层气地面开发系统的煤层气（煤矿瓦斯）排放执行表 4-1 规定排放限值。

自 2010 年 7 月 1 日起，现有矿井及煤层气地面开发系统的煤层气（煤矿瓦斯）排放执行表 4-1 规定的排放限值。

表 4-1　煤层气（煤矿瓦斯）排放限值

受控设施	控制项目	排放限值
煤层气地面开发系统	煤层气	禁止排放
煤矿瓦斯抽放系统	高浓度瓦斯（甲烷浓度≥30%）	禁止排放
	低浓度瓦斯（甲烷浓度<30%）	无要求
煤矿回风井	风排瓦斯	无要求

4.2.2　对可直接利用的高浓度瓦斯，应建立瓦斯储气罐，配套建设瓦斯利用设施，可采取民用、发电化工等方式加以利用。

4.2.3　对目前无法直接利用的高浓度瓦斯，可采取压缩、液化等方式进行异地利用。

4.2.4　对目前无法利用的高浓度瓦斯，可采取焚烧等方式处理。

70. 煤层气项目如何识别基准线情景？

对于 ACM0008，基准线情形确定主要有以下步骤：

1）步骤 1

定义所有现实的和可能的替代技术方案，包括收集煤层气/风排瓦斯及利用方面，这些方案可以提供与拟议 CDM 项目活动同等的产出或服务。

（1）抽放煤层气/风排瓦斯可选方案：①采煤前抽放；②采煤后抽放；③以上两者按不同比例组合。

（2）对抽采的煤层气或风排瓦斯进行处理的可选方案：①直接排放大气；②使用或销毁风排瓦斯；③燃烧抽采的煤层气；④用于并网发电；⑤用于自备电厂发电；⑥用于产热；⑦供给燃气管道（作为交通工具或供热站/发电站燃料）。

（3）能量利用的可选方案：

所有可能的发电（并网，自备电厂，均包含使用煤层气、风排瓦斯和其他所有可能燃料）和（或）供热方案（包含使用煤层气、风排瓦斯和其他所有可能燃料）和/或作为交通工具燃料。

识别项目替代方案时，应考虑不作为 CDM 项目设施的本项目，其他所有可能提供同等服务的方案和继续现状。

2）步骤 2

应对所有识别出的情形进行合规性评价（合规性评价参考问题 3），排除那些不符合法律或规范要求的替代情形。

3）步骤3

整合基准线替代情形，对于项目在上述三方面中任何一方面采用混合技术的，应非常清楚的定义不同技术处理所占的比例（以煤层气的体积比进行衡量）。基准线情形还应该清楚的阐述矿区自身用电是网购电、自备电厂或两者的组合。

4）步骤4

排除有障碍的基准线替代情形，如果所有替代情形都存在至少一个障碍，那么拟议CDM项目将作为基准线情形，或应重新完善基准线替代情形。

如果有超过一个替代情形不存在障碍，则应选择一个最保守、最少排放的情形或经济性最好的情形作为基准线情形。

5）步骤5

如果步骤4的结论是采用经济性最好的情形作为基准线情形，则需要进行投资分析，以确定和比较不同情形的经济性和财务吸引力。进行投资分析时，只能采用简单成本分析或投资比较法，有财务或经济利益的项目只能采用投资比较法，并应进行敏感性分析。

71. 煤层气项目监测计划制定有哪些注意事项？

ACM0008规定的项目边界内的排放源可能来自煤层气的飞逸性排放、燃烧煤层气产生的CO_2排放、被替代的电厂或供热站产生相同电量或热量产生的CO_2排放以及项目中使用的辅助燃料（包含运输）产生的CO_2排放。

实际项目的监测内容根据采用技术的不同而不同，一般需要考虑三大方面的参数：与采前抽放的煤层气相关的参数、与采后抽放的煤层气相关的参数和与风排瓦斯相关的参数。如果基准线情形和（或）项目情形不包括其中某种类型的煤层气，可以不考虑与之相关的参数。

若基准线情形中包含对煤层气的利用，则相关的监测和计算过程比基准线情形不利用煤层气复杂得多，需要详细计算基准线情形下的煤层气需求量，拟议项目对此部分煤层气的利用不能用于计算减排量，由于拟议项目对这部分煤层气的使用导致的项目泄漏也需要考虑。

在考虑项目泄漏时，如果基准线情形是完全风排瓦斯，而拟议项目是抽放利用，则需要注意煤的年产量的变化。由于煤产量增加带来的煤层气利用量的增加部分不能被用于减排量计算。

72. 目前已注册煤层气类项目的情况

目前在 UNFCCC 注册成功的煤层气项目有 9 个（表 4-2），所有项目均在中国，项目具体信息可参考 UNFCCC 网站。

表 4-2 UNFCCC 注册成功的煤层气项目

注册日期	项目名称	UNFCCC 注册号
2007. 2. 18	Huaibei Haizi and Luling Coal Mine Methane Utilization Project	0770
2007. 3. 31	Pansan Coal Mine Methane Utilisation and Destruction Project	0840
2007. 4. 07	Yangquan Coal Mine Methane Advanced Industrial Furnace Utilisation Project	0902
2007. 5. 22	Yangquan Coal Mine Methane（CMM）Utilization for Power Generation Project, Shanxi Province, China	0892
2007. 9. 24	Jiangxi Fengcheng Mining Administration CMM Utilization Project	1135
2007. 10. 6	Shanxi Liulin Coal Mine Methane Utilization Project	1230
2007. 12. 11	Shanxi Yangcheng Coal Mine Methane Utilization Project	1250
2008. 2. 22	Shanxi Coal Transport Market Co., Ltd. Yangquan Branch CMM Utilization Project	1319
2008. 8. 2	Yima Coal Industry（Group）Co., Ltd. CMM utilization Project	1613

第五章

CDM 造林再造林项目问题与解答

73. 为什么 CDM 造林和再造林项目难以成为 CDM 的主流？

目前，在超过 1000 个注册的 CDM 项目中，只有一个造林再造林项目，在 CDM 项目库中，造林再造林项目也寥寥无几。预计到 2012 年远远达不到规定的使用限额（基准年排放量的 1% 乘以 5）。CDM 造林再造林的发展远远滞后于其领域，主要有以下障碍因素：

（1）CDM 造林再造林项目的方式和程序等规则过于复杂。

（2）CDM 造林再造林项目往往涉及广大范围内的千家万户，社区和项目地块分散复杂，自然和社会经济情况复杂多样，需要开展大量的野外调查以及环境和社区评估，使项目准备周期长、成本高。

（3）由于非持久性问题，缺少买方市场。目前欧盟的减排贸易体系还不接受造林再造林项目的临时核证减排量（tCERs）或长期核证减排量（lCERs），日本、澳大利亚等国还在观望。

（4）tCERs 或 lCERs 的市场价格太低，每吨 CO_2 e 为 3 ~ 3.5 美元，对项目所在国参与方没有太大吸引力。

74. 什么是造林和再造林？有何区别？

根据《京都议定书》第 1 次缔约方大会第 16 号决议（16/CMP. 1），"造林"是指通过栽植、播种或人工促进天然下种方式，将至少在过去 50 年内不曾为森林的土地转化为有林地的人为直接活动。

"再造林"是指通过栽植、播种或人工促进天然下种方式，将过去曾经是森林但被转化为无林地的土地，转化为有林地的人为直接活动。对于第一承诺期，再造林活动限于在 1989 年 12 月 31 日不为森林的土地上发生的再造林。

造林和再造林的定义直接与 CDM 造林再造林项目的土地合格性有关。在我国造林和再造林统称植树造林，我国没有再造林这一说。如上述定义所述，造林和再造林是根据项目开始前项目地为无林地的时间来区分的，在实际碳计量和监测中并无区别。但是，目前对再造林定义的理解还存在很大的争议，主要是对再造林定义中的最后一句话的理解不同。按字面上的理解，项目地只需在 1989 年 12 月 31 日和项目开始前为无林地即可。如果某一土地在 1989 年 12 月 31 日为无林地，以后进行了植树造林，一定时间后又发生了毁林，使得在项目开始前项目地仍为无林地，该类土地仍应成为合格的 CDM 再造林土地。然而，根据《IPCC 土地利用、土地利用变化和林业优良做法指南》，1990 年以来发生毁林的土地是不能成为第一承诺期合格 CDM 再造林地的，即用于再造林的土地应为自 1989 年 12 月 31 日以来一直到项目开始前均为无林地，这也是在《马拉喀什协定》的谈判过程中大多数缔约方认同的观点。这种对定义理解的不一致也直接影响到 CDM 再造林项目土地的合格性论证，并引起很大的争论。因此，为避免由此引起的项目审定风险，建议项目参与方尽可能采用相对严格的理解，选择 1989 年 12 月 31 日以来一直为无林地的土地作为项目地（参见问题 75）。

75. 如何确定土地的合格性？

有别于其领域 CDM 项目，"土地合格性"是 CDM 造林再造林项目特有的关键问题之一，是指议的 CDM 造林或再造林项目活动的地块是否满足造林或再造林的定义。根据 EB 批准的工具，项目参与方须采用如下程序证明项目地的土地合格性（参见问题 79）。

（1）通过透明的信息证明，项目开始时，拟议的 CDM 造林或再造林地为无林地：①项目地植被状况不满足项目所在国确定的定义森林的三个指标（即最小面积、最低树高和最小覆盖度）的阈值标准。②如果项目地属天然或人工幼林，其继续生长至计入期末，仍不能达到项目所在国确定的定义森林的三个指标的阈值标准。③项目地不属于由于人为采伐或自然干扰形成的暂时的无林地。

（2）通过以下方式证明，拟议的 CDM 项目是 CDM 造林或再造林项目活动：①对于 CDM 再造林项目，证明项目地在 1989 年 12 月 31 日满足上述（1）的条件。②对于 CDM 造林项目，证明至少在项目开始前的 50 年，项目地一直为无林地。

为证明上述的土地合格性，项目参与方须提供的证据包括：

（1）不同时段的土地利用或土地覆盖图、森林分布图。

（2）不同时段的航空照片、卫星影像。

（3）地面调查报告（实地植被调查、参与式访问调查）、土地登记册和林权证等。

76. 如何确定项目边界？

CDM 造林再造林项目活动的"项目边界"是指，由项目参与方所能控制的造林或再造林项目活动的地理范围。一个 CDM 造林或再造林项目可在若干个不同的地块上进行，但每个地块应有特定的地理边界，该边界不包括位于两个或多个地块之间的土地。

这里"项目参与方控制"是指，项目参与方有权在拟议的 CDM 造林或再造林项目边界内的所有地块上开展造林或再造林项目活动（下称"控制权"）。为此，往往要求项目参与方向 DOE 提供证据证明，项目参与方拥有 CDM 造林或再造林项目边界内的所有地块的土地所有权或使用权。由于 CDM 造林再造林项目往往涉及千家万户，地块十分分散，许多农户一时还无法确定是否参与拟议的项目，因此，针对 CDM 造林再造林项目边界，需要一定的灵活性。为此，EB 第 44 次会议决定，"对于拟不申请注册规划类的 CDM 造林再造林项目，项目参与方在项目审定阶段不必提供所有项目地的'控制权'的证据，但在审定时不能提供'控制权'证据的地块面积不能超过总面积的 1/3，且该部分地块的'控制权'证据最迟不能晚于项目首次核查。在项目审定时，项目参与方须提供所有地块的信息，并就所有项目地块（包括项目参与方已控制和未控制的所有地块）和已控制地块，分别论证其额外性和估计基准温室气体汇清除。且基准温室气体汇清除应基于单位面积的估算，其值较大者将作为在计算签发的 lCER 或 tCER 时所采用的基准温室气体汇清除的基础。"

项目地块通常为不规则的多边形，确定其边界的方法很多（取决于所采用的方法学），例如，固定的边界标记（如篱笆、灌木篱墙和标桩等）、空间图面数据（卫星影像、航空照片、机载录像、林相图、森林分布图、土地利用/覆盖图）、土地登记册或档案、全球定位系统（GPS）直接测定多边形拐点坐标、在地形图上勾绘。固定边界的标记容易受到破坏，且不利于存档和核查。空间图面数据和 GPS 定位的边界较准确，易于存档和核查，但成本较高。在现有的遥感影像、森林分布图、土地利用或土地覆盖图、地形图或其图件上进行现地勾绘，是比较有效的方法，而且还可将勾绘出的图通过输入地理信息系统（GIS），读出各地块边界上的拐点坐标。为保证勾绘边界的精度和准确性，勾绘所用底图图件的比例尺应不低于 1:10 000。如果采用勾绘的方法确定项目边界，应注意勾绘的保守性，必要时可对勾绘面积进行适当的折扣。

77. CDM 造林和再造林项目边界是否可调整？

由于 CDM 造林再造林项目的特殊性，多数情况下，造林或再造林活动的实际边界与 PDD 中设计的边界不完全吻合，主要原因有：

（1）由于不可预期的人为或自然原因，部分地段造林失败。

（2）部分裸岩等地段不适宜造林。

（3）发生森林灾害或其原因导致的毁林。

（4）部分项目参与方由于某些原因退出项目。

从相关规则和批准的 CDM 造林再造林方法学来看，并没有明文规定项目边界是固定不变的还是可变的。但几乎所有的方法学均要求对项目边界进行监测，并要求"记录和归档项目的最终边界坐标"。

EB 第 44 次会议决定，"允许项目参与方在项目审定阶段不必提供所有项目地的'控制权'的证据，"部分项目地块的土地"控制权"的证据可在项目审定以后提供（参见问题 78）。如果项目参与方最终未获得某些土地的使用权，这些地块将被排除在设计的项目边界之外，也就是说，未来的项目边界是可以改变的。因此，尽管目前 EB 还未就此做出任何规定，但可以预见的是，一定程度上，项目边界是允许变化的。

需要强调的是，即使允许项目边界的变化，这种变化也限于原项目边界范围内的变化。例如，原项目边界内的部分地块不再属于项目造林或再造林地块，即被调整出项目边界；相反，如果造林或再造林发生在原项目边界以外的地块上，则这些地块是不能纳入项目边界的，因为项目审定没有涉及这些地块。同时，对于调出原项目边界的地块，还需明确给出原因，没证明原项目的额外性不受到影响，等等。

78. CDM 造林和再造林项目对造林树种有何要求？在计入期内是否允许采伐？

CDM 造林再造林项目一般要求树种为本地种，不能有入侵种，对于遗传修饰生物体（GMO），如转基因品种，应特别小心。GMO 作为一种相对较新的科学技术形式，提出了一系列有关伦理、科学和社会经济学问题。一些 GMO 的属性会引发入侵基因和物种。将来也许会证明某些 GMO 是安全的，然而，鉴于目前对此尚存在争论，因此，建议尽可能避免使用 GMO。对于外来种，须论证使用外来种的必要性，并提供可核实的证据证明，该外来种对环境没有明显负面影响，没有入侵种的特征。在大多数情况下，一个地区的本地种比外来种有更好的生物多样性效益。有时，外来种在退化土地恢复、生物量增长以及木材、果品和其效益方面比本地种效果更好。例如，在严重退化的土地上实施的造林和再造林项目，在本地种进入之前，可能需要使用外来种来实现生态恢复，然后才能逐步引入本地种。

在计入期内允许以森林管理为目的的任何形式的间伐或主伐，但主伐后必须进行更新（植苗、播种或萌蘖更新均可，取决于项目设计）。但是，间伐特别是主伐时间的设计不能与监测和核查时间相近。例如，不能在间伐或主伐前或后立即进行监测和核查，间伐或主伐年份应与监测和核查的年份错开（参见问题 87）。

79. 营造竹林是否可申请 CDM 造林或再造林项目？

要回答这个问题，首先需了解森林的定义，因为造林和再造林的目的是将无林地转化为有林地（即森林）。因此 CDM 造林再造林项目是否可用竹类、灌木和经济林木，取决于这些成分构成的植物群落是否属于森林。

16/CMP.1 号决议对森林的定义是："森林是指面积大于 0.05hm^2、林木冠层覆盖度（或立木度）大于 10%、就地生长成熟时的树高可达 2m 以上的土地。森林包括各层树木和林下植物高度覆盖的密林和疏林。冠层覆盖度尚未达到 10% 或树高尚未达到 2m 的天然幼林和人工林也属森林，它们构成森林地带的一部分，只是由于自然或采伐等人为干扰而暂时未达到要求的树高和冠层覆盖度，并预期将转化为森林"。各缔约方的森林定义必须符合上述标准，并按要求向 EB 递交了三个森林定义的阈值指标值（即最小面积、最低树高和最小覆盖度）。

在上述森林的定义中有一个关键的术语"树木"（tree），即定义森林的三个阈值指标的主体是树木。但是，又没就树木给予明确的定义。各缔约方被要求向 EB 提交了各自森林定义的三个指标的阈值，没有允许根据各缔约方的国情提供其相关说明，这使得将定义应用到不同的缔约方时产生较大分歧。不同国家对树木的定义有差异，直接影响森林以及造林和再造林的内涵，同时也影响 CDM 造林再造林项目地的合格性和额外性论证。多数国家和国际组织对树木的定义通常包括"单一主干（萌蘖树木除外）"、"多年生木本"、"一定冠形"，且包括能满足上述标准的竹类、棕榈和其他植物。少数国家的"树木"包括灌木、藤本和攀缘植物等，如孟加拉、玻利维亚、博茨瓦纳、斐济、格林纳达、洪都拉斯、毛里求斯、巴基斯坦、缅甸、塞拉利昂、特立尼达和多巴哥、坦桑尼亚、乌干达和津巴布韦等，以热带国家为主。我国递交的这三个阈值指标值分别为 0.067 hm^2、2 m 和 20%，均在上述指标范围内。

尽管在我国的森林定义中明确规定竹林属于森林，但全世界的竹类大概有数百种，只有少数几种用于人工植树造林。许多竹类属小竹丛，甚至高度达不到 2 m。如果将营造竹林纳入合格的 CDM 造林再造林项目，则自然地表明所有的竹林都属于森林（包括高大的竹林和小竹丛），那么在一些小竹丛为主的无林地上，造林就不能成为合格的CDM 造林再造林项目（尽管通常意义上这些小竹丛不是森林）。如果不将营造竹林纳入合格的 CDM 造林再造林项目，又与许多国家（包括我国）的营造竹林实践不符。综上所述，由于将营造竹林是否纳入合格的 CDM 造林再造林项目涉及土地合格性问题，使问题变得很复杂。EB 第 39 次会议曾对此进行过讨论，但基于上述问题，未能做出明确的决定。要解决这个问题，可能需要在缔约方会议上讨论，或需要请各缔约方提交可用于造林再造林竹子的种类。在有明确决定之前，建议避免用营造竹类来申请CDM 造林再造林项目，以降低风险。另外，与竹类类似，营造棕榈存在同样的问题和风险。此外，竹林的碳计量和监测方法不同于普通林木，目前还没有批准的方法学。

80. 营造灌木是否可申请 CDM 造林或再造林项目？

该问题与竹林的问题类似，与森林定义和土地合格性有关。我国的森林定义明确规定，森林包括"国家特别规定的灌木林"，这些特别规定的灌木林通常包括降水量400 mm 以下地区的灌木林、西南干旱干热河谷的灌木林、林线以上的灌木林以及南方部分石质山上的灌木林。如果在这些地区营造的灌木林不能达到 2 m 以上，显然不是合格的 CDM 造林再造林项目。但是，即使能达到 2 m 以上，又存在灌木是否为树木的问题（国际上并未对灌木进行专门的定义），因此同样存在很大的风险。此外，还没有批准的可用于灌木营造的方法学。

另外，由于各缔约方被要求向 CDM 提交各自森林定义的三个指标的阈值，没有允许根据各缔约方的国情提供其相关说明，如果能达到 2m 高度的灌木可定义为森林，那么在我国南方许多地区灌木地（高度超过 2m）上就无法开展 CDM 造林再造林活动，也即影响我国南方 CDM 造林再造林项目的土地合格性（参见问题 79）。

81. 营造经济林木是否可申请 CDM 造林或再造林项目？

该问题与竹林的问题类似，与森林定义有关。原则上，营造乔木类经济树种（包括油料、干果和果树）是可以申请 CDM 造林再造林项目的。但是，由于许多经济类树种不能用材积来度量，无法通过材积转换为生物量，而目前又无相应的预测不同年龄阶段的生物量模型。而且，许多经济林木（特别是果树）分枝较低（通常在胸径以下分枝），目前批准的方法学均是基于胸径和树高的测量，因此还需递交新的方法学建议，待方法学批准后方可申请注册和开展项目（参见问题 79）。

82. 现有人工林同样具有碳汇功能，能申请 CDM 项目吗？

在第一承诺期，只有造林或再造林项目是合格的土地利用、土地利用变化和林业（LULUCF）CDM 项目，其他 LULUCF 项目活动（如森林管理、植被恢复等）都不是合格的 CDM 项目活动。对于 1990 年以前就存在的人工林，其仍然具有碳汇功能，但属森林管理的范畴，因此不能作为合格的 CDM 项目活动。对于 1990 ~1999 年在无林地上营造的人工林，虽然满足造林或再造林的定义，但规则规定不能申请和注册 CDM 造林再造林项目。对于是 2000 年 1 月 1 日以来营造的人工林，是有机会申请注册 CDM 造林再造林项目的，并可追溯该人工林自造林或再造林以来的碳汇量，但必须具备以下条件：

（1）提供相关证据证明，本造林或再造林项目活动符合 CDM 造林或再造林的定义，满足 CDM 造林或再造林项目的土地合格性要求。

（2）提供相关证据证明，当时造林或再造林的目的是为了申请 CDM 造林再造林碳汇项目，开展碳交易。

（3）第一次核查时间在项目注册以后。

83. 谁投资造林或再造林的费用？什么时候才能获得 CDM 造林再造林项目的碳汇收益？

CDM 造林再造林项目的碳汇购买方通常不会对造林或再造林进行直接投资，因此造林或再造林（包括土地、苗木、整地、施肥、栽植、除草等）以及森林管护（包括管理、保护、施肥、间伐等）费用，均由项目参与方自行解决。

与其他行业的 CDM 项目不同，对 CDM 造林再造林项目产生的碳汇不可能每年进行监测和核查。根据规定，第一次核查时间由项目参与方选定，以后每 5 年监测和核查一次。为使项目参与方的利益最大化，在选定监测和核查时间时，建议尽可能与承诺期的最后一年吻合。例如，针对第一承诺期，首次监测和核查时间尽可能选在 2012 年底，以后每 5 年一次。正常情况下，经过每次监测和核查并签发 tCERs 或 lCERs 后，买方再根据双方购买协议和实际签发的 tCERs 或 lCERs 的量，向卖方付款。但是，由于造林和再造林项目前期投入巨大，生产周期长，往往许多年后才开始获得林木和非林木产品的收益，因此卖方往往期望更早获得碳汇收益，因此，在许多情况下，买方可根据已注册的造林或再造林项目预期的碳汇量，根据合同价格以自愿减排量的形式向卖方支付（相当于预付），然后在监测和核查后，根据实际签发的 tCERs 或 lCERs 的量予以多退少补。这取决于交易双方如何来签订购买协议，但通常在这种情况下，协议价格要低一些，因为买方承担了一定的风险。

84. tCERs 和 lCERs 有何区别？

tCERs 和 lCERs 是为解决 CDM 造林再造林项目的非持久性问题而制定的。所谓非持久性，是指造林或再造林活动营造的森林吸收的 CO_2 会因采伐、火灾、病虫害和毁林等人为或自然的原因重新释放进入大气，导致 CDM 造林或再造林项目活动产生的碳汇发生逆转的现象，即 CDM 造林再造林项目活动所产生的人为净温室气体汇清除量面临着发生逆转的风险。

tCER 又称临时核证减排量（temporary certified emission reduction）是指为 CDM 造林或再造林项目活动签发的、在其签发所涉承诺期的下一承诺期末失效的一个单位的 CER。lCER 又称长期核证减排量（long-term certified emission reduction），是指为 CDM 造林或再造林项目活动签发的一个单位的 CER，该 CER 在计入期末失效。

假定每个承诺期均为 5 年，tCERs 和 lCERs 的主要区别体现在（图 5-1）：

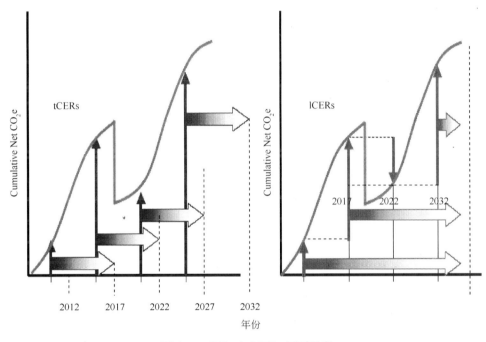

图 5-1 tCERs 与 lCERs 区别示意

（1）有效期不同：tCERs 最长为 10 年；lCERs 最长可为 20 年、30 年、40 年或 60 年，与所选择的计入期有关。

（2）签发 CERs 的数量不同：tCERs 签发的是自从项目活动开始以来产生的经核证的人为净温室气体汇清除量，包括以前签发的、在失效时被替换的 tCERs；lCERs 只能签发自前次核证以来项目活动产生的、新增的经核查的人为净温室气体汇清除量。

（3）替换条件不同：如果选择 tCERs，项目参与方只有在 tCERs 失效的情况下才对其进行替换；而如果选择 lCERs，项目参与方需在 lCERs 失效、碳储量发生逆转或没有按时提交核证报告三种情况下对其进行替换。

（4）价值不同：由于 tCERs 和 lCERs 的有效期不同，因此 tCERs 价值低于 lCERs（表 5-1）。

表 5-1　CDM 造林再造林项目活动产生的 CERs 的净现值（相对于其领域 CERs 的比例）

贴现率	不同有效期的价值		
	5 年	20 年	30 年
3%	14%	46%	60%
4%	18%	56%	71%
5%	23%	64%	79%
6%	27%	71%	84%
7%	30%	77%	89%
8%	34%	81%	92%
9%	38%	85%	94%
10%	40%	88%	96%

数据来源：Dutschke M. and Schlamadinger B. 2003. Practical Issues Concerning Temporary Carbon Credits in the CDM. HWWA Discussion Paper 227

（5）风险不同：tCERs 的风险低于 lCERs。

85. 如何选取 CDM 造林再造林项目的计入期和项目期?

根据 5/CMP.1CDM 造林再造林项目的方式和程序的规定，计入期始于 CDM 造林或再造林项目活动的开始之日，计入期的选择有两种。

（1）可更新计入期：最长为 20 年，最多可更新两次，更新的条件是，每次更新时 DOE 确定并告知 EB 原项目基准线情景仍然有效，或者已经根据适用的新数据加以更新。

（2）固定计入期：最长为 30 年，不可更新。

如果选择可更新计入期，项目期可长达 60 年；如果选择固定计入期，项目期最长为 30 年。计入期和项目期的选择可根据所选用树种的生长特性、土地使用权情况、tCER 和 lCER 的选择等因素综合考虑。例如：

（1）如果所选用的树木成熟期在 20 年左右或小于 20 年：①对于 tCERs，建议选择 20 年可更新计入期；②对于 lCERs，建议选择 20 年固定计入期。

（2）如果所选用的树木成熟期在 60 年以上，无论是选择 tCER 还是 lCER，建议均选择可更新计入期。

86. 什么情况下可申请小规模 CDM 造林再造林项目?

由于 CDM 造林再造林项目活动的方式和程序十分复杂，交易成本高。特别是当项目规模较小时，碳汇效益较低，交易成本所占的比例较大，因此，为促进小规模 CDM 造林再造林项目的开展，制定了小规模 CDM 造林再造林项目的简化方式和程序，该规则不但可使项目额外性论证、PDD、基准线情景设计、碳汇计量和监测等方面的程序和方法简化，免于交纳注册费，且同一个 DOE 可对同一项目进行审定、核查和核证工作。小规模 CDM 造林再造林项目的适用条件是：

（1）年人为净温室气体汇清除量小于 16 000 t CO_2 e。

（2）如果年人为净温室气体汇清除量大于 16 000 t CO_2 e，超过部分将不予签发 tCERs 或 lCERs。

（3）在低收入社区实施。

（4）拟议的小规模项目活动应不是一个大的 CDM 造林再造林项目活动的拆分。如果一个拟议的小规模 CDM 造林或再造林项目活动与已在 EB 注册或正在申请注册的一个小规模 CDM 造林或再造林项目活动：①具有相同的项目参与方；②在过去 2 年内注册；③其项目边界与目前拟议的小规模 CDM 造林或再造林项目活动的边界的距离不到 1 km。则该拟议的小规模项目活动应视作一个大项目活动拆分出的一个部分。在这种情况下，如果该项目与以前在 EB 注册的小规模 CDM 造林或再造林项目活动的总规模不超过上述限额，那么该项目活动仍可以使用小规模 CDM 造林和再造林项目活动的简化方式和程序。

与其他领域的项目不同，CDM 造林再造林项目年人为净温室气体汇清除年际变异很大，特别是在采伐年份，项目将从一个很大的碳汇变为一个很大的碳排放源。这使得计入期内部分年份的人为净温室气体汇清除远超过上述规定的 16 000 t CO_2 e 限额，而在另一些年份则表现为一个净排放源。因此，如何将该限额值用于判断小规模 CDM 造林再造林项目的合格性，即是用计入期年均人为净温室气体汇清除，还是每个年份的人为净温室气体汇清除来衡量，EB 还没有一个明确的规定。但一般而言，如果计入期内年均人为净温室气体汇清除低于限额值，即使部分年份超过限额值，DOE 也会认可的。

87. CDM 造林再造林项目的监测和核查的时间如何确定？

为了确保 CDM 造林再造林项目活动产生的人为净温室气体汇清除的透明性、可测定性和可核查性，项目参与方在必须的 PDD 中包括监测计划。

基准温室气体清除是在基准线情景的基础上在 PDD 阶段确定的，一旦通过 DOE 审定，在计入期内就是有效的，通常不需要对基准净温室气体汇清除进行监测。但是，如果采用了可更新的计入期，对基准净温室气体汇清除的监测将为计入期的更新提供可靠依据。

CDM 造林再造林项目活动的方式和程序规定，监测间隔期为 5 年，第一次监测时间由项目参与方决定；同时要避免监测和核查时间与碳储量的峰值出现时间重合。为使项目活动产生的碳汇尽可能用于最近的承诺期，监测时间应尽可能在承诺期的最后一年进行，即针对第一陈列承诺期，首次监测和核查在 2012 年较好，以后每 5 年一次。由于间伐和主伐均会导致碳储量降低，为使监测时间不与碳储量的峰值出现时间重合，就需要对间伐和主伐时间进行精心设计，避免使碳储量的峰值出现在上述的监测和核查年份，否则必须对间伐和主伐时间进行重新调整。

88. 为什么造林再造林项目要对项目区进行分层？如何进行事前分层？

造林再造林项目边界内的碳储量及其变化，往往因气候、土地利用和管理方式、土地覆被状况、土壤和立地条件的变异，而呈现较大的空间变异性。为在满足一定的精度要求下，以成本有效的方式计量和监测基准线情景和项目情景碳储量的变化，需对项目区进行分层（stratification）。通过把项目区合理地划分成若干个相对均一的同质单元（层），分层估计、测定和监测基准线情景和项目情景下的碳储量变化。由于每一层内部较均一，因此能以较低的抽样测定强度达到所需的精度，从而从总体上降低测定和监测成本。

分层的过程不应受项目地块的大小及其空间分布的影响，成片的大块土地或若干分散的小块土地都可看成是一个总体，用同样的方法对其进行分层。

分层可分为事前（Ex ante）分层和事后（Ex post）分层。事前分层是在项目开始前或在进行项目设计阶段进行，其目的是为了论证项目的基准线情景以及对基准线情景和项目情景下碳储量变化的事前计量和预估。事后分层是在项目开始后进行，其目的是为了对造林项目的碳储量变化进行测定和监测（参见问题89）。

事前分层又分为事前基线分层和事前项目分层。事前基线分层以项目开始前项目地植被状况为依据，主要考虑以下因素：

（1）是否有散生木及其优势树种和年龄。

（2）非林木植被的高度和盖度，特别是灌木植被的种类和盖度。

其中第（1）项分层指标主要用于事前计量不同层的基线准温室气体汇清除。第（2）项指标主要用于分层测定和计量造林前非林木植被生物量碳储量，作为计量因造林活动引起的原有非林木植被生物量碳储量的降低量。

虽然树木的生长与项目区气候、立地条件（地形、坡位、坡向、土壤类型、土层厚度）、树种和管理模式（间伐、施肥情况、主伐等）有关，但由于气候和立地条件通常在项目设计时，通过不同的树种选择予以考虑，而且项目参与方事前很难获得不同气候、立地条件和施肥情况下的生长数据，因此，事前项目分层主要依据造林或再造林和管理模式，主要指标包括树种、造林时间、间伐和轮伐期等。

89. 为什么要对项目区进行事后分层？如何进行事后分层？

由于事前分层往往不能完全满足监测的要求，在每次监测之前，都必须进一步检查和确认原来的分层是否有效，保证每个碳层内部的均一性，例如：

（1）实际造林或再造林的边界是否发生变化。

（2）是否由于不可预期的人为或自然原因，部分地段造林或再造林失败。

（3）是否发生森林灾害或其他原因导致的毁林。

（4）造林模式、时间和森林管理（施肥、间伐、主伐）是否与PDD不一致，导致不同层的边界和面积发生变化。

（5）前一次监测的结果是否存在同一层内的变异性过大，或者两个或多个层的碳储量变化没有明显差异。

如果上述任何一种情况发生，均须对层进行调整（事后分层），其目的是在满足监测精度的前提下，以成本有效的方式测定和监测项目人为净温室气体汇清除。

项目事后分层可在事前分层的基础上进行，但需进一步考虑事前分层中未予考虑的因素，包括项目区气候、立地条件等（取决于项目区气候和立地要素的变异性），同时考虑实际造林情况（实际造林树种、造林模式、造林时间以及施肥、间伐等管理方式等）。如果通过监测发现，同一层内碳储量及其变化具有很高的不确定性，则在下一次监测前需对该层进行重新调整，可能情况下将该层划分成两个或多个层。相反，如果监测发现，两个或多个层具有相近的碳储量及其变化，则可考虑将这些层合并成一个层，以降低监测工作量。如果项目边界发生变化，涉及的相应层的边界也需做相应的调整。

90. 项目地原有植被在造林或再造林后并没有完全消失，为什么目前的方法学均假定为全部排放？

项目地原有植被包括散生木和灌草两部分。由于整地、种植以及新造林木的竞争，原有的林下植被碳储量有可能减少，因此减少的部分须从项目碳储量变化中扣减。根据收集的国内测定的林下植被生物量资料分析，林下植被生物量占乔木林总生物量的比例在 15% 以下，平均为 5% 左右。也就是说，项目地原有植被生物量在造林或再造林后并未完全消失。但是，由于林下植被因林分类型、年龄、密度和管理措施而异，现有资料还无法较准确地估计不同类型、年龄和管理措施下的生物量，直接测定又费工费时。因此从监测的成本有效性以及保守性角度出发，目前批准的大多数 CDM 造林再造林方法学假定项目地原有灌草等植被在造林或再造林后将全部消失，并计为项目边界内的排放，或作为碳储量变化的一部分从项目碳储量变化中予以扣减。

在 EB 第 36 次会议批准的方法学工具 "CDM 造林再造林项目活动引起的原有植被的清除、燃烧和分解的排放估计" 中，提供了两种方法对原有植被减少引起的排放进行估计。

（1）缺省方法：假定原有植被生物量全部在整地时立即氧化。
（2）一般方法：假定原有植被生物量在整地造林后逐渐消失，并提供了可用的计算方法和缺省参数。

但是，如果在整地、造林和森林管理过程中，不砍伐原有的散生木，且在监测时也不将原有散生木计入项目碳储量，则散生木的生物量可不计入排放或从项目碳储量变化中扣减。

91. 目前批准的 CDM 造林再造林方法学有哪些？

截至 2008 年 8 月，EB 共批准了 14 个造林再造林方法学，包括 10 个大规模 CDM

造林再造林项目方法学（其中1个已被撤销）、1个整合方法学、3个小规模CDM造林再造林方法学。批准的常规CDM造林再造林方法学包括（http://cdm.unfccc.int/methodologies/ARmethodologies/approved_ar.html）：

（1）AR-AM0001：退化土地再造林。

（2）AR-AM0002：通过造林再造林恢复退化土地。

（3）AR-AM0003：在退化土地上通过植树、人工促进天然更新和控制放牧的造林和再造林（已撤销）。

（4）AR-AM0004：农地上的造林或再造林。

（5）AR-AM0005：以工业或商业产品为目的的造林和再造林。

（6）AR-AM0006：以灌木为辅助的退化土地造林再造林。

（7）AR-AM0007：农地或牧地上的造林和再造林。

（8）AR-AM0008：以可持续木材生产为目的的退化土地造林或再造林。

（9）AR-AM0009：允许放牧的退化土地造林或再造林。

（10）AR-AM00010：保护区内未管理草地上的造林和再造林。

（11）AR-ACM0001：退化土地造林再造林：基于AR-AM0003和批准的造林再造林方法学工具。

在这些批准的方法学中，大多数适用于退化土地的造林或再造林项目活动。尽管从方法学的名称上看，许多方法学类似，但实际上每个方法学均有其具体的适用条件，例如，适用的地类（如退化土地、农地、草地、放牧地）、目的（如退化土地恢复、商品用材、薪炭生产等）、基准线情景、选择或忽略的碳库、项目边界内的排放源（如施肥、固氮树种、燃烧等）、活动转移泄漏源（如放牧、农业生产、薪材生产、薪炭生产、木质围栏利用、饲料生产等）。因此，在选择方法学时，需根据拟议的造林再造林项目活动以及各方法学的适用条件，逐条对照并论证所选方法学对拟议的造林再造林项目的适用性。

92. 目前批准的小规模CDM造林再造林简化方法学有哪些? 有何区别?

目前批准了三个小规模CDM造林再造林简化方法学，分别是（http://cdm.unfccc.int/methodologies/SSCAR/approved.html）：

（1）AR-AMS0001：草地或农地上的小规模CDM造林和再造林简化基线和监测方法学。

（2）AR-AMS0002：城镇用地上的小规模CDM造林和再造林简化基线和监测方法学。

（3）AR-AMS0003：湿地上的小规模CDM造林和再造林简化基线和监测方法学。

正如3个方法学名称所示，其主要区别是适用的地类不同，从而衍生出不同的适用条件（表5-2）。

表 5-2 批准的小规模 CDM 造林再造林方法学适用条件比较

项目		方法学编号		
		AR-AMS0001	AR-AMS0002	AR-AMS0003
适用条件	地类	农地或草地	城镇用地：包括交通运输设施用地（街道、乡村道路、高速公路、铁路、水渠、输电线和油气输送管线的两侧绿化带）和人居用地（如居住地、城乡草坪、城镇公园、花园、高尔夫球场、游憩用地等）	湿地：包括泥炭地、终年或季节性水淹地（如水库、人工或天然湖泊），不包括稻田
	土地状态			植被已退化或正在退化的湿地，不包括以天然草本植物为优势群落的湿地
	农业活动转移	农业活动转移面积低于总面积的50%		农业开垦面积小于总面积的10%
	牧业活动转移	转移的牲畜数量低于项目区平均载畜量的50%		放牧活动转移不会引起泄漏
	土壤扰动	整地对地表的扰动小于10%*		对矿质土壤，整地对地表的扰动小于10%*；对于有机土壤，不允许翻耕和排水
	温室气体排放	当施肥引起的 N_2O 排放大于项目实际净温室气体汇清除的10%时，考虑施肥引起的 N_2O 排放。		忽略不计
	项目活动			符合《关于特别是作为水禽栖息地的国际重要湿地公约》（以下简称《湿地公约》）有关规定；不改变土壤水分状态（无排水措施、无漫灌等），因此项目活动限于退化潮间带、退化的沼泽泥炭地、退化洪积平地、水体周边退化的季节性洪水淹没地
	碳库	树木和多年生木本地上和地下生物量、草地地下生物量	树木地上和地下生物量	树木地上和地下生物量
	基准线情景	维持过去的土地利用方式，即农地或草地	维持过去的土地利用方式，即城镇用地	维持过去的土地利用方式，即退化或正在退化的湿地

项目	方法学编号		
	AR-AMS0001	AR-AMS0002	AR-AMS0003
基准温室气体汇清除	如果多年生木本生物量和草地地下生物量碳储量的增加小于实际净温室气体汇清除的10%，或呈降低趋势，则基准温室气体汇清除为零；否则根据方法学进行估计	如果散生木本生物量碳储量的增加小于实际净温室气体汇清除的10%，或呈降低趋势，则基准温室气体汇清除为零；否则根据方法学进行估计	零

* 包括整地造林以后的管理活动（如农作物间种）对土壤的扰动，除非该扰动属基准线情景下的活动。

93. 目前批准的 CDM 造林再造林方法学工具有哪些?

EB 目前已批准了 13 个造林再造林方法学工具（http://cdm. unfccc. int/methodologies/ARmethodologies/approved_ar. html）：

（1）CDM 造林再造林项目活动监测样地数量计算工具（EB31，Annex 15）。

（2）CDM 造林再造林项目活动引起的温室气体排放显著性评价工具（EB31，Annex 16）。

（3）CDM 造林再造林项目活动中化石燃料燃烧引起的温室气体排放的估计（EB33，Annex 14）。

（4）CDM 造林再造林项目活动中保守地忽略土壤有机碳库的判断程序（EB33，Annex 15）。

（5）氮肥施用引起的直接 N_2O 排放的估计（EB33，Annex 16）。

（6）CDM 造林再造林项目活动额外性评价工具（EB35，Annex 17）。

（7）CDM 造林再造林项目活动土地合格性评价程序（EB35，Annex 18）。

（8）CDM 造林再造林项目活动基准线情景识别和额外性评价合并工具（EB35，Annex 19）。

（9）CDM 造林再造林项目活动引起的原有植被的清除、燃烧和分解的排放估计（EB36，Annex 20）。

（10）CDM 造林再造林项目活动导致的、由于不可更新木质生物质利用的增加引起的泄漏的计算（EB39，Annex 11）。

（11）CDM 造林再造林项目活动导致的放牧活动转移引起的温室气体排放的估计工具（版本 02）（EB39，Annex 12）。

（12）CDM 造林再造林项目活动死有机质碳库碳储量及其源汇的估计工具（EB41，Annex 14）。

（13）CDM 造林再造林项目活动中的识别退化或正在退化土地的工具（EB41，Annex 15）。

需要注意的是，由于方法学和方法学工具的批准同时在进行，并不是所有的方法学工具都被各个批准的方法学所应用。只有当所采用的批准方法学明确要求使用某工具时，项目参与方才可使用该工具，否则仍采用方法学中描述的方法。各个批准的方法学采用的方法学工具如表5-3所示。

表5-3 批准的CDM造林再造林方法学采用的方法学工具

批准的方法学编号	采用的方法学工具
AR-AM0001	（f）
AR-AM0002	（f）、（g）
AR-AM0003	（f）、（g）
AR-AM0004	（f）、（g）
AR-AM0005	（f）、（g）
AR-AM0006	（f）、（g）
AR-AM0007	（f）、（g）
AR-AM0008	（a）、（f）、（g）
AR-AM0009	（a）、（b）、（c）、（d）、（e）、（f）、（g）
AR-AM00010	（a）、（c）、（d）、（e）、（f）、（g）
AR-ACM0001	（a）、（b）、（c）、（d）、（e）、（g）、（h）、（i）、（k）

94. 如何收集CDM造林再造林项目参与方的意见？

项目参与方意见通常与社会经济调查结合进行，最常用的方法是参与式乡村评估（participatory rural assessment，PRA），主要包括以下过程和活动：

（1）起草宣传册，并在调查、访问过程中向村民发放。

（2）召开村民大会（或村民代表大会）：召开由社区全体村民参加的会议，向村民介绍：①项目的背景、目的和内容；②调查组成员以及调查的主要目的、任务和主要内容；③调查方法和时间安排；④需要社区村民的协助、帮助及如何参与；⑤根据调查的目的和需要，让村民推荐出协助调查组工作的村民代表。以后可根据调查进展，再次召开村民代表会议，尽可能地让村民参与讨论和发表意见，及时修正调查信息。

（3）参与式制图。①社区资源分布图：将社区范围、各类土地利用、权属与分布格局、村落位置、学校及河流、道路等现状清楚地表示在图面上。该过程需要5～10位当地村民参与，参与的村民要有充分的代表性，特别是妇女和少数民族群体。②历史大事记：选择对本社区历史情况比较熟悉的村寨老人、新旧社区领导，包括一定数量的妇女，采用提问或讲故事的方式，按照发生时间顺序将被调查社区的发展历史、社区资源管理与变化情况，特别是与毁林或造林历史有关的大事。访谈结束后，调查组按年代顺序予以排列，制成一长时间序列表，通过召开村民大会或村民代表大会，核实有无遗漏的重大事件，调查小组根据村民反馈意见，整理出完整的时间序列表。③季节历：用于反映一个村庄的各种活动（农业、林业、畜牧业等）及其事件在1年内（12个月）各月份间的周期性变化规律和类型。调查内容包括：农、林、牧活动及收入情况；全年劳动力使用情况；非农事活动类型及其对劳动力的需求（包括工厂、企业、运输业和服务业等）；主要林产品的生产周期（如主要水果的生产周期、薪柴采集时间、非木材林产品采集时间）；男女性别在农、林、畜牧业活动的安排上存在的异同点。

（4）问卷调查：调查组制定问卷调查表，向每户村民发放并回收，进行统计分析。

（5）半结构访谈：半结构访谈是一种开放、交互式的访谈形式，通过与访谈对象直接交流而获得信息的一种方式。分为以下几种形式：①群体访谈：村民代表会、大事记、季节历、社区基本情况及资源利用、利益群体分析等针对的是社区的大多数村民。②关键人物访谈：村委会主任；有威望的年纪大的村民；少数民族的头人。③特殊群体访谈：富裕户、贫困户、妇女当家户、外来人员等。④备选地块涉及的富裕农户、贫困户、妇女当家户、外来人员和专业户。

（6）相关利益群体分析。

在收集相关利益方的意见时，就项目对当地社会经济和环境的影响，特别是对生物多样性的影响，要特别注意收集当地的非政府组织的意见。

95. 如何论证 CDM 造林再造林项目的基准线情景？

CDM 造林再造林项目的基准线情景的论证取决于所采用的方法学，根据 5/CMP.1CDM 造林再造林项目的方式和程序的规定，项目参与方在为 CDM 造林再造林项目活动选择基准线方法时，应从下列各项中选择最适合该项目活动的方法：

（1）项目边界内碳库中碳储量现在的或历史的变化。

（2）在考虑到投资障碍的情况下，在经济上有吸引力的一种代表性土地利用方式所产生的项目边界内碳库中碳储量的变化。

（3）在项目开始时，最可能的土地利用方式所产生的项目边界内碳库中碳储量的变化。

目前在批准的方法学中，除 AR-AM00010 采用方法（3）外，其他均采用方法（1），即项目边界内碳库中碳储量现在的或历史的变化。

项目的基准线情景的论证应严格按所采用的方法学及其要求的方法学工具进行。例如，方法学适用于退化或正在退化的土地，一般需从政策、社会经济和环境等方面论证历史和现在的导致土地退化的干扰因素，以及在没有拟议的 CDM 造林再造林项目时，这些干扰因素仍将继续。

96. 如何使用额外性评价工具证明造林再造林项目的额外性？

小规模 CDM 造林再造林方法学仅要求项目参与方按方法学附录中所列要求，通过论证项目所面临的障碍来证明拟议项目的额外性。但对大规模造林再造林项目而言，目前 EB 所批准的所有方法学，均要求使用 EB 最新批准的额外性评价工具来证明 CDM 造林再造林项目的额外性。尽管该工具使用的程序相同，但在使用该工具过程中应注意以下问题（以 EB 第 35 次会议批准的"CDM 造林再造林项目活动基准线情景识别和额外性评价工具"为例）。

（1）步骤 1：项目开始日期。对于 1999 年 12 月 31 日以后的造林或再造林，开始日期的确定及其需提供的证据参见问题82。由于 CDM 造林再造林项目申报周期较长，林木初期生长缓慢，为避免由于项目申报而影响到项目的实施，通常情况下，项目是可以一边准备申报文件，一边实施的，这样项目开始日期可能是项目准备申报过程中的某个日期（开始造林的时间）。但在这种情况下需要保留最初的项目有关文件，以证明拟议的造林再造林项目的初衷就是为申报 CDM 项目。

（2）步骤2：障碍分析。障碍分析不必列出工具所列的所有障碍，一个 CDM 造林或再造林项目可能面临许多障碍，但应列出并论证2~3个主要的障碍即可，而且 DOE 往往要求项目参与方为每一个列出的障碍提供书面的证明材料。列出的障碍越多，要求项目参与方提供的书面证据就越多。

（3）步骤3：投资分析尽管该工具允许在障碍分析（步骤2）和投资分析（步骤3）两者中任选其一，但通常情况下建议两个步骤都进行。在开展投资分析时，要求详细列出各项成本（如苗木、整地、种植、施肥、除草、抚育、防火和病虫害控制、森林管护、间伐、主伐、更新）和收益（木材和其林产品单位产量和预期价格，如松脂、间种农作物饲料或药材）。建议采用国际上通行的财务分析工具，如世界银行生物碳基金 LULUCF 项目财务分析工具（http://www.biocarbonfund.org）。

（4）步骤4：普遍性分析这是我国 CDM 造林再造林项目在证明额外性时最难把握也是最关键的问题。众所周知，我国在过去和现在的植树造林活动举世瞩目，近几年每年的植树面积达1亿亩[①]以上，在项目地周边或往返项目地的道路两侧，常常有大面积的人工林，甚至刚种植不久的未成林造林地。DOE 在审定过程中往往要求政府部门提供近几年当地植树造林情况。而且国家和各省、市、自治区政府，甚至地方政府往往都制定了宏伟的林业发展计划，包括植树造林计划。因此，项目参与方须：①证明过去和现在的造林地不同于拟议的 CDM 造林或再造林项目地，且项目造林地块未纳入正在实施的国家计划，或这些国家计划在项目区不可能付诸实施。②以当地过去几年在类似土地上的植树造林速率为基础，设置基准线情景，并估计基准净温室气体汇清除。

97. 批准的 CDM 造林再造林方法学的适用条件有何异同？

每一个批准的 CDM 造林再造林方法学都有其适用条件，项目参与方须根据项目区的基线土地利用活动或主要扰动因素、拟采取的整地、种植和管理活动等因素，逐条对照各方法学的具体适用条件，选择出最适宜的方法学。批准的常规 CDM 造林再造林方法学的适用条件如表5-4所示（小规模 CDM 造林再造林项目简化方法学的适用条件见表5-2）。

98. CDM 造林再造林项目边界内的温室气体源排放主要有哪些？

CDM 造林再造林活动引起的项目边界内的温室气体源排放主要包括：

---

① 1 亩 = 667m²

表5-4　CDM造林再造林方法学的适用条件比较

方法学编号	土地类型	整地措施	炼山	漫灌或排水措施	基准线情景土壤碳	基准线情景植被	种植固氮树种或作物	基准线情景下的枯死木和枯落物	其他条件
AR-AM0001	退化土地	不会引起土壤碳的长期排放	允许		稳定或降低			降低更多或更少	无放牧
AR-AM0002	退化土地		允许						无放牧
AR-AM0003	退化和正在退化的土地	不会引起土壤碳的长期排放	允许	不允许	稳定或降低		不显著	降低更多或增加更少	周边类似土地没有其正在执行的造林再造林
AR-AM0004	退化和正在退化的土地	不会引起土壤碳的长期排放	允许	不允许	稳定或降低		不显著	降低	周边类似土地没有其正在执行的造林再造林
AR-AM0005	草地上的商业或工业人工林	不会引起土壤碳的长期排放	允许	不允许	稳定或降低		不显著	降低更多或增加更多	不会增加牲畜数量
AR-AM0006	退化土地，允许间种		不允许		稳定或降低		允许	降低更多或更少	
AR-AM0007	草地\农地或弃地	不会引起土壤碳的长期排放	允许	不允许	稳定或降低	稳定或降低	不显著		无移民，项目开始前的活动在本项目开始后终止
AR-AM0008	退化土地	不会引起土壤碳的长期排放	限于非树木植被	不允许	稳定或降低	稳定或降低	允许	保留	无放牧
AR-AM0009	退化土地	不会引起土壤碳的长期排放	不允许	不允许	稳定或降低	稳定或降低	固氮树种盖度小于10%		不使用针叶树种
AR-AM00010	草地	不会引起土壤碳的长期排放	允许		稳定或降低	稳定或小的增加	固氮树种盖度小于10%		
AR-ACM0001	退化土地	对土地表面干扰小的面积10%		不允许	稳定或降低	稳定或降低	固氮树种盖度小于10%	降低更多或增加更多	

（1）生物质燃烧：种植前整地过程中的炼山、森林火灾等导致的生物质燃烧会引起 N_2O 和 CH_4 排放。

（2）燃油机械设备的使用：如整地机械、油锯等。虽然化石燃料燃烧过程中会伴随着非 CO_2 温室气体（CH_4、N_2O）以及其污染气体［CO、非甲烷挥发性有机化合物（NMVOCs）、SO_2、氮氧化物（NO_x）］等的排放，但根据 EB 第 33 次会议的决议，在 CDM 造林再造林项目中使用的化石燃料的排放只考虑 CO_2 排放。

（3）施肥：在造林再造林和森林管理活动中施用有机肥料（如农家肥）和含氮化肥（铵态氮肥、硝态氮肥），其中的氮在土壤中经过氧化还原作用都会产生 N_2O，从而引起林地 N_2O 排放的排放（直接排放）。另外，还有一部分施用的氮以氮氧化物和氨的形式挥发进入大气，然后沉降到土壤产生 N_2O 排放（间接排放）。由于施肥引起的 N_2O 间接排放通常较小，可以忽略不计。因此，根据 EB 第 26 次会议的决议，以及其第 33 次会议通过的氮肥施用 N_2O 排放计算工具，对 CDM 造林再造林项目，只考虑施用含氮肥料引起的直接 N_2O 排放，且育苗过程中肥料施用引起的直接和间接 N_2O 排放均可忽略不计。

（4）种植固氮树木或植物：CDM 造林再造林项目种植的豆科树木间种的固氮植物（如豆科作物），与含氮肥料的作用类似，也会引起 N_2O 的排放。

（5）漫灌：漫灌会导致土壤呈厌氧状态，从而增加土壤的 CH_4 排放。

（6）整地时对土壤的强烈扰动，特别是对泥炭地等有机土，常常会引起土壤碳的排放。对沼泽地的排水措施也会引起土壤碳排放。

需要说明的是，整地或排水等措施引起的碳排放（包括生物质燃烧引起的 CO_2 排放和土壤碳排放）增加常常计入项目各碳库的碳储量变化中，而不是项目边界内的温室气体排放。

此外，与造林再造林活动间接相关的上游（如肥料生产等）和下游（如木材加工等）生产活动引起化石燃料燃烧的排放不纳入 CDM 造林再造林温室气体排放的计量，或忽略不计。

不同方法学对排放源的考虑如表 5-5 所示。

表 5-5　批准的 CDM 造林再造林方法学不同方法学考虑的排放源

方法学编号	化石燃料燃烧	固氮树种	施氮肥	生物质燃烧
AR-AM0001	√		√	√
AR-AM0002	√		√	√
AR-AM0003	√		√	√
AR-AM0004	√		√	
AR-AM0005	√		√	√
AR-AM0006	√	√	√	
AR-AM0007	√		√	√
AR-AM0008	√	√	√	
AR-AM0009	√		√	√
AR-AM00010	√		√	√
AR-ACM0001	√		√	√

99. CDM 造林再造林项目的泄漏主要有哪些?

CDM 造林再造林项目涉及的主要泄漏源包括（表 5-6）：

（1）车辆使用：用于运输人员、苗木、肥料、木质和非木质林产品所使用的车辆消耗的化石燃料燃烧（汽油、柴油等）引起的温室气体排放。这些车辆包括轻型卡车、重型卡车、农用三轮车、农用四轮车、小汽车、拖拉机和摩托车等。虽然化石燃料燃烧过程中会伴随着非 CO_2 温室气体的排放，但根据 EB 第 33 次会议的决议，在 CDM 造林再造林项目中使用的化石燃料的排放只考虑 CO_2 排放。

（2）活动转移：由于 CDM 造林再造林项目的实施，项目开始前原有的基线活动（薪材采集、农业耕种、放牧）转移到项目边界外，导致项目边界外土地的碳储量降低或在项目边界外发生温室气体排放。

（3）饲料生产：与基准线情景相比，项目情景生产更多的饲料，使项目区饲养的牲畜数量增加，引起的牲畜肠道发酵产生的 N_2O 和 CH_4 排放增加，以及粪便管理引起的 N_2O 和 CH_4 排放增加。如果项目生产的饲料是一种泄漏管理方式，即将项目地原有的放牧改为圈养，或为配合国家或地方畜牧政策的实施，促进项目地区牲畜的圈养，即项目并未增加项目区牲畜数量，则不用计量和监测牲畜肠道发酵引起的温室气体排放。但由于放养与圈养的粪便处理方式不同，圈养往往增加粪便处理的温室气体排放，因此须对圈养引起的温室气体排放的增加进行计量和监测。

（4）木质围栏：为使造林再造林项目营造的林分不致受到牲畜的破坏，而采取的木质围栏措施，导致项目边界外发生不可持续的森林采伐（如导致毁林或森林退化），从而引起温室气体排放。

（5）不持续的薪材采集：薪材往往是当地社区的主要生活能源，如果一个拟议的 CDM 造林再造林项目活动不能为当地社区或基线活动者提供可持续的薪材资源，薪材的采集就可能被转移到项目边界外的有林地或其他土地，从而引起项目边界外温室气体排放的增加。但是薪材采集活动的转移并不必然导致泄漏的发生。EB 第 22 次会议决定，只有当对森林的薪材采集是不可持续的（不可更新的），即会引起毁林或明显的森林退化（薪材采伐引起的排放占实际净温室气体汇清除的 2%~5%）时，这种薪材采集活动的转移才计入泄漏。当被转移的薪材采集的排放低于实际净温室气体汇清除的 2% 时，或薪材采集是可持续的（可更新的），可忽略这类活动转移的泄漏。EB 第 23 次会议专门对"可更新的生物质能源"进行了定义。

（6）市场泄漏：大规模的商业造林活动导致木材供给的增加或木材价格的降低，降低当地营建新的人工林的积极性，从而产生市场泄漏。目前批准的方法学基本不考虑市场泄漏。

（7）移民：由于 CDM 造林再造林项目的实施，使原来依赖于项目地进行生产经营活动的居民，例如，在项目地就业的居民，移民到其他地区从事耕作活动，可能引起温室气体排放增加。目前批准的方法学基本不考虑这种泄漏。

（8）其他：CDM 造林再造林项目活动的实施过程中的育苗、施肥、灌溉也会引起项目边界外的温室气体排放，但这种泄漏通常是忽略不计的。

表 5-6 比较了不同方法学对泄漏源的考虑。

表 5-6　批准的 CDM 造林再造林方法学不同方法学考虑的泄漏源

方法学编号	活动转移	车辆使用	饲料生产	使用木质围栏
AR-AM0001		√		
AR-AM0002		√		
AR-AM0003	放牧\薪材采集	√		√
AR-AM0004	农业\牧业\薪材采集	√	√	√
AR-AM0005		√		
AR-AM0006		√	√	
AR-AM0007	薪材采集	√		√
AR-AM0008		√		
AR-AM0009		√		√
AR-AM00010		√		
AR-ACM0001	放牧\薪材采集	√		√

100. 如何选择 CDM 造林再造林项目的碳库?

根据 16/CMP.1 号关于土地利用、土地利用变化和林业的决议,将造林再造林项目涉及的碳库划分为地上生物量、地下生物量、枯落物、枯死木和土壤有机质。CDM 造林再造林项目活动也采用该碳库的分类方法。目前木质林产品碳库尚未纳入 CDM 造林再造林项目的计量范围。

理论上,应该对所有碳库进行计量和监测。但是,如果能提供透明的、可核查的信息证明某一个或多个碳库不是净排放源,那么项目参与方可以不计量和监测这些碳库。多数情况下,从长远来看,造林再造林都会增加这五个碳库的碳储量,对全部碳库进行计量和监测可使项目参与方获得更多的碳汇量。但另一方面,这又会大大增加计量和监测成本。由于在计入期内有的碳库中的碳储量变化相对较小,而监测成本又较大(如土壤有机碳),以较高的监测成本为代价获得微不足道的碳汇收益,往往不是成本有效的。另外,碳储量变化速率小的碳库,往往不确定性较高。由于造林再造林活动引起的碳储量变化往往具有较大的不确定性,因此要求碳库的选择、碳储量变化的估计和监测都必须采用保守的方式。所谓保守,是指这些选择不会使预期的实际净温室气体汇清除量被高估,或基准温室气体汇清除被低估。因此,选择碳库时,除考虑是否净排放源这一因素外,还须考虑监测的成本有效性、不确定性和保守性。

某一碳库是否是净排放源,还取决于造林再造林和森林管理方式。例如,全垦整地或大面积破坏地表植被,会改变土壤微环境,增加有机碳排放,并由于水土流失的增加使项目边界内土壤有机碳流失。在这种情况下,土壤有机碳库是不能忽略的。如果基准线情景下有散生木的采伐,且采伐剩余物遗留在现地,而项目情景下没有采伐或间伐,则项目情景枯死木和枯落物碳库中的碳储量有可能低于基线情景,此时,这两个碳库也是不能忽略的。不同方法学根据其适用条件选择的碳库如表 5-7 所示。

表 5-7　批准的 CDM 造林再造林方法学选择的碳库

方法学编号	地上生物量	地下生物量	土壤有机质	枯死木	枯落物
AR-AM0001	√	√			
AR-AM0002	√	√	√	√	√
AR-AM0003	√	√			
AR-AM0004	√	√			
AR-AM0005	√	√			
AR-AM0006	√	√			√
AR-AM0007	√	√	√	√	
AR-AM0008	√	√			
AR-AM0009	√	√	√	√	
AR-AM00010	√	√			
AR-ACM0001	√	√			

第六章

化学分解类项目

101. 目前有哪些针对 HFC 的 CDM 方法学？它们之间的主要区别是什么？

目前经批准的针对 HFC 类气体的 CDM 方法学共有两个，分别是 AM0001（HFC23 废气分解）和 AMS-III. N（聚氨酯硬泡生产中避免 HFC 排放）。

（1）AM0001 针对的是 HCFC22 生产设备产生的 HFC23 进行现场分解处理的项目，相应的 HCFC22 生产设备在 2000 年初至 2004 年末期间在该 CDM 项目所处地至少有 3 年的运行历史，而且从 2005 年到 CDM 项目开始前一直在运行，当地没有法律法规要求对所有的 HFC23 废气进行分解。

（2）AMS-III. N. 针对的则是在新建的硬质聚氨酯泡沫塑料生产厂中应用正戊烷作为起泡剂的项目，从而避免使用 HFC134a、HFC152a、HFC365mfc 和 HFC245fa 等 HFC 类气体作为起泡剂，从而实现 HFC 类气体的减排。

因此，两个方法学主要有如下不同：①AM0001 针对的是作为制冷剂等的 HCFC22 生产过程中产生的副产品 HFC23，而 AMS-III. N. 针对的 HFC134a 等多种气体，其中部分气体，如 HFC134a 其本身就是制冷剂，而不是制冷剂生产过程中产生的副产品；②AM0001 针对的是温室气体的生产者，而 AMS-III. N. 针对的是温室气体的使用者；AM0001 所针对的产生 HFC23 废气的现有设施，而 AMS-III. N. 针对的是使用 HFC134a 等气体的新建设施。

102. 目前有哪些针对 N_2O 分解项目的 CDM 方法学？它们之间的主要区别是什么？

目前经批准的针对 N_2O 分解的 CDM 方法学共有 4 个，分别是 AM0021（现有己二酸生产装置中的 N_2O 分解）、AM0028（硝酸或己内酰胺厂尾气中 N_2O 催化分解）、AM0034（硝酸生产厂中氨燃烧室内的 N_2O 催化分解）和 AM0051（硝酸生产厂中的 N_2O 的第二级催化分解）。

AM0021 针对的是将 2004 年年底之前开始商业运行的己二酸生产装置中产生的 N_2O 进行分解的项目，可以是热分解，也可以是催化剂分解。AM0028 针对的是 2005 年年底之前已经开始商业运行的硝酸或己内酰胺生产设施，对其尾气中的 N_2O 进行催化分解（所谓的第三级分解）。AM0034 针对的在 2005 年年底之前已经开始商业运行的硝酸生产设施中的氨燃烧室内的贵金属网下面安装第二级 N_2O 分解催化剂（所谓的第二级分解）。AM0051 针对的是在 2005 年年底之前已经开始商业运行的硝酸生产设施中的反应室内催化分解 N_2O （第二级分解）。

这几个方法学主要有如下不同：①AM0021 针对的是作为己二酸生产装置排放的 N_2O，其他 3 个方法学针对的是硝酸/己内酰胺生产设施排放的 N_2O；②AM0028 是对硝酸/己内酰胺生产设施排放的 N_2O 尾气进行分解（所谓的第三级分解），而 AM0034 和 AM0051 则是在生产设施内对 N_2O 进行分解（所谓的第二级分解）；③AM0034 和 AM0051 所针对的技术类似，其主要区别在监测要求方面，AM0034 要求在安装催化剂前监测一个生产周期，以确定基准线排放参数，而 AM0051 则通过实时监测通过催化剂之前和之后的 N_2O 浓度的方式直接计算减排量；④4 个方法学针对的都是现有设施，但 AM0021 要求设施在 2004 年年底之前已经商业运行，而其他方法学针对设置的投产时间则是 2005 年年底之前。

103. 目前有哪些针对 PFC 减排项目的 CDM 方法学？它们之间的主要区别是什么？

目前经批准的针对 PFC 减排的 CDM 方法学共有两个，分别是 AM0030（原生铝冶炼设施中通过减小阳极效益减排 PFC）和 AM0059（减少原生铝冶炼炉中的温室气体排放）。

两个方法学针对的都是在现有原生铝冶炼设施中采取技术措施减排温室气体，但是有如下区别：①AM0030 针对的设施必须在 2002 年年底之前开始运行，而 AM0059 只要求相关设施有 3 年的运行历史；②AM0030 限定了项目使用 CWPB 或 PFPB 两种技术，而 AM0059 并未限制具体的技术类型，但要求必须是熔炼技术；③AM0030 仅针对 PFC 的减排，而 AM0059 还考虑电力消耗引起的 CO_2 减排。

104. 目前有哪些针对 SF_6 减排项目的 CDM 方法学？它们之间的主要区别是什么？

目前经批准的针对 SF_6 减排的 CDM 方法学共有两个，分别是：AM0035（电网中 SF_6 减排）和 AM0065（在镁工业中用其他防护气体代替 SF_6）。

AM0035 针对的是循环利用电气设施中的 SF_6 或者减少电力设施中的 SF_6 泄漏。AM0065 针对的则是在现有的镁的浇铸设施中，使用 HFC134a、$CF_3CF_2C(O)CF(CF_3)_2$ 或者 SO_2 气体，部分或者全部替代 SF_6 作为防护气体。两者针对的行业不同，但都是通过减少 SF_6 的使用在使用环节减少其排放。

105. 针对 HFC、N_2O、PFC 和 SF_6 的 CDM 方法学中，对于现有设施的定义是否相同？

针对这四种气体分解的方法学大部分都限定只能在现有设施中开发相关的项目，但对于不同的方法学，其含义也不尽相同。

对于 HFC23 分解和 N_2O 的分解项目，现有设施均有两个方面的含义：①相应的设施必须在特定时间之前投入商业运行，例如，HFC23 产生设施必须在 2000 年初至 2004 年末期间在该 CDM 项目所处地至少有 3 年的运行历史，己二酸生产设施必须在 2004 年年底之前已经商业运行，而硝酸和或己内酰胺生产设施的投产时间则必须在 2005 年年底之前。②相应设施的生产能力限定在特定时间段内的最高产量或者设计产量，例如，计算基准线情景下 HFC23 排放量的 HCFC22 产量就限定在 2000 ~2004 年中的最高历史产量。对于其他方法学，现有设施并无明确的时间概念和容量限制，只是要求用于计算基准线情景下相关的参数必须具备。

106. 对于 HFC23 和 N₂O 分解 CDM 项目，确定基准线排放上限的关键参数的原则和方法是否相同？

HFC23 和 N₂O 等气体的全球变暖潜势（GWP）值比较高，单个项目的减排量比较大。为了防止项目为了多产生减排量而有意加大相关气体的产生量，相关方法学中一般通过限定相关主产品的最高产量和副产品的最高生产比例限制基准线排放量。在这一个基本原则上，各个方法学的要求是一致的，但在具体参数的确定方法上，各个方法学的要求又不尽相同。

就相关设施的最高产量而言，AM0001 将 HCFC22 的产量限定在 2000 ~2004 年中的最高历史产量，但该产量并没有和设施的设计生产能力直接关联；AM0021 类似，也是将项目实施前 3 年的最高产量作为上限，并未和设计生产能力挂钩；AM0028 等其他针对 N₂O 分解的方法学则以生产设施的设计生产能力作为上限。就副产品的最高生产比例而言，各个方法学均要求对基准线情景下的历史比例进行实际测量，并根据历史数据确定相应的比例。而 AM0001 还要求所确定的最高比例不能超过方法学给出的一个 3% 的上限。

107. 对于 HFC23 分解类的 CDM 项目，是否允许将相关的气体进行存储和运输后进行分解？

在 AM0001 最初的版本中，并无这方面的具体规定。在项目开发实际中，有项目开发者向 EB 提出了此问题。经过讨论，EB 决定 HFC23 的分解 CDM 项目必须在产生 HFC23 气体的同一个工业设施地点进行，不允许将气体运输后再进行分解。这已经明确写入了最新版的 AM0001 的适用条件。

108. 相关方法学要求必须对基准线情景下的相关参数进行测量。在完成相关的测量程序前，是否可以开发 CDM 项目？

对于大部分此类方法学而言，相关的参数是基于设施的运行历史数据确定的。因而，一旦项目达到了方法学关于历史运行时间等的要求，则相关的数据自然就可以确定。AM0034 则要求在安装催化剂前监测一个生产周期，以确定基准线排放参数。因为硝酸的一个生产周期比较长，往往会长达数个月，因此会发生在项目审定时相关的监测还没有完成的情况。因为 CDM 项目的开发也需要比较长的时间，如果等所有的监测完成后再开始，就会耽误项目的开发进度。为了加快项目的开发进程，项目开发者可以将基准线参数监测和项目开发同时进行，在 PDD 中，可以先使用相关的技术单位给出的数据进行减排量等的估算。实际上，国际上有基准线情景下的相关数据的监测还没有完成就提交注册申请的先例。根据 EB 第 31 次会议报告第 28 段，使用 AM0034 时，基准线情景下的相关数据的审定可留给核查时的 DOE 进行。

109. N_2O、PFC 和 HFC 分解类的 CDM 项目在减排量签发中最常遇到的问题是什么？

这几类项目一旦确定了基准线情景下的参数，项目运行过程中的监测相对比较简单。但是因为这些项目的减排量较大，因此相关数据监测的准确性对于最终的减排量有很大的影响。因此，DOE 和 EB 往往对这一类项目的数据监测的要求很高。很多项目因为监测仪器不符合相关的标准、监测频率不符合方法学的要求、监测点不符合要求等受到审查。部分方法学中的相关要求前后也有不一致的地方，不同的人从不同的角度对方法学、EB 相关的新的意见和指导有着不同的解读，为了保险起见，监测还是以较高的标准进行比较妥当。

110. 对于 N_2O、PFC 和 HFC 分解类的 CDM 项目，国家已收取了较高的收益分成。企业还需要再交纳所得税和其他税费吗？

根据国家发展和改革委员会、科学技术部等四个部门联合公布的《清洁发展机制项目运行管理办法》，国家收取转让温室气体减排量转让额的分配比例：氢氟碳化物（HFC）和全氟碳化物（PFC）类项目，国家收取 65%；氧化亚氮（N_2O）类项目，国家收取 30%。这是为了体现国家对减排资源的所有权、平衡不同领域 CDM 项目开发和促进国内气候变化事业发展而制定的一项政策，和国家的税收政策无关。企业是否还需要缴纳所得税和气体税费，由国家相关的主管部门根据国家规定确定，并不受这一收益分成决定的影响。

111. 国家还没有确定针对 SF_6 的 CDM 项目的国家收益分成比例。企业是否可以开展此类 CDM 项目？

因基础数据不具备等，国家在公布的《清洁发展机制项目运行管理办法》中并未确定减排 SF_6 的 CDM 项目中国家收益分成的比例。企业如果开展了此类 CDM 项目活动，可以尝试向国家提交相关的申请，可能周期会比较长，但客观上也会促进国家对这一政策的尽快制定。

112. 新建的 HCFC22 生产设施中是否可以实施 HFC23 分解 CDM 项目？

根据 AM0001，只有在现有，即在 2000 年初至 2004 年末期间在该 CDM 项目所处地至少有 3 年的运行历史，而且从 2005 年到 CDM 项目开始前一直在运行的 HCFC22 生产设备中才可以实施 HFC23 分解 CDM 项目。不符合这一要求的所谓新建 HCFC22 设施中均无相应的方法学，从而无法开展 CDM 项目。该类项目的减排潜力很大、减排成本很低，如何处理此问题将对全球碳市场的供应以及 CDM 项目在全球的区域分布产生重要影响。因此，EB 在第 10 次缔约方大会（COP10）上请求 COP 在此问题上给出指导意见。COP10 通过决议，请科技附署机构（SBSTA）与 EB 合作，向 COP/MOP1 就 CDM 项目的实施对其他环境公约特别是《关于消耗臭氧层物质的蒙特利尔议定书》目标实现的可能影响提出建议。COP/MOP1 就新的 HCFC22 生产设施的定义以及此类项目可能带来的一个负面影响达成了一致，承认 HFC23 的分解是一种重要的减排措施，鼓励附件 1 国家为 HFC23 的分解提供专门的资金，并请 SBSTA 继续就此问题进行讨论，力争向 COP/MOP2 提出相关的决定建议。虽然 SBSTA 就此问题一直进行磋商，但到目前为止，国际社会关于此问题的谈判未取得任何实质性的进展，既未同意此类项目的开发，但也没有封杀此类项目。虽然理论上还存在可能性，但从谈判的历史来看，很多国家从政治方面出发，不愿意看到这一类项目的进一步开发，因此这一问题最后的结论可能就是没有结论，相关的新设施中也就无法开发 CDM 项目。

113. 新建的己二酸和硝酸等生产设施中是否可以实施 N_2O 分解 CDM 项目？

此类项目的减排量也非常巨大，和 HFC23 分解项目类似。其面临的政治障碍也是类似的。虽然有项目开发者向 EB 提出了修改 AM0021 等建议，以便能够开发新的己二酸生产设施中的 N_2O 项目，但该建议在方法学小组没有获得通过。因此，此类项目未来开发为 CDM 项目的前景也不乐观。

第七章

其他类型的项目开发

114. 目前在交通运输行业的减排潜力和目前开发现状如何?

交通运输领域是我国能源消费的重要方面,是能源消费增长最快的部门之一。1998 年,交通运输、仓储和邮政业的能源消费量为 8245 万 tce,2006 年增加到 18 582.72万 tce,分别占我国同期能源消费总量的 6.2% 和 7.55%。交通运输、邮电部门消费了全国 89% 的煤油、52% 的汽油和 49% 的柴油,是我国油品消费大户。

交通运输用能,特别是汽车用能,是未来能源需求增长最快的领域。近年来民用交通工具、汽车发展迅猛,汽车消费需求的大幅度增长已造成对汽油供应的严重压力。截至 2007 年底,我国汽车保有量 5697 万辆。2020 年,汽车保有量将可能突破 1.3 亿辆,燃料需求逼近 2 亿 tce 油品(王大中,2007)。

目前汽车的能源(石油)综合利用效率为 20% ~30%。采用混合式发动机可以将能源的综合利用效率提高 30% 以上,节约 30% 的石油。采用燃料电池,可将汽车的能源综合利用率进一步提高 40%。通过优化交通运输结构和车辆构型、推广节油新技术、开发新型高效汽车、实施车辆油耗限制标准等措施,将平均单车油耗降为 1.2t/a 左右,可以减少消费约 7000 万 t 油品(王大中,2007)。

在交通运输行业,当前商业上可提供的关键减缓技术和做法有:

(1)更节约燃料的机动车。

(2)混合动力车。

(3)清洁柴油。

(4)生物燃料。

(5)公路运输改为轨道和公交系统。

(6)非机动化交通运输(自行车、步行)。

(7)土地使用和交通运输规划。

从目前已批准的方法学看,交通领域可开发的 CDM 项目包括:新建或扩建快速公交转换系统、在商业车队或其他方式中采用低温室气体排放车辆等。目前只有一家印度的德里地铁公司成功申请注册,该项目是指安装低排放的车辆,估计产生的温室气体排放量为每年 39 428 t CO_2 e。

115. 目前在交通运输行业有哪些方法学可以采用?

从目前已批准的方法学看,已通过 EB 批准的方法学有:①AM0031:快速公交转换系统；②AMS-Ⅲ. C.：通过低温室气体排放车辆实现减排；③AMS-Ⅲ. S.：引进从事商业活动的低排放车辆。下面简单介绍这三个方法学。

1）AM0031：快速公交转换系统（BRT）

（1）该方法学主要的适用性条件包括：①项目已有取消许可、经济补贴等方式来减少现有公共交通运力，实施 BRT 系统的计划；②当地法律法规不限制 BRT 系统的实施或者扩展；③基准线和/或项目本身使用的燃料为未掺汽油、柴油、液化天然气或压缩天然气。④BRT 系统与基准线下的公共交通运输系统或其他系统均是以公路为主的，不含铁路、水路和航空。

（2）项目基准线：当前或历史的排放源情况，用每人每次出行的排放量来衡量当前系统的排放量。

（3）项目监测：需要监测的项目包括：第一，确定基准线的数据，即燃料消耗量，每类车的行驶路程和燃料类型；第二，确定项目排放的数据，包括项目消耗的燃料或者燃油效率和行驶路程；第三，确定泄漏的数据，如上游排放、路面性质的改变和拥堵情况的改变。

（4）方法学实例：哥伦比亚城市快速公交系统改造项目。

2）AMS-Ⅲ. C.：通过低温室气体排放车辆实现减排

（1）该方法学给定的主要适用条件为：①技术类型为低温室气体排放的车辆；②项目的年减排量不超过 6 万 t CO_2 e。

（2）项目基准线：当前或历史的所替代的车辆排放情况，如果车辆使用电能的，需要根据 Ⅰ. D 类别来计算相关排放。

（3）项目监测：监测项目活动的车辆数量，同时需考虑电动车使用的电量在生产过程中的排放。混合动力车辆的化石燃料使用数量也需监测。

（4）方法学实例：印度德里城市地低排放铁道车建设项目。

3）AMS-Ⅲ. S.：引进从事商业活动的低排放车辆

（1）该方法学给定的主要适用条件为：①在一些确定的固定路线做商业客运和货运的运输，经营的低排放的交通工具的项目活动；②项目的年减排量不超过 6 万 t CO_2 e。

（2）项目基准线：当前或历史的所替代的车辆排放情况。

（3）项目监测：本方法学监测较为复杂，有包括低排放车辆年运行距离等十余个参数需要监测。

（4）方法学实例：目前本方法学尚没有应用成功的先例。

116. 目前在建筑节能行业是否有 CDM 项目可以开发？

随着经济的发展和人民生活水平的提高，我国建筑面积持续增长。截至 2006 年底，全国城乡房屋建筑面积为 470 亿 m^2。城镇房屋建筑面积 164.51 亿 m^2，其中住宅建筑面积 100.65 亿 m^2，每年新竣工建筑面积 20 亿 m^2。

资料显示，我国单位建筑面能耗相当于气候相近的发达国家的 2~3 倍。建设部估计，不推行建筑节能或绿色建筑，到 2020 年，我国建筑的能耗将达到 11 亿 tce，即为现在建筑所消耗能源的 3 倍以上（王大中，2007）。

按照我国政府规定，"十一五"期间，新建建筑全面执行节能 50%（四个直辖市和北方地区节能 65%）的设计标准，到 2010 年，全国城镇建筑的总耗能要实现节能 50%；到 2020 年，要通过进一步推广绿色建筑和节能建筑，使全社会建筑的总能耗能够达到节能 65% 的总目标。总的说来，建筑行业进行节能减排的潜力是相当可观的。

目前建筑节能领域除了两个与高效节能灯相关的方法学（AM0046 和 AMS-II. J.），还有一个小项目方法学可直接用于建筑节能改造的项目活动：AMS-II. E. 针对建筑的提高能效和燃料转换措施。这个方法学主要覆盖能源效率领域，适用于在单个建筑，例如，商业大楼或居民楼等，实施能效提高和燃料转换的项目。

由于该方法学属于小方法学，它对项目的年能源节约要求是不超过 6000 万度电。除此之外，该方法学还适用于可以直接测量和记录能源（如电量或者化石燃料）使用的项目，也适用于项目实施措施影响与能源使用变化可以进行一步区分的项目。

该类型项目的监测在于：对于改造项目，需要提供新设备的说明文件并计算设备安装产生的能源节约数量。对于新建建筑，需要有仪表记录能源使用，并能计算节能量。

117. 国内目前建筑节能改造方面有没有已批准的 CDM 项目？减排量大小如何？

截至目前，经 EB 批准的建筑节能改造项目有 5 个，分别位于南非、摩尔多瓦和印度，平均减排为 1.1 万 t CO_2e；另外，巴西有 8 个该类型的项目被 EB 否决，这些项目年减排量均为 2000 多吨 CO_2e。

我国目前有一个建筑节能改造的项目正在项目审定的阶段，项目位于山东省烟台市，年减排量为 5000 多吨 CO_2e。总体说来，目前建筑节能改造的 CDM 项目还处在发展初期，单个减排量规模也较小，但如果将来规划类的 CDM 项目规则逐步完善的话，建筑节能改造的项目有可能成为 CDM 项目的重要类型之一。

118. 资源综合利用方面是否有 CDM 项目可以开发？

在我国，资源短缺、生态恶化的现状使得资源节约与综合利用越来越重要和紧迫。2007 年我国煤炭产量 25.3 亿 t，各热电厂粉煤灰产量约 2.3 亿 t，煤矸石产生量约 4.3

亿 t，脱硫石膏产生量也已超过 1000 万 t。

国家先后出台了一系列鼓励工业废渣综合利用的政策，例如，对利用工业废渣掺量达到 30% 以上的产品，免征增值税。近几年来，国内也有越来越多的企业开始关注工业废弃物的综合利用项目，建材行业也成为利用工业废弃物最多的一个行业。

从目前已批准的方法学看，资源综合利用领域可开发的 CDM 项目类型很多，例如，将来自有机物的废弃油和/或废弃脂肪生产生物柴油作为燃料使用（AM0047）、将生物质废弃物用作造纸原料或者生物油（AM0057）、回收工业尾气中的 CO_2（AM0063）、水泥生产中增加添加剂（如钢渣、矿渣等）（ACM0005）、水泥窑水泥熟料生产中使用不含碳酸盐的原料（如电石渣等）（ACM0015）、造纸厂碱液回收利用（AMS-Ⅲ.M.）等。

119. 工业废渣利用项目，如电石渣制水泥项目，在开发过程中有哪些常见问题？

电石渣制水泥是近几年才开始在国内广泛发展起来的，其主要是利用氯碱企业在生产过程中产生的电石渣来生产水泥，替代一般水泥生产过程中使用的熟料，从而避免熟料在生产过程中 CO_2 的排放。

目前有不少企业在实施该种类型的 CDM 项目，在项目开发的过程中也遇到不少难题。这里参考一个内蒙古的电石渣制水泥项目，列出项目在开发过程中常见的问题：

（1）如何确保所选择的基准线情景熟料生产线效率最高？

由于当地水泥生产线超过 100 条，而新型干法水泥生产线比例不大，尽管理论上选择当地 5000t/d 新型干法水泥生产线符合方法学的保守原则，但如何证明其效率最高及其数据来源却存在极大困难。最终通过当地水泥相关的行业统计数据和可研究报告中对当地水泥产业情况和现有生产线情况描述中获得相关证据，另外替代证据为水泥行业规划中相关数据或者第三方的独立评估报告。

（2）电石渣制水泥所避免填埋所节约的成本需要在财务分析中考虑。

尽管该部分成本极小，并且按照原来的环保规定，卫生填埋即可。但由于电石渣一般免费或者低成本获得，因此在原来的可研究报告设计中一般不考虑该部分节约成本。通过与业主沟通，在修改版本中对该部分成本重新进行了考虑。

（3）普遍性分析中为什么不分析电石渣部分或者低比例替代石灰石的类似项目？

如前所述，由于该类项目本身的固有特点，一个地区一般只有一两个类似项目，所以该地区没有其他类似项目情形。但由于中国地方缺乏相应的公开统计数据，要得到相关证据比较困难，特别是低比例替代情景。最后仍然通过当地水泥行业相关部门出具相关证明作为证据。

（4）财务分析的数据来源和权威性问题。

财务分析方面的数据绝大多数来自于可研究报告，凡是与可研究报告不一致的数据都提供额外的公开或者权威的证据。

120. 造纸厂碱液回收利用项目是如何实现减排的？需要监测哪些参数？

造纸厂碱液回收利用项目的项目基准线：在没有项目活动的时候，烧碱需要从国内或者非附件1国家进行采购。基准线排放计算为回收的碱、单位碱的生产电耗与电网排放之积。

在实施碱液回收利用项目的时候，需要对以下参数进行监测：

（1）生产烧碱的电耗。

（2）每年回收碱的数量。

（3）碱回收车间的年平均耗电量。

（4）碱回收车间辅助燃料的使用量。

（5）石灰生产中使用残渣的比例和数量。

（6）固体废弃物填埋场的残渣比例。

程 序 篇

第八章

合作模式相关问题

121. 双边和单边的 CDM 项目各是什么含义?

目前国内的绝大部分项目都是以双边模式开发的，即项目的买方在项目开发的早期就已被确定，和卖方一起作为项目参与方参与项目的开发、审定和注册等程序。因此决定以双边模式开发的项目一定要在项目提交国家清洁发展机制项目审核理事会审批之前确定买方。

项目在提交联合国注册时必须有买方国出具的批准函。相比而言，单边项目则是指项目的卖方独自进行项目的开发、审定和注册等程序，至项目注册时都没有买方的参与。以单边模式开发的项目 PDD 上项目参与方为卖方和中国政府。

122. 在什么情况下考虑以双边或单边的模式开发项目?

以双边模式开发的项目对卖方来说风险较小。因为卖方不用担心项目最后会找不到买方，并且和卖方的购碳协议已经签署，也不用担心未来 CERs 价格可能下跌带来的收益减少。另外买方通常愿意支付一部分开发费用或（和）向联合国支付的费用，即使项目没能注册成功，卖方/开发方的损失也会相对较小。

以单边模式开发的项目则是由卖方（开发方）承担了项目开发的主要风险——注册风险。但是，对于从技术角度来说需要马上开发但却一时无法确定买方的项目，并且当卖方/开发方对项目的质量有充分的把握和对未来的碳市走向有准确的判断时，单边模式较为适合，因为不需要在商务谈判上花费时间，业主/开发方能全力投入项目的开发，项目容易较快地获得注册成功。而且从理论上来说，注册成功的项目较易获得买方的青睐以更高的价格购买，因为对买方来说，这样的项目已无注册风险。

123. 项目业主欲使自己的某个项目开发成 CDM 项目，有几种模式?

第一种是自主开发，但是 CDM 的开发流程很长并且复杂，国际化、专业化程度较高，对业主来说难度很大，一般不宜采用。

第二种是项目业主和国内专业的咨询机构合作，由咨询机构为业主提供从 PDD 开发到 CERs 核证与签发的所有技术服务以及从寻找买家到签订购碳协议（ERPA）的所有商务咨询服务。在这一种模式当中，也有些业主只要咨询机构提供技术服务，而完全由自己寻找买家，进行商务谈判并最终与买方签订购碳协议。

第三种模式是项目业主直接和国际买方合作，出售减排量，同时项目的技术开发也全交由买方负责。

后两种模式都是目前比较常见的开发模式，对业主来说比较省心。与咨询机构合作的开发模式对小业主更为有利，因为当他们就单个项目与实力强大的买方进行商务谈判时，是很难获得较高的价格的。对于拥有众多项目的大业主来说，他们直接和买方合作是较为合适的。目前国内已经有些业主通过买家招标的方式，以较高的价格把项目的 CERs 出售给信誉良好且实力强大的买家。

124. 国内的有关机构与 CDM 项目的买方通常有几种合作模式?

如上所述，有些业主把项目直接交与买方，由买方负责项目的技术开发。对那些本身就有技术团队的买方来说，自然不成问题。然而还有很大一部分买家却不具备这样的技术实力，他们通常会选择与专业的 CDM 咨询机构合作进行项目开发。另有一类机构作为买方的代理出现，不但帮助买方在国内找到 CDM 项目，并且找到合适的咨询机构进行项目开发，还负责各方的联络协调工作。

除此之外，CDM 虽是一个新兴的咨询行业，但它是基于项目的，因此从事项目评估的专业机构在 CDM 这个行业里也是大有用武之地的。例如，买方在表达了项目的购买意向但还未签订购碳协议之前，须对项目做尽职调查（或叫审慎性评估）来了解项目的真实情况和卖方的资信情况，等等，调查结果会直接决定买方最终的购买决策。买方通常会聘请项目所在地的律师事务所、会计事务所和专业的工程咨询公司来进行这项工作。

125. CDM 如何能帮助项目融资?

对于双边项目，通常买方都是货到付款的，即当项目的 CERs 签发并转进买方账户后买方才按购碳协议上约定的价格和签发数量向卖方支付相应款项。然而，业主也可以与买方协商，让买方在 CDM 项目的开发阶段就支付一部分款项，帮助项目融资。这部分预付款会在后期 CERs 转进买方账户后从买方支付的款项中扣除，同时买方支付预付款之前会要求卖方有抵押担保。

另外，目前国内越来越多的商业银行已经认识到 CDM 能有效地提高项目的盈利情况，凭借购碳协议业主更易获得银行贷款，解决项目的融资困难。

126. CDM 项目的买卖双方除了 CERs 的交易之外，还可以进行哪些方面的合作获得利益的最大化?

业主可以吸引 CDM 的潜在买方直接投资项目本身。现在已有越来越多在中国 CDM 市场活跃的买家涉足项目投资这个领域，除了获得项目本身的投资回报之外，还提前锁定了项目 CERs 的购买权。

另外，卖方也可以选择一些能提供先进技术的买方出售CERs，通过使用这些先进技术使项目的减排最大化。从宏观的层面来说，这其实才是CDM设立的初衷，即发达国家通过向发展中国家提供资金和先进的技术获得发展中国家减排项目的指标，以完成其在本国的减排义务。而目前国内CDM项目引进的多是资金而非技术。

127. 谁来委托DOE进行审定/核证服务对项目最有利?

委托DOE进行项目审定/核证的一般是项目的开发咨询机构或买方。DOE是项目开发过程中的最重要参与方，是与项目开发速度和成功率息息相关的一方。因此，谁委托DOE进行审定/核证不是简单的谁支付DOE服务费用的问题。委托方应是能根据DOE的技术实力，已有的项目类型和数量状况能做出准确的委托判断的一方，或是已与DOE有过长期良好的合作，双方已签署了框架协议，项目委托后DOE能迅速启动审定工作的一方。

这些因素和项目的进度直接相关，对于很多CDM项目而言，越早审定越早注册就意味着获得更多的减排量。

128. 听说买方通常愿意出更高的价格购买优质CDM项目产生的CERs，是这样吗?

确实是这样的。CDM发展到现在，已经有很多项目注册成功并签发了CERs，然而国际上批评的声音却随之而来。很多CDM项目尽管确实产生了减排，却对当地的环境等其他方面造成了一些负面影响。真正优质的CDM项目是那些既产生减排又能促进项目所在地可持续发展的项目。国际上已经有一些标准出台为这类减排项目提供认证，得到认证的项目就是优质项目。目前公认比较成熟的一个标准就是黄金标准（gold standard）。获得黄金标准标识的项目一般可以在出售时获得较高的价格。国际上对优质项目碳信用的需求正在不断上升，然而供给还远远赶不上需求。黄金标准的具体内容可以参见总部位于瑞士的独立机构——黄金标准组织的网站：http://www.cdmgoldstandard.org。

另外，国际上刚刚兴起的CDM项目的信用评级，也为优质项目获取更高的价格提供了一条途径。因此，若某个项目能实实在在地促进当地的可持续发展，卖方不妨花点力气为项目获得优质认证从而争取更高的价格。

129. 对CDM开发咨询机构及其他相关机构来说，为什么和CDM研究机构的合作很重要?

从具体的项目层面来说，任何一个项目即使再有减排潜力，如果没有方法学，也无法把它开发成CDM项目。开发新方法学是一个难度较大且耗时较长的过程，一般来说项目的开发咨询机构很难单独把一个复杂的方法学开发成功。

比较好的做法是由业主提供这样的有减排潜力的项目，由买家提供资金，CDM 项目的开发咨询机构和研究机构合作进行开发，这样的成功率会高一些。

另外，CDM 是一个新兴的、多学科、受政策引导的行业，研究机构在前沿领域的研究进展对洞悉行业的未来走向起着非常重要的作用，因此，和 CDM 研究机构的合作也是 CDM 开发咨询机构及其他相关机构 CDM 业务发展中可以考虑的重要一环。

第九章

购碳协议相关问题

130. 什么是项目联络人？

项目联络人是指就 CDM 项目与联合国 CDM EB 秘书处的联络人。项目联络人的指定必须经所有项目参与方签字并按有关程序提交到联合国执行委员会公示备案，项目联络人的变更也同样必须经所有项目参与方签字并由原来的项目联络人按有关程序提交到联合国执行委员会公示备案。

131. 为什么有时买家要做项目联络人？

实践中，绝大部分买家都要做项目联络人，其原因和 CERs 转账的程序密不可分。只有项目联络人才有资格和 EB 联系 CDM 项目事宜，其中包括一般沟通、CERs 转账和变更项目参与方等，EB 按项目联络人的要求完成 CERs 转账。因此，项目联络人是 CERs 交付转账的实际控制人，这就决定了买卖双方争做项目联络人。CERs 的买家一般熟知 CDM 规则，并且在大部分情况下与业主相比更能熟练操作转账程序，因此为了减少自身风险会要求做项目联络人。

132. CERs 是如何交付的？

购碳协议中一般都会将 CERs 的交付定义为由买家指定的账户收到 CERs 视为 CERs 交付完成。CERs 签发时，EB 将 CERs 签发到其临时账户，项目联络人应根据要求填写 CERs 转账请求书，并经 MoC 上约定的签字人签字后，将 CERs 转账请求书的原件寄到 EB 秘书处，EB 将根据此 CERs 转账请求书将 CERs 转到相应的账户，这样便完成了 CERs 的交付。

133. 保证交付日期为什么会有风险？

购碳协议的买方通常要求卖方保证 CERs 的交付日期，这对于卖方来说有一定的风险，原因在于 CERs 签发的时间无法准确控制。CERs 签发的过程为：CDM 项目注册后，经过一定时间的运行，项目参与方将进行监测报告的制定工作，同时聘请指定经营实体对项目进行核查，核查结果满意后，DOE 将向 EB 提交有关报告并申请签发 CERs，如果 EB 审核后没有异议，则按程序收取行政费用并签发 CERs。整个签发过程中的相当一部分程序取决于 DOE 和 EB，卖方无法控制，其中任何一个环节出现问题都会延长 CERs 的签发时间。例如，在项目的核查过程中发现项目的实际情况与 PDD 上的监测计划有较大出入，这可能会大大延缓 CERs 签发的进度从而影响交付时间。因此，CERs 的卖方在购碳协议中保证 CERs 的交付日期有可能会增大自身的违约风险。

134. 保证固定交付量为什么会有风险？

保证 CERs 固定交付量可能会赢得较高的价格，但是固定的交付量很难保证，这将会给卖方带来违约风险。以风电为例，由于风力资源的不稳定性，各年之间甚至每年的各个月之间的发电量可能都会有很大差异。另外，风电项目在国内尚属新兴项目，设备的故障和备件的更换均可能影响发电量、进而影响到减排量。而这些因素很难找到可靠的参考资料从而事先准确预测。因此，保证风电项目 CERs 的固定交货量风险就较大。一般来说，例如，风电等项目实际签发的 CERs 都会明显少于 PDD 中预期的 CERs 的量。因此，保证固定交付量存在较大的违约风险。

135. 可再生能源类项目在购碳协议中都应该注意些什么？

可再生能源领域 CDM 项目主要包括风电、水电、秸秆发电、垃圾填埋气发电、太阳能发电和地热发电等项目类型。纵观全球 CDM 项目开发现状，可再生能源 CDM 项目在成功注册的 CDM 项目中占有较高比例，是 CDM 的主要项目类型。在项目开发方面，可再生能源领域 CDM 项目表现出了开发成功率较高的特点；而商务谈判方面，可再生能源领域项目也有其自身的特点，了解可再生能源 CDM 项目的一些技术特点来进行商务条款谈判可以尽量避免高收益下隐含的风险，真正实现收益最大化。

以风电为例说明："靠天吃饭"的风电，由于风力资源的随机性和季节性使风力发电的发电量会受到气候、季节等环境的影响，项目投产运行后，实际产生的减排量与 PDD 中估算出的量有可能产生巨大的偏离；并且，由于同样的因素，风电 CDM 项目在相同周期内的减排量也可能会有较大差异。因而，在 ERPA 的商务谈判中，需要特别注意对项目固定时间内减排量有"固定交付量"的要求，要慎重对"固定交付量"的承诺，以避免完不成规定交付量造成违约或受到罚则。另外，对交付时间的条款也要格外注意，很多风电项目厂址比较偏远，在某些季节不适于现场核证工作，有可能由于天气等原因拖后核证工作的开展，因此要充分考虑交付时间的可行性。同样，其他类型的可再生能源 CDM 项目也同样存在因为项目自身特点导致的一些 CDM 项目技术特征，例如，水电也存在枯水期、丰水期等情况，秸秆发电项目存在秸秆收购量的不确定性问题等。

因此，在购碳协议的谈判中要充分考虑可再生能源项目的特点和项目自身的特点，对于不可控的因素条款的确定一定要谨慎。

136. 是否没有约定违约后果，就不承担相应的责任？

购碳协议中一般有违约后果的约定，但也有没有违约后果或约定不全的情况。很多人认为如果没有明确的约定，就没有违约责任，这种理解是错误的。按合同法的有关原则，违约后果有约定的从约定，没有约定的从法定。购碳协议没有约定违约后果或约定不全的，应按照适用的法律来确定违约后果，包括强制履行、赔偿损失等措施。

137. 违约金约定达成一致为什么有困难？

违约赔偿金额的约定在购碳协议中是一个重点和难点问题。实践中，买卖双方在此点的分歧很大，其原因在于 CDM 交易对买卖双方不能完全平等适用。购碳协议的卖方作为《京都议定书》非强制减排义务国的项目主体，所能直接进行的 CDM 交易只限于按项目级出售 CERs，而购碳协议的买方作为《京都议定书》强制减排义务国的主体，除了可以购买《京都议定书》非强制减排义务国家的项目级的 CERs 外，还可以在欧洲或日本的二级市场购买 CERs，或购买联合履行（JI）项目产生的减排，也可以通过购买欧盟配额（european union allowance，EUA）的方式来完成自己的减排义务。因此，如果购碳协议中的卖方发生交付违约后，买家有多种补救措施；而购碳协议中如果因买方违约而协议终止后，卖方的补救措施很有限。补救措施的差异性决定了违约金约定分歧的存在性，作为购碳协议的当事人，都希望选择一个对自己有利的违约金计算方法，因此，需要在洽谈合同时根据实际情况仔细考虑违约金的约定是否合理体现了非违约方的损失，并是否有操作的现实性。

138. CDM 项目流程中联合国收取哪些费用？费用是多少？

项目注册阶段，联合国对项目参与方收取注册费，对于 15 000t 以内的 CERs，每吨收取 0.1 美元，对于 15 000t 以外的 CERs，每吨收取 0.2 美元。注册费被联合国用作行政费，其上限为 35 万美元。此笔费用用完后，随着 CERs 的每次签发，联合国将向项目参与方另外收取行政费，计算方法与注册费相同。在联合国网站上显示的 CERs 签发数量不能全部转让给购碳协议的买方，其中 98% 可以转让，另外的 2% 联合国扣除用作适用性基金。

此外，如果项目未能获得 EB 的批准注册，3 万美元以上部分的注册费将返还给项目参与方。

139. 购碳协议中 CERs 的价格是否越高越好？

衡量一个协议的好坏，CERs 的价格是一个重要因素，但绝对不是唯一因素。除了价格以外，还要考虑 CDM 项目开发成本和费用的承担者是谁，以及税收的承担者是谁等问题。另外，还要考虑自身承担的风险、对方要求的众多义务能否都能完成、接受对方要求的权利是否会给自己带来风险，例如，项目注册时间的保证、项目投产时间的保证、交付时间、交付数量和交付风险的承担者等。总之，购碳协议的主体应充分了解对方的要求以及协议条款，并结合自身实际情况，分析利弊以决定取舍，最终签订一个对自己利益最大化的协议。

140. CERs 的收益如何缴税？

我国对 CERs 的收益如何缴税暂未出台相关规定。

第十章

审定过程相关问题

141. 什么是CDM项目过程中的审定？目的是什么？

审定是在《京都议定书》的框架下，由EB授权的DOE对照第17/CP.7号决定对申报的CDM项目设计进行的独立的评估（FCCC/KP/CMP/2005/8/Add.1 第14页35段）。

审定的目的是通过一个独立的由DOE执行的、对项目的活动评估来确保CDM项目活动符合已界定的和适用的标准。

审定过程是基于清洁发展机制项目设计书，对UNFCCC及项目主办国的相关规定、项目参与方、项目基准线、额外性、监测计划、环境影响和利益相关方意见等方面符合性的评估。其中UNFCCC及项目主办国的相关规定如下：

UNFCCC：《京都议定书》第十二条，CDM程序第三十七条及EB相关的程序。

项目主办国：国家对CDM项目开发的具体要求包括可持续发展优先性及潜在的一些要求，例如，获得项目主办国DNA的相关批准函。

142. 审定的步骤及流程具体是什么？

审定的步骤及流程如图10-1所示。

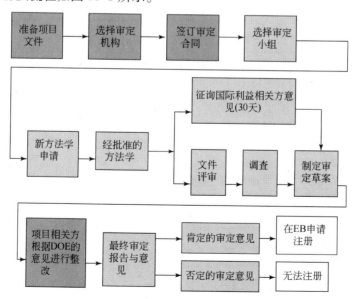

图10-1　CDM项目审定的步骤及流程

注：文本框背景代表不同机构的任务（深色代表项目业主、浅色代表审定机构、白色代表EB。

143. 审定的参与方有哪些，之间的关系又是如何的？

审定的参与方及它们之间的关系如图 10-2 所示。

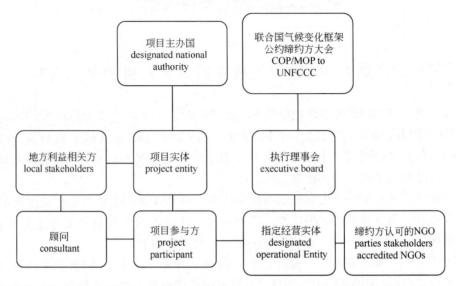

图 10-2　审定的参与方之间的关系

144. 审定过程的具体时间安排是如何的？整个过程大概要多长时间

审定过程的具体时间安排如表 10-1 所示。

表 10-1　审定过程的具体时间安排

Date 日期	Milestone 要事	Deliverable by DOE 工作内容
Starting date 起始日	Submission of PDD to 递交 PDD	
Starting date + 1 week 开始1周后	Notification to UNFCCC Secretariat of intention to publish PDD; start of the 30 day public stakeholder consultation period 通知联合国气候变化框架公约秘书处，开始 30 天的公开利益相关方咨询	Confirmation of notification of intention to publish from UNFCCC; publication on DOE/UNFCCC website 联合国气候变化框架公约确认，发表于 DOE 或 UNFCCC
Starting date + 6 weeks 开始6周后	Submission of draft Validation protocol 递交审定草案	Draft validation report and protocol 准备审定报告
Starting date + 7 weeks 开始7周后	Discussions with project participants 与项目方讨论	
Starting date + 11 weeks 开始11周后	Submission of final Validation Report and Opinion 递交最终审定报告和意见	Final validation report and protocol, validation opinion 最终审定草案，意见

审定过程大概需要 11 周以上的时间，根据项目的不同、所需要的证明文件、项目本身的问题澄清所需要的时间及 DOE 和公约秘书处的工作量，目前从审定开始到最终的要求注册的审定报告公示一般需要 12～14 个月。

145. 审定过程造成拖延的原因都有哪些？

造成延误的原因有很多，除去一些政治及市场因素外，首先是提交审定的项目数量和所需的单个审定工作量远远超出预计，造成 DOE 及 EB 人手不足。其次是 DOE 和 EB 对项目额外性的怀疑，使得项目需要挖掘更多更令人信服的证明资料。最后，新规定的不断出台和已有要求的不断更新完善，使得审定工作常常需回头重新评估，一些已经关闭的问题可能又被从不同的角度提出，造成项目的堆积并形成滚雪球的效应，进一步影响到项目审定的进展。同时不可否认，PDD 质量不高会直接导致 DOE 及 EB 对项目没有信心而造成延误，经常出现的 PDD 缺陷：

（1）PDD 一般性陈述过多，缺乏具体的依据，例如，基准线的确定；对法律法规符合性的论证，额外性论证时数据和资料的权威性，普遍性分析是否完整，是否遵守了 EB 的指导意见。

（2）早期考虑 CDM 的证据薄弱，缺乏证据链的支持。

（3）PDD 内容涣散，前后内容逻辑性不强，整段抄袭其他 PDD 或方法学而未与实际项目情形结合。

（4）对监测计划考虑不够周详，许多无法实现的计划被列入 PDD。

146. 在编写 PDD 文件时，重点应该注意些什么？

由于审定是以 PDD 为基础的评估，所以 PDD 首先必须使用 EB 最新的版本及满足 EB 最新的要求。PDD 应该以项目的基本情况为准，包含项目情况和所采用的技术的清晰、准确、真实的描述。DOE 有权对任何不完整的 PDD 提出澄清及修正的要求。编写 PDD 过程中比较常碰到的问题有：

（1）模仿其他 PDD 而忽略了遵照相关指导来填写模版。

（2）没有考虑方法学背后的要求，一味生硬地照抄方法学或其他的相应资料而未结合项目进行具体分析。例如，PDD 引用了公布的中国电网排放因子，却未注明这一参数是本计入期不变还是需要每年事后更新；小项目应用 AMS-I. D. 的 PDD 几乎是完全照抄 ACM0002 的 PDD 内容。

（3）无谓的夸大项目困难或社会价值造成对 PDD 内容的怀疑。

（4）一般性陈述过多，未提供与项目切身相关的有力论点和论据，尤其是在对项目特征有重大影响的关键点上。例如，早期获知并考虑 CDM 或碳收益对实现项目的帮助、基准线数据、政策法规的适用性、财务数据、可研究或初设的真实可靠性、项目收益和成本的计算合理性及依据、所面临的障碍的程度及可信度，等等，这些证据资料需翻译成英文并随 PDD 提交给 DOE 及 EB。

（5）逻辑及/或数据先后不一致。

（6）PDD 公示前未经内部质量审查，事后修改重要信息及数据须谨慎。

（7）只为注册而忽略了是否可执行。与项目实际情况不符合的或者不恰当的项目设计文件，不仅给审定造成困难，即使顺利注册，今后也会给核查工作带来困难。

147. 良好的项目设计应该遵循什么样的流程？

（1）深入理解适用方法学的规定。

① （http://cdm. unfccc. int/methodologies/PAmethodologies/approved. html）已有的相关方法学的澄清；

② （http://cdm. unfccc. int/methodologies/PAmethodologies/Clarifications/index. html）EB 历史和最新的指导意见及要求（http://cdm. unfccc. int/EB/index. html）。

（2）调查项目的背景资料、收集相关技术和基准线信息、计算所需参数、判定项目的额外性和整理各种依据。

（3）汇总各种信息资料，2008 年 8 月 2 日后启动的项目向国家发展和改革委员会气候司（http://cdm. ccchina. gov. cn/WebSite/CDM/UpFile/File1901. pdf）或 UNFCCC 秘书处备案（http://cdm. unfccc. int/EB/041/eb41_repan46. pdf）。

（4）编写 PDD，注意吸取从类似项目被 EB 提出复审的问题中吸取经验（http://cdm. unfccc. int/Projects/request_reg. html，http://cdm. unfccc. int/Projects/under_review. html），注意上面提出的编写 PDD 的重点。

（5）PDD 完成后进入东道国批准程序，开始 DOE 审定，附件 1 国家的批准。

（6）及时回复 DOE 的问题，同时要求 DOE 在合理的时间内做出判定以进入下一步程序，避免本项目被拖延甚至搁置。

需要指出的是，由于 CDM 的管理及经验问题，在已批准的项目中应用过的数据和论据并不意味着在新的项目中可被继续接受，一般会趋向接受更保守的论述，故而当有类似的争论出现时，如找不到更好的本项目的特点，审定往往会进入死胡同。

148. 项目在申请国家发展和改革委员会审批的程序是什么？

项目在申请国家发展和改革委员会审批的程序如图 10-3 所示。

（1）在中国境内申请实施 CDM 项目的中资和中资控股企业，以及国外合作方应当向国家发展和改革委员会提出申请，有关部门和地方政府可以组织企业提出申请，并提交 CDM 项目 PDD、企业资质状况证明文件及工程项目概况和筹资情况相关说明。

（2）在香港特别行政区境内实施的 CDM 项目，实施机构提交的申请、报告和资料，须经香港环境保护署转交。香港环境保护署接到齐全资料后，在五个工作日内转交国家发展和改革委员会。若有任何问题，国家发展和改革委员会将经由香港环境保护署通知项目实施机构。

（3）国家发展和改革委员会委托有关机构，对申请项目组织专家评审。

（4）国家发展和改革委员会将专家审评合格的项目提交项目审核理事会审核。

（5）对项目审核理事会审核通过的项目，由国家发展和改革委员会同科学技术部和外交部办理批准手续。

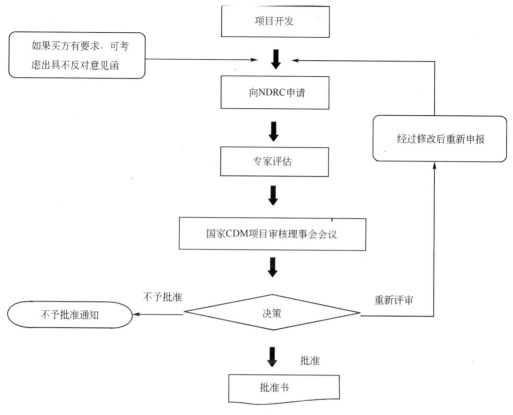

图 10-3 CDM 项目申报审批流程
资料来源：国家发展和改革委员会气候变化协调办公室

下载 "CDM 项目运行管理办法"：http://cdm. ccchina. gov. cn/UpFile/File579. PDF。
下载 "香港特别行政区境内 CDM 项目的实施安排"：http://cdm. ccchina. gov. cn/
WebSite/CDM/UpFile/File1828. pdf。

149. DOE 在审核项目参与国的核准函会具体着重注意哪些方面?

DOE 必须确认收到项目参与国及国外合作方出具合乎要求的项目核准函。

每封核准函都必须满足以下要求：①项目参与国是《京都议定书》的缔约方；
②所有的项目参与方都是自愿的；③符合项目主办国的法律法规和可持续发展战略，
以及国民经济和社会发展规划的总体要求；④核准函的项目名称与项目设计文件上的
项目名称一致。同时还应注意，如果项目核准函上已经注明了具体信息，如 PDD 的版
本号，那么注册要求则必须基于满足这些具体信息的基础之上，即最后提交注册的项目
设计文件必须为核准函中提到的版本。根据新的审定与核证手册（草案）要求，DOE
还需核实批准函的真实性。

150. DOE 在审定项目基准线方法学和监测方法学时着重注意哪些方面的问题?

CDM 方法学是审查 CDM 项目合格性以及估算/计算项目减排量的技术标准。

基准线方法学是确定基准线情景、项目额外性、计算项目减排量（项目减排量 = 基准线排放 – 项目排放 – 泄漏）的方法依据。

监测方法学则是确定计算基准线排放、项目排放、泄漏所需监测的数据/信息确定相关信息/数据的监测和记录方法、质量保证和质量控制程序等。

DOE 在审定过程中，应该确保申报项目采用的是与项目实际情况符合的、EB 批准的可用的有效版本的方法学。并确认项目业主考虑了本项目的实际情形，采用了正确的基准线和监测方法学确定项目边界、基准线情形，使用正确的公式去计算所产生的相应的减排量。

例如，在生物质/秸秆利用项目中，该生物质/秸秆在基准线情形下是被遗弃腐烂，还是已被利用，具体利用率将会是调查的重点。

如果项目业主想要采用新的基准线及监测方法学，则应该在项目申请注册之前，把申报的新方法学和起草的项目设计文件，通过 DOE 提交给 CDM 方法学小组并由 EB 批准。如果对于所选用的已批准的方法学的适应性有任何不清楚，DOE 可以根据 EB 的最新规则，向 EB 申请澄清，修改或者申请偏离使用已批准的方法学。

151. DOE 如何考察项目的环境影响方面?

项目业主需向 DOE 提供项目的环境影响分析，如果此环境影响被项目业主或项目主办国视为重大环境影响，项目业主应该根据项目主办国的具体要求进行环境影响评价。在审定过程中，项目业主应向 DOE 提交相关的环境影响评价报告及主管机构的批准函。一般情况下只要项目获得了东道国相关环境部门的批准，DOE 即可接受，除非在利益相关者调查时收到了重大反对意见，而且项目方没有相应的措施考虑照顾这些意见。对于林业项目，项目设计文件还涉及对社会经济和环境方面的影响评价，DOE 会进行相应的核实。

152. 咨询相关方意见过程是如何的?

在审定开始时，DOE 需要将 PDD 和项目活动简介、DOE 联系方式在自己的网站上公示 30 天并通知 UNFCCC 秘书处，此网站须建立与 UNFCCC CDM 网站的连接，以便利益相关方及非政府组织（NGO）针对该项目发表意见，其意见会被转到项目审核团队以供审定时参考，并在公示期结束时在此网站上一一列出。

审定机构应该在其后的审定报告中列出收到的所有意见，并描述这些意见是如何在审定过程中被考虑/采纳的。

153. DOE 在审定 PDD 的监测计划时，会着重注意哪些方面？

根据 CDM 形式与程序（Decision 3/CMP. 1, Modalities and procedures for a clean development mechanism）第 53 段 CMP/2005/8/Ad1，p17 para53，PDD 中应该包含监测计划，监测计划应该以已批准的监测方法学为基准。

DOE 在审定监测计划中应该遵从以下两个步骤。

（1）监测计划与所选用方法学的一致性。DOE 应该做到以下几点：

①通过文件审核，识别所采用的已被批准的方法学中所要求监测的参数；

②识别额外需要监测的参数，例如，基于环境影响评价分析基础之上所要求监测的参数；

③确保所有需要监测的参数都包含在监测计划中，并且已经根据相关方法学的要求被合理的阐述。

（2）计划能否被合理的执行。DOE 应该通过文件审核、项目计划及项目现场相关人员的访问，确保以下几点：

①PDD 中监测计划的安排在项目活动中可以被合理地执行；

②监测计划执行的方法包含数据的管理，质量管理控制程序是否充分去保证事后项目减排量的报告是合理、无误的。

154. DOE 的审定方法有哪些？每个步骤考虑的因素是什么？

DOE 需采用专业的审核技巧去寻找申报项目的符合性。具体审定方法如下：

（1）文件审定。

①审定现有的项目数据和信息去寻找申报项目的符合性；

②比对独立获得的背景信息和项目设计文件中的信息。

（2）跟进访问（现场、电话或邮件等）。

①应采访项目主办国相关利益方、项目设计和执行的相关负责人员及其他的相关利益方；

②合理地确认被访问人员提供的信息，例如，信息源调查或者其他访问，去证实没有其他相关证据正式所获取的信息不正确。

（3）对比其他类似项目的技术或者其他可对比的特性。

（4）检查所使用的数据、公式和计算方法的正确性。

（5）对比项目主办国其他相关类似的项目信息。

155. 小规模 CDM 项目的项目设计都要满足什么要求？

DOE 应该确保小规模 CDM 项目满足基本的小规模 CDM 项目的程序要求。在审定过程中，DOE 应该使用一致于大规模 CDM 项目的审定方法。

除此之外，DOE 还应该在审定过程中确定，首先，被识别为小规模 CDM 项目的项目必须满足小规模 CDM 项目的三个基本条件；其次，根据 EB 第 36 次会议附件 27 附件 2 中的决定4/CMP.1，小规模 CDM 项目应该是独立的，不捆绑于大规模 CDM 项目中。项目应该选取被批准的小规模 CDM 项目方法学或者工具。小规模 CDM 项目方法学会在设备装机容量、设备表现、采样及其他监测方法等方面提供指导。额外性方面的阐述不包含在小规模 CDM 项目方法学中。

此类项目只需要在项目东道国特别要求的情况下才提交项目环境影响评价。

156. 林业方面的小规模 CDM 项目在审定时有什么特别的要求？

在林业方面的小规模 CDM 项目审定过程中，DOE 应该确认以下几方面：

（1）项目被识别为林业方面的小规模 CDM 项目，并且排放不超过林业方面小规模 CDM 项目的排放标准。如果林业方面小规模 CDM 项目的排放超过指定的标准，则超出的部分不能够申请 CERs 的签发。

（2）项目需遵照林业方面小规模 CDM 项目的定义类别，并且按照林业方面小规模 CDM 项目的方法学计算所产生的相应的减排量。额外性的确定也应该按照相应的方法学附件中描述的去阐述。林业方面大规模 CDM 项目的额外性分析工具并不适用于林业方面的小规模 CDM 项目。

（3）此林业方面的小规模 CDM 项目是独立的，不捆绑于大规模 CDM 林业项目之中。

（4）需要由东道国确认此林业方面小规模 CDM 项目是被低收入的团体或者个人开发。

157. 如果要改变减排量的计入期的起始日期该如何做？

EB 第 24 次会议附件 31 中规定了相关的关于项目注册后申请改变项目计入期的起始日期。

（1）计入期开始早于注册日期的，参与方不可要求修改计入期起始日。

（2）计入期开始晚于注册日期的：

①若需推迟计入期少于 1 年，或提前少于 1 年且修改后的起始日不早于注册日期，参与方可直接要求 UNFCCC 秘书处修改计入期；

②若需推迟计入期大于 1 年但少于 2 年则须通过 DOE 提交给公约秘书处；DOE 需要确认参与方在开始项目活动中已取得实际进展，且原基准线的保守性不受影响；东道国需要确认项目的可持续发展的贡献没有因此改变。

（3）UNFCCC 秘书处在与 EB 主席协商后决定是否接受更改要求。

（4）计入期只可更改 1 次。

158. 审定机构对审定项目过程中的发现一般会做出何种反应？

审定机构可能识别出部分议题与项目的基准线、额外性、实施或运行需进一步说明，改善或增加，以符合 UNFCCC、EB 或东道国的要求，并获得可信的减排量。与相关的 CDM 要求不符合，或可能造成项目目标无法达到的发现，一般会被提出并列入一个单独的清单中。

任何可能对项目结果产生直接影响的假设或项目文件错误，项目审定相关要求中部分特性没有满足要求或存在着项目不能在 UNFCCC 注册或减排无法核查或认证的风险时，一般开立"改正要求行动"（CAR）。当信息不够充分、不清楚或者不够透明以确认是否满足要求时，会开立"澄清要求"。

对此，项目的提出者应该回应改正行动和澄清要求，并应在审定者完成最终审定观点前将所提到问题逐一解决或澄清。项目提出者有责任在一定时间内回应审定者所提出的改正行动要求。改正行动要求可能造成项目监测计划修改或基准线的确定以及项目设计书的调整，也可能包括对项目设计文件未体现或充分关注问题的进一步调查。如果澄清改正要求没有在最终审定阶段完成，将可能导致审定机构不推荐注册。

此外，若发现的问题不关键，且仅仅涉及项目在运行、监测和报告须注意的事项，此问题可以被列为观察项，一般不应影响项目的注册申请，项目方应在项目开始时做出调整，首次核查 DOE 时应确定这些有保留的审定意见是否得到了充分的关注。

159. 审定的报告最终包括哪些方面？

大体上，审定报告包含以下几方面：
（1）审定过程的总结和结论。
（2）审定团队的资质。
（3）内部质量控制。
（4）参阅的文件及被调查访问的组织、人员。
（5）在审定过程中的发现，所提出的问题及如何关闭。
（6）审定意见，是否同意推荐注册或者不推荐注册的理由。

最终报告还包含审定清单。审定清单是 DOE 的内部文件之一，它提供步骤化的方式以确保 CDM 的每项基本要求都会被兼顾，是提高审定全面性和效率的手段，在审核人员熟悉其要求的由来及项目本身方法学的基础上，可帮助审核人员追踪需要进一步验证/检查的问题，需要项目方澄清的问题及项目方需要改正的问题。

对于核查机构来说，审定报告还是核查减排的一个输入，所有在审定之后可能发生的对减排有重要影响的变化都应考虑在内。同时还应注意，审定机构只能对在特定情况下项目才符合要求的可能性进行审定和说明。

160. 审定意见分为哪几种，各代表什么意思？

审定意见一般分为 A、B 和 C 三种意见，具体如下所述：

1）A：肯定的审定意见

如果对项目设计，基准线监测计划的评审和进一步评估的结果是项目符合 UNFCCC

以及项目发起国的要求，则形成肯定的合格审定意见并推荐注册。

2）B：有保留的审定意见

如果项目基本符合 UNFCCC 的要求，但是某些文件或步骤正在完善中，如附件 1 国家的批准函，审定 DOE 可考虑出具有保留的审定意见，一旦得到完善，项目即可被提交注册。

3）C：否定的意见

当审定机构无法获得充分适合的证据以及判断项目是否符合 UNFCCC 和项目发起国的要求是否得到满足时，将形成否定的确认意见，在这种情况下项目将不能被推荐注册。

第十一章

监测与 CERs 签发相关问题

161. 项目监测的总体要求有哪些?

CDM 项目注册以后, 就进入具体的实施阶段。要确定项目的减排量, 需要对项目的运行进行监测。根据规定, 在 CDM 项目的 PDD 中, 必须包含相应的监测计划, 以确保项目减排量计算的准确、透明和可核查性。因此, 这个阶段的主要活动是, 项目建议者严格依据经过注册的 PDD 中的监测计划, 对项目的实施活动进行监测, 并向负责核查与核证项目减排量的签约 DOE 报告监测结果。这个阶段的工作主要由项目参与方负责, 并接受签约 DOE 的监督和检查。

监测中需要获取的数据和信息包括:

(1) 估计项目边界内排放所需的数据。

(2) 确定基准线所需的数据。

(3) 关于泄漏的数据。

如果项目的参与者认为对监测计划进行修改可以提高监测的准确性或者有助于获得更加全面的项目实施信息, 其应该对这一点进行证明, 并将修改计划提交给 DOE 核实。只有经过核实以后, 项目参与方才可以对监测计划进行修改并据此实施监测活动。

实施经注册的监测计划或者经批准的修改计划是计算、核查和核证 CDM 项目减排量的基础, 因此, 项目参与方应严格按照计划进行监测并按期向实施证实任务的 DOE 提交监测报告。

162. 项目业主在监测期间需要做哪些工作?

在监测期间, 项目业主应积极、主动地按照 PDD 里面的监测方法学要求完成以下工作。

1) 确定监测人员机构

要明确的机构安排, 确定责任人和职责。明确机构安排就是要明确管理程序, 确定不同岗位人员的责任, 明确不同岗位的人员需要掌握的知识和技能。通过实施详细的培训计划, 保证相关人员能够掌握相关的知识和技能。

2) 选择监测范围

减排量涉及基准线排放量、项目排放量和泄漏三个部分。所以, 这三个部分的排放量都要进行监测，不能漏项，按照方法学要求项目本身排放和泄漏为零的除外。对于可再生能源项目，如水电、风电项目，主要监测的范围就是发电量。但是有些项目，如生物质能发电项目监测数据种类多，比较复杂，各个数据之间逻辑关系很强，尤其生物质热电联产项目，必须考虑全面，而不出现漏项。

3）维护监测设备

监测设备的精度和监测频度必须达到监测方法学要求，同时，仪器仪表的校正、维护工作必须按照 PDD 里面的监测方法学的要求去做。对于发电项目来讲，电表通常要求一用一备，其他逸散气体销毁类项目要求更严，除了流量表一用一备，由于生产的连续性，测量管路也要求有两条交替使用，在一条管路校准时，使用另外一条管路。测量设备的安装位置也应该加以注意，保证所测数据能够直接用于减排量的计算。

4）监测数据的采集、处理、保存

数据采集的频度、精度要适当，单位时间产生减排量大的应该频度高一些，在出现问题时，可减少损失，相反单位时间减排量小的频度可以适当低一些，减少成本。数据记录、数据处理应有专人负责，计算机自动存储和手工读表相结合。电子文档和纸质文档均要有备份，并分别保存。

5）紧急情况的处理预案

为了防止出现不可预见的紧急情况，必须有紧急情况的处理预案。例如，工作表和备用表都出现了问题，不能正常使用，如何处理等，应有紧急情况处理预案。

6）制定数据丢失的处理程序

数据丢失时应有补救办法和处理程序，或采用历史经验的方法或根据数学的方法，按照方法学的要求依较保守的方式加以处理。不论采用何种方式都需要按照监测计划规定的管理程序进行上报和审判，要有相关责任人的签字。

7）项目对环境影响的监测

要定期对项目引起的周边环境的变化进行监测以防止出现对环境的破坏。这一点经常被忽略，但一旦出现问题对项目的影响是致命的。尤其是那些如果操作不当，对当地环境有可能造成影响的项目。

总体上讲，可再生能源项目，尤其是风电和水电项目，其监测相对比较简单。主要的监测数据就是供电量。但不同的项目有不同的情况和不同的特点，需要区别对待，有针对性地制定监测计划。例如，在我国，有的风电场是由不同的项目在不同期建成的，而 CDM 项目只是其中的一个项目，这样在安装电表时就要注意，CDM 项目的供电量要单独计量。不能把不同项目的发电量混在一起。

HFC23 和 N_2O、煤层气等逸散气体销毁类项目，尤其是前两者，由于减排收益的投入产出比非常之高。从 EB 到 NGO 等各相关方面都非常关注，要求项目单位在监测方面不能有丝毫的马虎。PDD 本身对监测的要求很严，而项目单位制定的监测计划只能比方法学要求的更严。

生物质能发电，尤其是热电联产项目，监测的数据多达十几个，如生物质种类、产量（单产、总产）、运输距离、单位运输距离油耗、生物质的消耗量、发电量、供电量和供热量等。煤层气利用项目也有类似问题，监测数据包括气体温度、压力、浓度、流量和供电量等。需对仪表进行定期和不定期检测。

最好是由项目业主单位会同项目开发单位邀请 DOE 在 PDD 审定前对项目运行前对项目的监测计划和培训计划进行预审，对其认真研究和修改，保证项目的监测和培训计划既能满足项目的实际需要又不至于产生过多的人员和设备的投入，造成浪费。尤其是不能出现制定的监测计划从理论上讲很完善，而在实际操作中根本无法实现的情况。在项目投入运行后请 DOE 对监测计划和培训计划的实施情况进行评估，对实施过程中存在的问题及时加以纠正，使项目能够依照监测计划顺利进行监测。

163. 项目核查和 CERs 签发的流程是怎么样的？

CDM 项目可以选择在项目注册后的一定时间内安排核查，核证项目在该期间内的减排量。由于 EB 对核查的频率没有限制，因此，项目参与方可以根据项目的具体情况，如项目在相关期间内的预计产生的减排量大小，来安排核查的时间。一般项目核查的时间是每年一次，当然，对于一些减排量比较大的项目，如 HFC 项目，其每年的减排量可达到几百乃至上千万吨 CO_2e，这样的项目则可以安排三个月的时间进行一次核查。

核查的主要流程步骤包括有（图 11-1）：

（1）选择核查机构。如果属于常规的 CDM 项目，不能选择原项目审定机构进行核查，需要选择另外一家。对于小项目，可以选择与项目审定机构进行核查。

（2）签订核查合同。

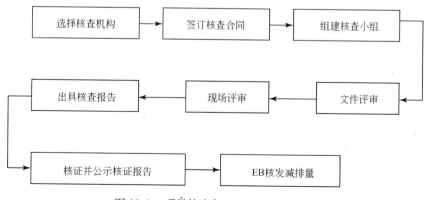

图 11-1　项目核查与 CERs 签发流程图

（3）组建核查小组。项目开发者与业主方需要组建核查小组，专门负责核查期间的工作。

（4）文件评审。项目开发中需要把 CDM 项目的监测报告等文件提交给 DOE。

（5）DOE 公示监测报告。

（6）现场评审。经过初步的文件审查后，DOE 将根据审核追踪线路进行现场调查，并检查已有的监测计划和记录。

（7）出具核查报告。完成文件评审和现场评审后一至两个月，DOE 将根据项目的实际核查情况出具相应的核查报告。一般说来，核查报告的完成时间需要依据项目文件及相关数据的质量而定。

（8）核证报告公示。核证报告完成后，DOE 提交该报告到 EB 网站进行公示，并请求签发通过核查的减排量。

164. EB 核发减排量的流程是怎么样的?

减排量的核发需要 DOE 提交给 EB 的核证报告，请求签发与核查减排量相等的 CERs。EB 进行核发的过程如图 11-2 所示。

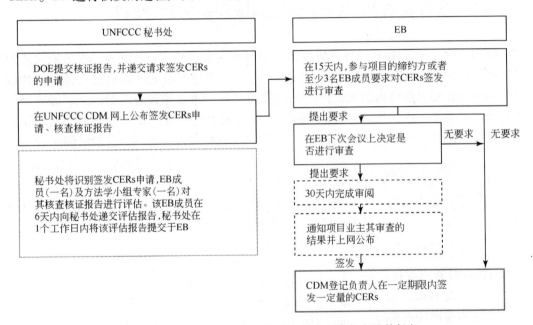

图 11-2　CDM 项目 CERs 签发阶段的主要参与方及其任务

如果在 EB 收到签发请求之日起 15 天内，有任一参与项目的缔约方或者至少 3 个 EB 的成员提出需要对签发 CERs 的申请进行审查，则 EB 应该在收到请求的下一次会议上决定是否对其进行审查。审查内容将局限在 DOE 是否有欺骗、渎职行为及其资格问题。而且，审查应该在做出决定的 30 天内完成，并将其决定通知相关各方。如果没有收到此类请求，则可以认为签发 CERs 的请求自动得到了批准。

如果在任一核查期间，一个小型 CDM 项目活动的产出超过了关于小型项目定义的上限，则签发给该项目的 CERs 最大只能等于根据该上限计算的数值。

EB 批准减排量的签发申请之后，CDM 登记系统（registry）的负责人应该将 2% 的 CERs 作为适应性费用存入特定的账户中（在最不发达国家实施的 CDM 项目以及小型造林/再造林项目可以免除），剩下的部分将根据项目注册时的项目参与各方的约定存入到有关缔约方或项目参与方的账户中。

除此之外，在签发 CERs 之后，项目开发者还需要向 EB 缴纳用于 CDM 管理的收益分成。只有缴纳此费用后，所签发的 CERs 才可转移至指定账户。根据《京都议定书》第二次缔约方会议的决定，CDM 项目的管理费用为：每个项目每年低于 15 000 个 CERs 为每个 CER 0.1 美元，每年 15 000 个以后的部分为每 CER 0.2 美元。收益分成费用可由已交的项目注册费用抵消，直至不足后开始缴纳。

165. 开发者需要提供哪些文件给 DOE 进行文件评审？

对于常规的 CDM 项目，需要提交给 DOE 的文件包括：
（1）最新版 PDD 文件及其附件。
（2）最新版的监测报告。
（3）最新版的前一次审定报告和/或初始核查报告。
（4）最新版的前一次定期核查报告（如果存在）。
（5）管理手册及项目业主的营业执照（如果存在）。
（6）其他文件，例如，流程图、设备手册和性能记录等。

166. DOE 的现场核证主要查看的内容有哪些？

依据项目的不同，DOE 进行现场核证主要查看的内容有所不同，总体来说，核查主要是根据风险评估的方法，根据审核追踪线索进现场的调查，调查的内容主要包括以下三方面。
（1）监测指标的收集、汇集和报告的流程。
（2）确定减排量的计算和假设。
（3）对选定的监测参数可能出现重大错误情况的控制。
具体的核查内容包括：
（1）检查 PDD。
（2）实施现场查验。
（3）使用来自其他来源的补充数据。
（4）审评监测结果，并核查用其监测方法是否应用得当、其文件记录是否完整和透明。
（5）若有必要建议项目参与方适当修改监测方法。
（6）利用登记的项目设计书和监测计划所列一致的方法确认该项目的额外性。
（7）识别并告知项目参与方任何有关项目活动的实施与登记的项目设计书不一致之处；项目参与者应关注这些问题并提供额外的信息。
（8）DOE 应公布监测报告。

对于比较常见的可再生能源项目，例如风电项目，在现场核证期间，DOE 主要查看的内容包括以下五点。

（1）发电量的记录，包括各风机的数据记录、各电表的数据记录以及售电发票等。

（2）电表的校准情况，包括校准机构的资质以及校准证书等。

（3）业主方监测人员的资格和培训情况。

（4）数据管理，包括数据的获取和存档的步骤以及紧急措施等。

（5）质量管理系统（QC/QA）。

167. 第一次减排量核查之前是否必须进行初始核查？

初始核查的目的主要有以下三方面。

（1）核查项目已按照计划实施。

（2）监测系统已有效试运行。

（3）评估在项目实际设计与建设中所导致监测系统的变化与调整，为项目产生高质量的 CER 提供保证。

因而，初始核查是在项目参与方自愿的情况下开展，不是强制性要求的。初始核查对于项目的监测计划实施是非常有益的，项目开发者邀请 DOE 进行初始核查，能够促使监测计划的有效实施，确保项目能按照预期产生 CER 并进行交易。

第十二章

项目开发流程的其他问题

168. CDM 项目开发进行可行性研究时，对项目合格性需要注意些什么？

在识别 CDM 项目的时候，项目开发者需要考虑该潜在项目的合格性问题。这包括两个方面。

第一，项目是否可以产生《京都议定书》规定的温室气体减排，其中最主要的就是项目是否具备额外性的问题。项目开发者应运用 EB 颁布的额外性论证工具来判断项目是否具备额外性。

第二，项目是否符合东道国对 CDM 项目的要求。目前我国政府已制定了《清洁发展机制项目运行管理办法》，对项目开发者的参与资格问题有相关的规定，即只有中国境内的中资或者中资控股企业可以与外方合作开发 CDM 项目，并且项目因转让温室气体减排量所获得的收益归中国政府和实施项目的企业所有，分配比例由中国政府确定，确定前归该企业所有。

项目开发者在项目识别过程中应对上述两点进行检查，确保项目满足相关的要求。如果项目在识别过程中没有注意这些问题，则很可能在后续的项目国内报批和国际报批中遇到障碍。同时，项目开发者也应多留意 EB 和国家发展和改革委员会对 CDM 项目的相关政策动态，避免出现项目与政策不符合的问题。

169. 在 CDM 项目额外性证据收集方面需要注意什么？

在开发 CDM 项目的过程中，收集额外性论证的相关证据材料是相当重要的，这些证据材料必须是透明，且由第三方提供。如果额外性论证所引用数据材料是经过相关主管机构认可的，则项目的证据材料具有较高的可信度，尤其在一些可行性研究报告资料的原始数据与 PDD 采用的数据有出入的时候，提供可信度高的材料比较容易得到 DOE 的认可，例如，地质障碍的投资追加需提供工程监理单位出具的报告等。

另外，在 CDM 介入项目的时间上更要慎重考虑，EB 在第 41 次会议报告明确指出项目考虑 CDM 的时间是判断项目是否具备额外性的很重要的一点。项目开发者应提供项目在投资决策时已经考虑 CDM 的证据材料，论证 CDM 在项目中的关键作用。此外，项目开发者还可以考虑施工单位、工程监理单位、主管机构（如政府、电力局等）及其他相关第三方提供的有利于说明本项目情况的材料。

170. CDM 项目开发的模式主要有哪几种?

一般而言，CDM 项目的开发有主要有两种模式。

（1）单边模式：发展中国家独立实施 CDM 项目活动，没有发达国家的参与。发展中国家在市场上出售项目所产生的 CERs。

（2）双边模式：发达国家实体和发展中国家实体共同开发 CDM 项目，或发达国家在发展中国家投资开发 CDM 项目，由发达国家获得项目产生的 CERs。

目前，对于双边的 CDM 项目开发模式，国际社会没有异议，目前国际上的大部分项目也都是采取这种模式的。但是，对于单边模式的 CDM 项目的认识，国际上尚有争议。我国政府对于单边项目也持比较谨慎的态度，项目开发者需要特别注意。

171. 国内采用单边模式的 CDM 项目有没有成功案例?

六鳌 30.6MW 风电 CDM 项目，于 2006 年 7 月作为 CDM 项目注册成功，同年 9 月获得 EB 签发的 22 202t CERs，成为中国可再生能源领域第一个获得 CERs 签发的 CDM 项目，同时也是中国首个成功的单边 CDM 项目。

作为国内第一个单边 CDM 项目，在具体申报程序和提交注册程序上，本项目遇到了很多棘手的新问题，例如，中国政府还未对单边项目出具过批准函，外交部没有单边项目批准函的公文格式，需要重新报批；由于中国政府考虑到本单边项目的特点，为了更好地保护项目业主利益，坚持要作为项目参与方，而政府作为 CDM 项目参与方还没有过先例，EB 秘书处也没遇到过这样的请求。上述两个问题也影响了本项目申报和注册的进度，因此，项目开发方和中国政府、EB 秘书处以及 DOE 进行了多轮沟通，商量解决办法，最终决定由项目参与方的中国政府和项目业主联合向 EB 秘书处写一封共同作为参与方的确认信件并双方签名，将来等买家落实以后中国政府再出具相关文件退出项目参与方。

在技术问题和程序上的问题逐一解决后，项目终于在 2006 年 5 月底向 EB 提出了正式的注册申请，经过两个月的注册公示，项目最终于 2006 年 7 月底注册成功，成功开启了中国单边 CDM 项目的先河。

172. CDM 项目开发主要有哪些工作，整个项目开发的时间需要多长?

CDM 项目周期（project cycle）之内主要的工作如下：

（1）CDM 项目识别和寻找国外合作伙伴。项目业主在涉足 CDM 时首先会面临两个基本问题：本项目是否能开发成 CDM 项目以及减排量将转让给谁?

（2）项目技术文件开发，包括 PIN 和 PDD，前者一般只用于获得潜在买方的初步报价和后续的商务谈判（双边、单边），而后者用于项目的审定和注册。

（3）国内外政府 DNA 报批。项目业主按申请行政许可程序向国家 CDM 项目审核理事会提交 CDM 申请文件和 PDD；理事会组织专家评议并召开 CDM 项目审批会（50 天，含专家评审目前约每月两次）；当该项目申请获批后，由指定的 CDM 国家主管机构（DNA），即国家发展和改革委员会签发批准函（LoA）。同时国外买方也向本国政府 DNA 申请报批，获得相应的 LoA。

（4）CDM 项目审定与申请注册。审定是由指定的独立审定机构（DOE）对项目业主提交的项目活动的合格性进行独立评估；重点是基准线和监测方法学的应用、基准线的确定、额外性评估和监测计划的编制等。如果合格性审定通过，DOE 将向 EB 申请 CDM 项目注册。

（5）登记注册（registration）。注册是指 EB 正式接受一个经审定合格的项目活动为 CDM 项目活动。注册是核查、核证及签发 CERs 的先决条件。

（6）项目实施和监测（implementation and monitoring）。在该项目作为 CDM 项目实施期间，项目业主按照经注册的 CDM 项目 PDD 中的监测计划对项目进行监测。

（7）减排量核查（verification）。核查是指由 DOE 定期独立审评和事后确定已注册的 CDM 项目活动在监测期内产生的减排量。

（8）减排量核证。核证是指由 DOE 出具书面证书，证明在监测期内某项目活动产生的减排量已被核查。经核证的减排量记为 CERs（certified emission reductions）。

（9）CERs 签发、登记和过户转让（issuance，registry and transfer）。CERs 的签发是指 EB 将某项目活动的指定数量的 CERs 颁发给 CDM 登记册中 EB 的暂存账户，扣除用于适应性基金的 2%CERs 后，转入项目参与方登记册账户。

（10）收益提成（share of proceeds）。国内收费：HFC 和 PFC 类项目为 65%；N_2O 类项目为 30%；重点领域（能效、可再生能源、CH_4）及植树造林类项目为 2%。

CDM 项目开发流程框图如图 12-1 所示。

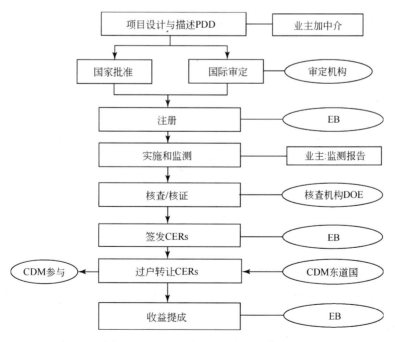

图 12-1　CDM 项目开发流程示意图

项目开发所需要的时间主要取决于上述几项工作的实施情况，一般来说，CDM 项目开发的时间可分为两个阶段：第一阶段，从项目识别到注册一般需要一年半左右的时间。第二阶段，从注册日开始进行项目监测、核查核证到签发 CERs，一般需要一年的时间。

173. CDM 项目的开发成本包括哪些？

CDM 项目的开发成本是指 CERs 交易的买方和卖方为完成转让 CERs 交易所支出的全部费用，如表 12-1 所列。

表 12-1 项目开发成本

成本分项	备注
寻求项目成本	
项目文件开发成本	方法学正确应用 新方法学的开发（如需要） PIN 制作 PDD 制作 各利益方意见咨询 监测计划的编制
谈判成本	咨询合同谈判（如需要咨询公司） 减排量购买合同（ERPA）谈判
合格性审定成本	1.5 万~5 万美元
登记成本	每年预计减排 15 000t 以下的项目不收注册费用 每年减排量 15 000t 以上的，该年 0~15 000t 的部分每吨交 0.1 美元，15 000t 以上的每吨交 0.2 美元 以 35 万美元封顶 如无法注册，将退还除 3 万美元之外的费用 如注册成功，将在签发 CERs 之时按照实际签发的数量计算管理费后，在已交注册费用的基础上多退少补
监测成本	指定专业的技术人员（人员成本） 监测设备成本
核查和核证成本	每年 1.5 万~3 万美元 根据项目自身的情况，可分年次或多年次核查
咨询费用	如果需要咨询公司提供技术服务，则根据服务的内容确定
国家收费	根据不同项目类型，占 CERs 总量的 2%、30% 和 65%

以上列表中的一些费用是一次性的，包括寻求项目成本、项目文件开发成本、谈判成本和合格性审定成本等。而注册成本、监测成本、核查和核证成本、适应性费用和咨询费用则是在整个项目过程中一直发生的。

174. 如何缩短 CDM 项目开发周期?

目前《京都议定书》所规定的 CERs 可交易的时间为 2008~2012 年，项目开发的周期越短，项目业主可获得的 CERs 的年份越长，项目的减排收益就越多。在项目的开发周期上，项目业主或可采用以下方式缩短项目的开发周期：

（1）在项目的识别和谈判阶段，项目开发者可以编制一个 PIN，提供给潜在的合作伙伴进行讨论。项目识别文件一般包括一个简短的项目描述、温室气体（GHG）减排量的大致估计（包括基准线的选择）、预期的社会经济效益和财务信息（包括项目成本、融资渠道、CER 的购买者和预计的 CER 价格）。项目识别文件的应用可以有效降低项目合作谈判阶段的前期成本。

（2）在项目的设计期间，如果所开发的项目符合小型 CDM 项目的规定，则应该尽量应用以批准的小型 CDM 项目方法学，同时充分利用简化规则提供的各种便利，如在项目的审定、核查核证中聘请同一个 DOE。

（3）在选择方法学方面，由于一个新的 CDM 方法学从编制到得到 EB 批准至少需要 1~2 年，甚至更长的时间，然而目前的 CERs 可交易时间截至 2012 年，因此，项目开发者应尽量选择已经批准的 CDM 方法学，以使得项目在有限的时间内产生更多的减排量。

175. CDM 项目面临的风险有哪些?

CDM 项目除了面临着一般投资项目所面对的财务和其他风险之外，它还面临不能产生减排量的风险。这个风险来自多个方面：

（1）项目不能获得东道国或者投资国的批准。

（2）项目不能在 EB 成功注册。

（3）CERs 不能及时交付等。

因此，项目业主应对这些风险有一个清晰的认识非常必要，风险意识有助于企业做出正确的决策。项目业主应该留意 EB 和国家发展和改革委员会关于 CDM 方面的政策，并与项目开发者及时沟通项目的开发情况和进展。对于上述风险，采用正确的基准线方法学和监测方法学可以帮助减小项目不能注册的风险；与政府的及时沟通可以帮助减小项目不能得到政府批准的风险；CERs 不能交付的风险则可以通过购买协议中的相关条款进行控制或分担。

因此，在项目设计阶段对风险进行评估非常重要。项目业主、项目开发者和国外合作方需要就风险的承担责任达成共识，并且在相关的协议中明确指出如何减少和分摊风险。

第十三章

规划类 CDM 常见问题及解答 *

一、规划类 CDM 的基础知识

176. 什么是规划类 CDM？为什么要颁布规划类 CDM 新规则？

规划类 CDM（PCDM）是指将为执行相关政策或者为达到某一目标而采取的一系列减排措施作为一项规划方案，整体注册成为的一个 CDM 项目，在这一规划方案下项目活动产生的减排量在经过核证后可签发相应的 CERs。

众所周知，CDM 的实施有两个目的：一是为使发达国家能够以较低的成本实现其《京都议定书》规定的减排目标；二是为发展中国家带来新的投资和技术，更好地促进发展中国家的可持续发展。但从其实际执行情况来看，虽然已开展的项目具有很大的温室气体减排潜力，但对可持续发展的促进作用却比较有限。其原因在于，常规的 CDM 是一种基于项目的市场机制，市场参与各方在开发 CDM 项目时，往往倾向于开发能够带来更好收益的大型项目上，而这些项目在促进发展中国家可持续发展方面的作用相对有限。因而，国际社会提出要改革 CDM 制度，并把规划类 CDM 作为改革方案之一推出。

PCDM，可以简化某些类型 CDM 项目的实施程序，从而降低其交易成本、增加其市场吸引力，如提高能效项目、燃料替代项目等，特别是对于那些数量众多，但是分散的、单个减排量小、在目前 CDM 规则和程序下没有市场吸引力的项目，PCDM 有助于这些类型的项目进行市场开发。可以预期，通过实施 PCDM，将推动发展中国家能源、经济和社会的可持续发展。

177. 什么是协调管理机构？哪些机构可以成为协调管理机构？

由于 PCDM 的项目活动相对零散，项目参与方为数众多，需要有一个机构负责规划方案的设计、协调组织众多的项目参与方和规划方案实施的日常管理等，这个机构

* 本章参考了"PCDM 及其在中国实施的潜力、方法与社会经济影响"研究项目的最终成果。该项目由丹麦政府资助，国家发展和改革委员会气候变化协调办公室负责实施，中国社会科学院城市发展与环境研究中心牵头承担研究工作，联合国环境规划署 Risoe 中心、清华大学等单位参与研究。参与研究的专家有：潘家华、陈洪波、庄贵阳、王谋、储诚山、Jorgen Fenhann、朱仙丽、段茂盛、周胜、石婉著、姜海凤，国家发展和改革委员会气候变化协调办公室苏伟司长、李丽艳处长、科学技术部社会发展司吕学都处长等给予指导，在此一并致谢。

就是协调管理机构。

协调管理机构在 PCDM 项目的开发中具有十分重要的作用，承担着很多重要职能，主要包括：①提出规划方案；②获得所有相关东道国授权，作为项目参与方的代表，组织实施规划方案；③负责规划方案的实施、管理、监测等；④就规划方案的所有事宜和 EB 进行沟通；⑤制定措施，确保所有 CDM 规划活动不会发生双重计算；⑥负责规划方案的注册和 CDM 规划活动加入规划方案的申请；⑦负责 CERs 的分配等。

按照 EB 的规则，官方、半官方机构或私人实体都可以成为协调管理机构。按照我国现行的 CDM 管理办法，CDM 的项目业主必须是中资或中资控股企业，地方政府及其下属的事业单位能否成为 PCDM 的协调管理机构，还需出台新的规则进一步明确。从目前来看，最有可能成为协调机构的企业是：①地方政府下属的节能技术（或可再生能源）推广企业；②行业协会（如沼气协会）；③节能产品或设备生产企业（如节能灯生产企业）；④节能或可再生能源投资企业；⑤CDM 咨询机构等。

178. 什么是 PoA？什么是 CPA？它们之间是什么关系？

PCDM 项目分两个层次实施：第一层次是规划层次；第二层次是规划方案下的减排活动层次。根据 EB 的定义，项目活动规划（PoA）是指为执行政府政策、措施或者实现某一明确目标，由私营业主或者公共实体自愿参与协调并执行的活动。在规划既定的方案之下，可以通过添加不限数量的相关 CDM 规划活动（CPA），使之与没有此规划方案活动的情景相比，产生额外的温室气体减排或者增加温室气体汇的效益。

在 PCDM 项目的实施中，规划方案和 CDM 规划活动之间是相互影响和关联的。规划方案的设计将决定有多少 CDM 规划活动能够加入、是否可以比较快速加入；而规划方案下各具体 CDM 规划活动，尤其是被选择为监测对象的 CDM 规划活动能够有效以及成功实施，将对整个规划方案的成功产生至关重要的影响。

179. 什么样的规划才可以开发成 PCDM 项目？

根据 EB 的规定，并非所有类型的规划都可以开发为 PCDM 项目。可以开发为 PCDM项目的规划包括两大类（图 13-1）：第一类是私人或者公共实体自愿协调的某种政策、措施或者特定目标（如激励机制和自愿规划）的活动规划；第二类是强制性的地方、区域或国家政策和法规，但是必须证明这些政策或者法规没有系统性地执行，不遵守相关规定的现象普遍存在，或者相关政策或法律法规得到了较好执行，则通过规划，相关的机构能够提高到强制要求水平之上。那些国家法律法规或者政策强制要求必须实施，而且得到了较好遵守的规划不能作为 PCDM 项目开发。

对中国来说，存在大量的政府规划或者政策激励措施，这给 PCDM 项目开发提供了较好的基础和机会。例如，在"十一五"期间，国家节能中长期专项规划、可再生能源中长期规划、全国农村沼气工程建设规划和绿色照明等。

但是无论是哪种类型的规划，相关的 PoA 都必须遵守 EB 关于政策和法律法规的相关规定，即关于如何处理鼓励低温室气体排放强度技术的政策（E – 政策）和鼓励高温

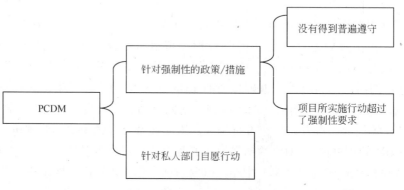

图 13-1　PCDM 类型示意图

室气体排放强度技术的政策（E－政策）的规定。根据 EB 决议，1997 年 12 月 11 日以后颁布和实施的 E＋政策，2001 年 11 月 11 日以后颁布和实施的 E－政策，在基准线情景确定中可以不予考虑。也就是说，基准线情景可以假定为不存在相关的 E＋和 E－政策下的一种假定情景。该决议从理论上消除了发展中国家出台有利于气候变化的政策和措施而可能"失去额外性"的顾虑，可以促进发展中国家出台有利于减排温室气体的政策和措施，而不用担心出台相关政策可能导致相关项目"失去额外性"。

因此，指导性规划可以根据 EB 规定不予在基准线情景选择中考虑，但强制规划中，尽管现实中存在没有被普遍遵守的情况，如工业废水处理，但却很难证明，也很难得到系统的公开的权威统计资料。对新颁布的强制性规划，尽管在理论上存在开发为 PCDM 的可能性，但可操作性需要仔细考虑，特别是区域内相应的证据和材料是否具有可获得性。

180. 对规划的物理边界有什么规定？

所谓物理边界，是指一个项目可以覆盖的物理区域。对于一般的 CDM 项目而言，无论其是单独的项目还是打捆项目，因为其覆盖的对象从一开始就是确定的，因此其物理边界从一开始也是确定的。因为涉及项目的实施、监测和减排量的所有权等问题，一般而言，一个减排项目的物理边界很少有跨越国界的。

PCDM 项目的物理边界指的是该规划方案可能包括的所有 CDM 规划活动所处的地理位置的集合。即使刚开始无法准确预知所有 CDM 规划活动的确切发生地点，但规划方案的物理边界也可以预先确定为计划实施相关 CDM 规划活动的所有区域的集合，这一边界应该在规划方案的整个持续期内固定不变。

具体 CDM 规划活动发生的准确位置可以根据加入 CDM 规划活动时的相关信息确定，并应在 CDM 规划活动的设计文件中清晰标出，以便准确和唯一识别该 CDM 规划活动，并据此进行监测和计算减排量等。

对于一般的 CDM 项目，其物理边界是否可以跨越国境国际规则并没有明确的说明；对于 PCDM 项目，国际规则明确说明规划方案的物理边界可以覆盖多于一个国家，因此，其规划方案的项目边界可以为一个地区、一个国家或者多个国家。但是，与一般 CDM 项目相同，规划方案需要获得所有相关国家 CDM 国家主管机构的批准，包括需要经过多个国家指定的国家主管机构确认该规划方案，包括所有的 CDM 规划活动均有助于东道国的可持续发展。

181. PCDM 项目与捆绑 CDM 项目有什么区别?

很多人初次了解 PCDM 项目，会认为 PCDM 项目就是大型的捆绑 CDM 项目。事实上，PCDM 项目与一般的捆绑 CDM 项目虽然有一些类似，但从很多方面上存在本质的区别。一般的捆绑项目在项目申请阶段对项目特征、项目地点、项目参与方、减排活动具体执行者、减排活动开始和结束时间等都有清楚的定义，而 PCDM 除对分散的减排活动提供了一种确定项目参与方的解决方案外，其他方面包括 CPA 的具体实施者、实施地点、实施数量和实施时间等都没有明确定义。因而，PCDM 与捆绑 CDM 项目相比，具有更多的灵活性和不确定性。PCDM 在实施的规模、简化交易程序、节省交易费用等方面，比捆绑 CDM 项目有更多的优越性，但实施的难度和风险也更大一些。PC-DM 项目与捆绑 CDM 项目的区别见表 13-1。

表 13-1　PCDM 项目与捆绑 CDM 项目的区别

项目	捆绑 CDM 项目	PCDM 项目
定义	将几个类似的 CDM 项目集成为一个 CDM 项目，而不改变其每个项目的特征	在政府确定的政策/措施或者规定的目标下，或者在私人部门确定的自愿目标框架下，私营者或者公共实体自愿参与并执行的活动
地点	事前能够准确识别	项目类型和单个项目的减排量能够事前确定或者估计，但每个项目的确切地点可能无法事前确定，整个规划下的总项目数量和减排量可能无法确切估计
项目参与方	从东道国方面来说，单个 CDM 项目活动的执行单位，不需要协调结构	协调机构必须而且是最重要的项目参与方
项目参与方	从东道国方面来说，CDM 项目参与方和项目活动方的实施者是同一个	协调机构可以不必执行具体的项目活动，但可以协调/推动具体的项目实施方执行项目活动
项目活动	每个项目活动在捆绑项目中都是一个单独项目活动	规划下的所有项目活动共同构成一个 PCDM 项目
项目活动	项目构成从审定阶段开始就确定下来，不随着时间而改变	项目活动目标预先定义，但具体的项目活动物理位置没有确定。在规划方案注册之后可以追加新的 CDM 规划活动
项目活动	捆绑项目中的所有项目同时提交。有同样的减排计入期，相同的开始日期和结束日期	PCDM 提交时只确定规划方案活动目标，实际的项目活动需要在核实阶段确定。不同的 CDM 规划活动可以有不同的计入期，不同的开始日期和结束日期
使用方法学	一个项目中可以使用多个已批准方法学（一些现有项目同时采用两或三个已批准方法学并且包含不同技术）	在 PCDM 中的 CDM 规划活动中，如果其规模不超过小型项目的上限，那么可以采用小规模方法学，但是每个 PCDM 项目目前限制为应用一种基准线方法学和监测方法学，采用一种技术或者一种设施中密切相关的各种减排措施

182. 关于避免重复计算有哪些规定？

无论是一般的 CDM 项目，还是 PCDM 项目，其均必须产生真实的减排效益，这就要求必须避免减排量的重复计算。对于一般 CDM 项目，避免重复计算相对比较简单，只需要避免项目重复注册就可以了。在针对有重复注册可能项目的相关方法学中，一般明确规定了什么样的实体有资格申请项目产生的减排量，避免了不同实体申请同一个项目产生的减排量。对于 PCDM 项目而言，避免重复计算则相对更加困难一些。

为此，国际规则要求，协调/管理机构必须采取相关措施，确定规划方案中所有的 CDM 规划活动既没有被注册为单个的 CDM 项目，也没有被纳入到其他已经注册的规划方案之中，即一个 CDM 规划活动只能隶属于一个规划方案。DOE 将负责审查协调管理机构制定的相关措施是否合适和充分，是否能够避免重复计算的发生。

在 PCDM 项目中，要避免重复计算，需要解决两个方面的问题：同一个 CDM 规划活动不会重复注册；避免多个实体同时申请同一个 CDM 规划活动产生的减排量。对于前一个问题，可以由协调管理机构、CDM 规划活动实施者和东道国指定的国家主管机构等协商合适的办法；对于后一个问题，可以通过严格遵守方法学的办法来解决。

183. PCDM 项目的减排额计入期与常规 CDM 项目有什么不同？

计入期指的是 CDM 项目活动能够产生减排指标的时间跨度。对于常规 CDM 项目而言，计入期分两种：①非造林/再造林类项目，一次性最长 10 年，到期后不可更新；一次性最长 7 年，最多可以更新两次；②造林/再造林类项目，一次性最长 30 年，到期后不可更新；一次性最长 20 年，最多可以更新两次。

对于 PCDM 项目而言，因为涉及规划方案和 CDM 规划活动两个层次，因而计入期的问题也需要在两个层次上进行限制。根据国际规则，一般的规划方案其持续时间，也就是可以产生减排量的时间，最长为 28 年，而造林/再造林类的规划方案其持续时间最长为 60 年。对于一个具体的 CDM 规划活动而言，其减排计入期的规定与常规 CDM 项目的减排计入期规定相同：即非造林/再造林类的 CDM 规划活动，其计入期有两种选择，一次性最长 10 年，到期后不可更新；或者一次性最长 7 年，最多可以更新两次。造林/再造林类 CDM 规划活动可选择最长 20 年、最多可更新两次的计入期；或最长为 30 年、不可进行更新的固定计入期。

在规划方案减排计入期内，协调/管理机构可以随时申请在规划方案中加入 CDM 规划活动。每个 CDM 规划活动在加入时必须对其减排计入期有详细的界定，包括减排计入期的准确起始和结束时间，并且要符合其所属规划方案的相应要求。需要注意的是，每个 CDM 规划活动的减排计入期均不能超过规划方案的持续时间段。也就是说，一旦规划方案的有效期结束，不管该规划方案之下的相关 CDM 规划活动的计入期是否到期，该 CDM 规划活动均不能再产生减排量。

184. 如何加入和排除 CDM 规划活动？

CDM 规划活动（CPA）可以在规划方案持续期内的任何时间加入。协调管理机构应将相应 CPA 的设计文件提交给负责该规划方案注册申请的 DOE。该 DOE 根据注册的最新版的规划方案的要求对 CPA 设计文件进行检查。检查通过后，DOE 将 CPA 设计文件上传到已注册的规划方案之下。一次可以打包上传多个 CPA 设计文件，但是每个月最多只能上传一次。项目协调机构每次可以提交多个 CPA 设计文件。

如果已经注册的 CPA 中被发现存在错误，不符合加入规划方案的标准，则 EB 将决定是否将相关的 CPA 从规划方案中排除。一旦一个 CPA 被排除，则该 CPA 不能再以任何形式开发为 CDM 项目，同时相关 DOE 需要补偿已经签发给该 CPA 的减排量，同时相关规划方案的所有 CPA 的加入和减排量签发暂停，并对该规划方案下的所有 CPA 进行审查。

185. PCDM 项目减排量的签发与常规 CDM 项目有什么不同？

PCDM 项目减排量的核查、核证以及 CERs 的签发申请和申请审评等过程和要求与一般 CDM 项目的过程和要求是基本一致的，所有 EB 之前相关的规定都适用于 PCDM 项目减排量的签发，除非新规则明确给出了不同的规定。

对于常规 CDM 项目而言，业主申请减排量的时间期限由业主自主决定，国际规则并没有特别明确的要求或者规定。但是对于 PCDM 项目而言，DOE 提交 CERs 签发申请的频率不能高于每三个月 1 次，即签发时间段最短为三个月。

为了确保 PCDM 项目活动能够产生减排量，协调管理机构应当按照规划方案设计文件中的要求的记录保持体系，保持所有 CPA 的各种监测报告，并应 DOE 核查的要求提交各种监测报告。

而 DOE 则应当：确认其核查的 CPA 符合规划方案设计文件的要求，并且核查方法与规划方案设计文件中描述的核查方法和程序一致；将协调管理机构提交的所有的监测报告在 UNFCCC 的 CDM 网站上公示；全面核查、核证记录管理系统的正确实施和运行。DOE 出具的核查报告需要说明如何应用已注册的规划方案设计文件中的核查方法和程序进行减排量的核查和核证，并说明现场核查的情况。

DOE 在申请 CER 的签发时，需要通过 UNFCCC 的 CDM 网站提交 EB 规定的专用表格，同时在申请中说明申请签发减排量的 CPA，以及每个 CPA 申请减排量的时间区间。

二、PCDM 实施的技术与方法学问题

186. 如何准备 PCDM 项目的设计文件?

对于常规 CDM 项目而言，其在提交注册申请时仅需要提交该项目的 PDD 这一个设计文件即可。对于 PCDM 项目，因为涉及规划方案和 CPA 两个层次，其在提交注册申请时需要提交三个设计文件：规划方案设计文件、针对一般性 CPA 的设计文件和针对一个具体 CPA 的设计文件。

规划方案设计文件需要定义该规划方案的设施框架，并且明确定义该规划方案下的一个 CPA。根据规划方案设计文件（PoA DD）模板，完整的项目设计文件应该包括如下内容：

（1）关于项目协调管理机构、东道国以及规划方案的参与方的说明。

（2）划定的规划方案的地理边界，所有 CPA 不能超出此地理边界。

（3）规划方案的具体内容或者其预先设定的目标。

（4）确认所提议的规划方案是项目协调/管理结构的自愿行为。

（5）说明规划方案的额外性：证明在没有 CDM 时，自愿提议的规划方案不会得到实施，或者强制性政策及规范执行情况差，违规现象在国家或地区范围内普遍存在，或者所提议的规划方案的实施将进一步提高现有强制政策或规范的执行水平。

（6）描述此规划方案下典型的 CDM 活动，内容包括项目活动中使用的技术或措施、项目设计采用的已批准的基准线和监测方法学及其理由、方法学具体应用方法、项目的额外性证明以及对泄漏的考虑。

（7）确定此规划方案下的 CDM 活动应符合的要求，包括额外性论证的标准，每个 CDM 活动所提供的信息类型与详尽程度等。

（8）规划方案的开始和结束时间，其中一般类型项目的规划方案持续时间最长为 28 年，造林/再造林项目最长为 60 年。

（9）协调/管理机构的管理安排，例如，规划方案下每个 CDM 活动的数据记录与保存制度、避免重复计算的程序以及具体活动参与方与协调/管理机构的沟通方式等。

（10）规划方案下单个 CDM 活动的监测计划，此计划必须根据已经选定的已批准方法学进行编制。

（11）建议 DOE 在对温室气体减排量或者碳汇增加量进行核查时可采用的统计上合理的抽样方法或程序。

（12）对规划方案进行的环境影响分析结论。

（13）征求利益相关者意见，说明征求方式、得到意见汇总以及对意见的反馈。

（14）如果项目使用了公共基金，需确认规划方案的实施不会导致官方发展援助的转移。

规划方案下单个 CDM 项目活动设计文件（CPA DD）需要包含如下信息：

（1）此 CDM 项目活动的识别方式，如地理范围、项目负责机构或个人详细信

息等。

（2）项目的东道国。

（3）项目的计入期的起始日期以及更新方式。

（4）论证项目活动满足规划方案相应标准。

（5）项目活动的环境影响评价和征求利益相关方的结果[①]。

（6）确认此项目活动没有注册为 CDM 项目活动，也未包括在其他已注册规划方案之下。

187. 如何应用现有方法学开发 PCDM 项目？

同常规 CDM 项目一样，一个 PCDM 项目也必须使用经过批准的方法学，并根据方法学的要求确定项目的基准线情景、论证项目的额外性、定义项目边界、计算泄漏并且避免双重计算等。但是，与常规 CDM 项目可以同时使用多个经批准的方法学不同，目前的国际规则要求一个规划方案下的所有 CPA 必须应用同一个经批准的基准线和监测方法学，并且在同样类型的设施或者土地上采用一种技术或者一组密切相关的各种减排措施，如建筑节能措施等。关于只能使用一个经批准方法学的限制似乎并没有太多的道理，是否如此解释可能随着具体项目实践的增加需要 EB 进一步的澄清和解释。

目前并没有专门针对 PCDM 的方法学，但所有经过批准的 CDM 方法学均可以应用于 PCDM 项目，除非该方法学明确注明不适用于 PCDM 项目。

在一般的 CDM 项目中，如果要使用简化的小规模项目方法学，该项目必须符合小项目的定义。如果实际运行中，项目因故超过了小项目的上限，那么超出部分不能获得减排量。但是，在 PCDM 中，如果一个规划方案下的单个 CPA 符合关于小规模项目的定义，则小规模 CDM 方法学也可以应用于 PCDM 项目，对于整个规划方案的规模则没有限制。

188. 如何应用小型方法学开发可再生能源类的 PCDM 项目？

开发可再生能源类的 PCDM 项目可以应用第一类小型方法学，又可分为四个子类，即利用可再生能源为用户提供电能（AMS-I.A.）、机械能（AMS-I.B.）、热能（AMS-I.C.）及并网发电（AMS-I.D.）。目前还没有 PCDM 项目成功注册，从已注册的具有 PCDM 特征的项目来看，使用较多的是 AMS-I.A. 和 AMS-I.C.。

1）AMS-I.C. 用户利用可再生能源获得热能的小型方法学

在所有已注册的 9 个具有 PCDM 特征项目中，共有 6 个项目涉及方法学 AMS-I.C.，包括户用沼气池（3 个）、太阳能热水器（2 个）和生物质燃烧（1 个）。

该方法学适用于单个家庭或使用者利用可再生能源替换化石燃料作为热能来源的

[①] 如果对应规划方案设计文件中已经反映了环境影响评价和利益相关方评论结果，此项可省略。

项目，包括太阳能热水器、太阳能炊具和生物质能等产生热水、取暖、干燥等项目。方法学还规定单个项目的总功率应小于 45MW。

（1）基准线：在没有该项目时，用于产生热的能源（如化石燃料、电能等）的消费量。

（2）监测方法：需监测的参数包括：第一，当基准线排放为能源消费量乘以排放因子，那么监测系统中一定样本的能源消费量；第二，当单个系统的 CO_2 年减排量小于 5t，记录每年运行的系统数量和估算每个系统每年的平均工作时间；第三，若为热电联产项目，则分别监测项目产生的热量和电量。

（3）应用实例：Bagepalli 太阳能热水器 CDM 项目、印度 Kolar 地区生物质能项目等。

2）AMS-I. A. 用户利用可再生能源发电的小型方法学

该方法学适合于单个用户利用可再生能源发电，满足单个家庭使用或者只提供少量电量的项目。

（1）基准线：根据在没有实施该项目时使用的燃料或将要被使用的燃料的数量。

（2）监测方法：每年对所有发电机组或其中一定样本进行监测，确认处于正常运行状态。

（3）方法学应用举例：摩洛哥太阳能光电项目（7.7 MW）、尼泊尔替代能源促进中心（AEPC）的小水电推广项目等。

189. 如何应用小型方法学开发提高能源效率类的 PCDM 项目？

第二类小型方法学适用于开发提高能效类的 PCDM 项目。现有的具有 PCDM 特征的项目中，主要运用了 AMS-II. C. 和 AMS-II. E. 两种方法学，分别适用于需求方能效提高项目和建筑能效提高及燃料替换项目。

1）AMS-II. C. 需求方采用特定技术提高能效的小型方法学

该方法学适用于需求方使用高能效的设备替代原有设备，如灯、冰箱、空调和电视机等，达到温室气体减排的目的。单个项目的节能上限是 6000 万 kW·h/a。

（1）基准线：以替换前原有设备消耗的能量（平均功率与运行时间）作为基准线。

（2）监测方法：监测替代装置的运行时间和功率或者是能量消耗量。有两种监测方法备选：第一种是测量功率和使用时间（根据铭牌数据或者是根据测定样本的功率和运行时间记录安装照明灯具的功率，并监测样本的使用时间）；第二种方法是选取一定的样本量，监测其消耗的能源总量。对于上述两种监测方法，每年需增加对一个样本之外的系统检查，确保除样本之外的系统正常运行。

（3）方法学应用实例：Kuyasa 低成本城市房屋能源更新项目。

2）AMS-II. E. 建筑能效提高和燃料替换方法学

该方法学适用于对单个建筑物的能源效率提高和燃料替换项目。能效提高的措施包括燃料替换、节能技术如节能设备、房屋绝热和设备的最优化安装等。单个项目节约的能源不超过 60GW·h。

（1）基准线：在没有该项目时，被替换设备或新增项目设施的能源使用情况。

（2）监测方法：如果是改建项目，监测需包括被替换设备的详细说明和计算使用新措施后节约的能源。如果是新建项目，监测需包括测量建筑物使用的能量和计算新建筑物的节能量。

（3）方法学应用的实例：摩尔多瓦节能和温室气体减排项目。

190. 如何应用大型方法学开发 PCDM 项目？

从现有的具有 PCDM 特征的项目来看，大型方法学使用很少，到目前为止，只有两个项目使用了大型方法学，它们分别是哥伦比亚城市快速公交系统项目（使用方法学 AM00031）和埃及砖厂 GHG 减排项目（使用方法学 ACM0009）。

1）AM0031：快速公交系统项目方法学

该方法学适用于建设和使用快速公交系统引起的减排，同样也适用于扩建已有快速公交系统的项目。

（1）基准线：当前或历史的源排放情况，用每人每次出行的排放量来衡量当前系统的排放量。

（2）监测方法：需要监测的项目包括：第一，确定基准线的数据，即燃料消耗量，每类车的行驶路程和燃料类型；第二，确定项目排放的数据，包括项目消耗的燃料或者燃油效率和行驶路程；第三，确定泄漏的数据，如上游排放、路面性质的改变和拥堵情况的改变。

（3）方法学实例：哥伦比亚城市快速公交系统改造项目。

2）ACM 0009 天然气替代煤炭石油作为工业燃料的整合方法学

此方法学由 NM0131 工业设备燃料替换、NM0131 工业燃料由石油转化为天然气、AM0008 工业燃料由煤转化为天然气等三个方法学整合而成，用于在某一个或几个生产环节上将煤或石油燃料转换为天然气。

该方法学还要求满足如下的条件：第一，实施本项目前，只有煤或者石油（不包括天然气）被用于这些环节；第二，相关规定/生产工艺不限制该环节使用现在的化石能源；第三，相关规定不要求在此环节上一定要使用天然气或其他燃料；第四，在减排计入期内该项目不会导致热量产出的增加或这些环节生命周期的延长（减排量只计算到这些环节的生命期结束），同时在减排计入期内没有增加热量产出的计划；第五，该项目不会导致整个生产过程的改变。

（1）基准线：识别所有其他现实的燃料使用情况；去除其中不符合法律规定的情况；去除会遇到无法实施等阻碍情况；在剩余的情况中，最经济的情况为基准线情景。

（2）监测方法：包括项目燃烧天然气的各参数。燃烧天然气各过程的能源效率、净热值和天然气的 CO_2 排放因子，每月至少监测一次。

（3）方法学应用实例：埃及砖厂重油转换为天然气减排项目。

191. PCDM 项目如何识别基准线情景和论证额外性？

与 CDM 类似，PCDM 项目基准线情景识别和额外性论证主要通过投资分析、障碍分析和普遍性分析等方式来确定和论证。由于 PCDM 项目在两个层次（PoA 和 CPA）上实施，因此，其基准线情景识别和额外性论证通常也需要分两个层次进行分析和论证，当然也可能仅在 PoA 层次进行额外性论证即可。

根据 PoA 定义，PoA 意味着一个目标，通常对常规实践将进行一种修改或者引导。因此，PoA 必须进行额外性论证，但具体 CPA 的额外性论证不是必须的。

需要注意的是，PoA 的额外性论证不能保证 CPA 的额外性。例如，单个 CPA 规模很大，其额外性就需要重新论证。同理，单个项目规模很小，其 CPA 额外性也可能需要重新论证，如"搭便车"（free rider）现象。

对中国来说，从公开渠道获得系统的完整的统计数据资料具有相当的难度，特别是具体到符合 PCDM 项目所需要的相关证据和数据，特别是某个地区的统计数据。另外，PCDM 项目大多针对量大面广的分散项目，很难具有类似于常规 CDM 项目所具有的工程项目可行性研究报告和环评报告，因此，在基准线识别和额外性论证的数据和证据如何保证其可信度和权威性将具有一定的难度。因此，该部分证据和数据最好采取从公开的、官方的统计资料、或者政府网站上获得。

192. PCDM 项目如何实施监测？

与常规 CDM 项目活动一样，PCDM 项目也需要根据所使用的监测方法学要求进行监测，包括与基准线排放、项目排放和泄漏相关的数据的测量和收集，以及每个数据的不确定性分析和质量控制程序。

PCDM 项目涉及的 CPA 活动大多量大面广、地点分散，因此事后监测的样本选择、误差分析和可信度分析极为重要。采样可以直接测量，采用历史数据进行外推，也可通过其他合理的方式来降低成本和提高精度。同时，监测计划的成本和可操作性也需要进行仔细设计，否则，在实际监测过程中将增加不必要的困难和障碍。因此，在项目文件设计中，需要对其监测计划的可行性和可操作性进行科学评估，一旦监测计划获得认可并注册成功，在以后监测中就必须认真执行监测计划和收集相关数据等。

PCDM 项目产生减排收益一般归 PoA 的协调管理机构所有，各 CPA 具体实施者是否积极有效配合将直接影响监测计划是否顺利执行。各 CPA 实施者和 PoA 协调管理机构的收益分配可以通过必要的合作协议等进行规范，并严格按照 PoA 中规定的监测计划实施，并相互配合，以达到预期目标。

在项目监测过程中，如果出现 PoA 协调管理机构的变更，需要按照 EB 的相关规定进行处理。如果在监测中出现偏离，则需要保证其合理性、透明性和保守性，并得到 DOE 和 EB 认可。

193. DOE 核查核证 PCDM 项目减排量的方法有哪些新规定？

对于常规 CDM 项目而言，DOE 在核查核证其减排量时，是否可以使用抽样方式，取决于 DOE 自身的判断。

对于 PCDM 项目，国际规则明确规定 DOE 在核证一个规划方案下 CPA 的减排量时，可以使用抽样的方法和步骤，而且该抽样的方法和步骤应该由协调管理机构在规划方案设计文件中明确提出。当然，协调管理机构提出的抽放方法和步骤是否合适，也需要 DOE 认可，并得到 EB 的批准。

194. 方法学或规划方案变更对 PCDM 项目的实施会有哪些影响？

如果 EB 宣布停止使用或撤销某个已批准的方法学，而且停止或者撤销的原因不是将该方法学纳入到相关的整合方法学中，则根据 EB 针对方法学的相关规定，采用该方法学的规划方案在此之后不能添加新的 CPA。

如果停用或者撤销的方法学随后被修改或者被整合到新的方法学中，则协调管理机构需要对规划方案进行相应的修改，这些修改需要经过 DOE 核查和 EB 的批准。一旦这些修改得到 EB 的批准，则该规划方案之下新加入的 CPA 需要使用新的规划方案版本，而在方法学变更之前加入的 CPA，则需在更新其减排计入期时使用最新版的规划方案。

同样，随着方法学要求的变化、相关政策措施的变化等，已经注册的规划方案的要求也应该随之发生变化，也就是可能会同时出现多个同时有效的规划方案的版本。对于任何新加入规划方案的 CPA、对其减排计入期进行更新的 CPA，都必须根据最新版本的规划方案对其设计、实施、监测等进行修改。但是修改后的规划方案不对仍然在其计入期内的 CPA 产生影响。

195. 方法学中关于 PCDM 项目的泄漏问题有哪些规定？

考虑到 PCDM 项目的特点和要求，EB 对现有小规模 CDM 项目方法学进行了修订，在其中专门增加了关于可能引起泄漏的相关内容，主要包括以下三个方面。

（1）生物质供应不足可能引起的泄漏：如果项目中焚烧利用生物质残余物，则项目参与方需要证明，拟议项目生物质残余物的使用，不会挤占生物质残余物的原有其他用途，并导致其他地方化石燃料使用增加或增加温室气体排放。对中国来说，生物质残余物资源丰富并且有大量剩余的地方一般不会存在该类问题。但对那些生物质残余物资源已经较充分利用的地方则需要仔细考虑可能引起的泄漏问题，并进行合理估计。

（2）设备更换引起的泄漏：如果项目活动涉及设备更换，则淘汰下来的设备需要销毁，避免由于淘汰下来的低效率设备在其他地方使用引起的泄漏。对中国来说，如果淘汰下来的设备确实被销毁了，则需做好相关的记录和证据保存。如果被放在其他地方继续使用，则需对该部分可能引起的泄漏进行合理估计，在某种情况下，可能在其他地方去替换效率更低的设备，其泄漏原则上可以不予考虑，并符合保守性原则。

（3）化石燃料转换引起的泄漏：如果项目活动涉及化石燃料转换措施，则须考虑在项目边界以外由于燃料开采、加工、气化、运输、二次气化、化石燃料分销引起的泄漏。在中国，例如，天然气代替燃煤或者石油作为燃料，则需考虑项目边界外可能引起的泄漏，其处理办法可以参考 ACM0009 有关泄漏部分的规定。

196. 如何解决"搭便车"问题？

对一个自愿或者强制的政策或措施，很可能出现以下情况：即使 PoA 活动被证明具有额外性，但是一些单独的 CPA 活动实际上不具有额外性却很可能被认为具有额外性。例如，一些能效项目或者燃料替代项目，即使没有 PoA 情况下也会被顺利执行，这部分项目称为"搭便车"。PoA 下的这部分 CPA 活动并不能代表 PoA 带来的减排量，需要从其减排量中进行扣除。

搭便车所带来的减排量可以通过以下方式进行合理估计：控制组方法、计量经济方法、问卷调查、项目决策文件评估等。对一个给定的 PoA，并不是所有的方法都适用，需要根据 PoA 具体特点、估计成本、估计精度进行合理选择。对一个 PCDM 项目来说，其基准线情景识别中需要提供一种合适的方法来估计 PoA 中的搭便车现象所带来的减排量，或者证明该 PoA 活动不存在搭便车问题。

例如，对能效项目来说，通常存在三种项目类型：现有设施改造、现有设施的计划改造、新上的能效设施。其搭便车现象如何估计？当前的 CDM 能效项目批准的方法学可以提供一些参考，例如：

（1）黑匣子方法：应用能效强度指标，如单位抽水耗电量（kW·h/m³）（AM0020）。

（2）采样方法：降低交易成本，确保统计意义，强调统计的不确定性（AM0046）。如基准线渗透率，项目地区与没有开展 PoA 的类似地区的基准线情景相同（SSC_170）。

（3）动态基准线：控制组监测（AM0046），事前历史数据外推，事后基准线监测（NM0171）。

以上方法中，应优先选择采样方法。因此在某些情况下，1% 的样本已经足够保证样本的准确度和统计学意义。另外，也可以选择控制组方法，如果条件允许和成本可行的话。在特定情况下，打折方式也是一种有效的解决办法，如基准线渗透率方法。

197. 如何避免 PCDM 项目中大项目的拆分？

为了避免滥用小规模 CDM 项目的简化程序，由大型 CDM 项目拆分而成的小规模

CDM 项目不能使用小规模 CDM 方法学。类似地，也不允许将大规模的 CPA 拆分为符合小规模定义的 CPA，并应用小规模项目方法学。常规 CDM 项目和 CPA 拆分的判别标准比较见表 13-2。

表 13-2　常规 CDM 和 CPA 拆分的判别标准对比

常规 CDM 项目	CPA
项目参与方相同	已经存在一个小规模 CPA 或者项目活动，其执行者和本 CPA 相同；或者本 CPA 所属的规划方案的协调/管理机构同时管理相同领域内的另一个大规模规划方案项目
两个项目的项目边界之间最短距离不超过 1km	已存在的 CPA 或者规划方案的项目边界，和本 CPA 的项目边界之间的最短距离不超过 1km
两个项目的注册时间相隔 2 年之内	

关于项目拆分的规定是为了防止将大型 CDM 项目活动或者 CPA 拆分成小规模的项目从而导致滥用小规模项目简化程序的行为。但是如果项目不拆分其仍然符合小项目的规定，其拆分之后仍然可以使用小规模 CDM 项目方法学。例如，CDM 项目的开发方或者协调/管理机构可以将小规模 CDM 项目或者 CPA 拆分为更小的项目活动。

三、PCDM 的市场开发问题

198. PCDM 项目的开发周期包括哪几个阶段？

PCDM 项目的开发周期包括以下 6 个阶段：①项目策划；②项目审定；③项目注册；④监测与报告；⑤核查与核证；⑥CERs 签发与分配。各阶段的主要工作内容及实施方法见图 13-2 所示。

199. 如何审定项目文件？

项目协调管理机构在获得规划方案所有东道国的批准函，并编写完规划方案设计文件和规划方案下单个 CDM 项目活动设计文件之后，可向 DOE 提交以上文件，进行项目审定（图 13-3）。

在对规划方案审定过程中，除 CDM 模式和程序中提出的审定要求外，DOE 应特别注意如下问题：

（1）规划方案的额外性，即规划方案是项目协调/管理机构自愿参与提出的或者是强制的政策或规范，且此规划方案下可产生额外的温室气体减排或者碳汇增加的效益。

（2）在规划方案之下加入 CDM 项目活动的标准，包括衡量此 CDM 项目活动是否具备额外性的标准。

（3）项目协调管理机构为规划方案所建立的操作管理安排。

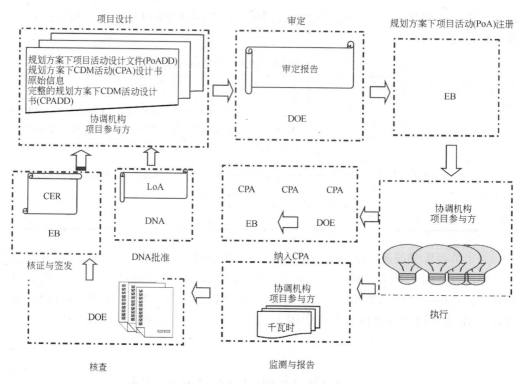

图 13-2　PCDM 项目周期（根据 EB 相关规则制作）

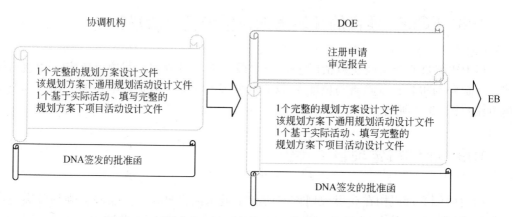

图 13-3　规划方案（PoA）审定（根据 EB 相关规则制作）

（4）两个设计文件，即规划方案设计文件和规划方案下 CDM 活动设计文件之间的一致性。

DOE 将根据审定情况完成审定报告，并填写"规划方案注册申请表格"（F-CDM-PoA-REG）提交 EB 申请注册，同时提交的文件还包括各东道国 DNA 的批准函、规划方案设计文件以及规划方案下 CDM 项目活动设计文件。

200. PCDM 项目如何缴纳注册费用和管理费用？

在 CDM 项目流程中，项目开发者需要向 UNFCCC 秘书处缴纳三种费用：项目在申请注册时需要缴纳注册费，在申请减排量签发时需要缴纳 EB 行政管理费，同时需要支付占所签发减排量 2% 的适应性基金费用。

注册费在 DOE 向 EB 提交项目注册申请时缴纳，实际上是预付项目第 1 年减排量签发的行政管理费。注册费的计算依据是项目 PDD 中给出的计入期内项目的预计年平均减排量，具体交费标准是前 15 000 个 CER 每个 CER 需缴纳 0.1 美元，对于超过的 CER 每个 CER 需缴纳 0.2 美元；但是如果项目在计入期内平均年减排量低于 15 000t CO_2 当量，则不需要缴纳注册费。单个项目所缴纳的注册费最高不超过 35 万美元，而且如果项目注册不成功，则退还注册费中超过 3 万美元的部分。为了鼓励最不发达国家实施 CDM 项目，COP/MOP3 决定，来自最不发达国家的 CDM 项目免缴注册费和行政管理费。

PCDM 项目，EB 专门规定了注册费交纳办法。规划方案注册费的计算依据是同该规划方案同时提交注册的一个或多个 CPA 的预计年均减排量，具体计算办法与针对常规 CDM 项目的现有规定相同。对于规划方案成功注册之后添加的每个 CPA，无须缴纳注册费。规划方案的注册费要由项目协调管理机构直接交给秘书处。

201. 哪些活动适合开发成 PCDM 项目？潜力如何？

PCDM 的项目开发适合于减排活动分散、项目活动非同时发生、项目数量和发生时间事先无法确定的项目。而这些项目活动主要集中在常规 CDM 难以实施的、小型的、与终端用户密切相关的可再生能源项目和节能项目。可再生能源领域如农村户用小沼气、小水电、小风电、太阳能热水器、小型光伏发电等，节能领域如建筑节能、家用电器节能、节能灯泡、小型锅炉节能改造、电机系统改造，等等。这些项目一般具有以下特点：

第一，单个项目活动减排量很小，但总体减排潜力巨大。以中国农村户用小沼气为例，全国现有农村家庭约 2.3 亿户，其中全国 1/3 的农村家庭适合修建沼气池，如果能成功开发成 PCDM 项目，年减排量相对可观。其他如建筑节能、电机系统改造等领域的潜力更大。

第二，这些项目一般都具有良好的可持续发展效益，与发展中国家的发展战略和终端用户的切身利益密切相关，容易得到政府和项目实施主体的支持。再以农村户用沼气为例，通过建造沼气池，农户可以获得优质廉价（几乎是免费）的能源，避免使用薪柴或煤炭造成环境污染和对健康的不利影响，也有利于保护植被；可以使农户从获取薪柴或煤炭的劳动中解脱出来，从事其他生产获得，增加收入，减轻贫困；在建造沼气池的同时，通过对厨房、厕所和猪圈的改造，避免人畜粪便的污染，有利于农村环境卫生和居住条件的改善，等等。对农村地区发展具有非常好的综合效益。

可见，PCDM 实施的领域广泛、潜力巨大，并且容易获得政府和项目实施主体的支持，项目开发应具有较好的前景。

202. 开发 PCDM 项目存在哪些难点和障碍？

由于 PCDM 项目活动一般是小型、分散、项目活动不同时发生、涉及的活动主体众多等特征，在实施过程将非常复杂，存在许多难以克服的难点与障碍。

1）项目活动的基准线难以确定

在一个 PCDM 项目中，可能要涉及成千上万个项目实施主体，而实施主体往往是千差万别的，如何选取规划方案的基准线，通常很复杂。再以农村户用小沼气为例，首先，农户的家庭规模不同；其次，替代的能源各种各样；再次，农户之间的收入水平参差不齐，他们对能源的需求也不同。在这种情况下，很难选取一个或一组"标准"农户作为基准线。通过抽样调查，再按照样本分布来确定基准线是一个解决方案，但工作量较大，并且，农户的文化素质也有差别，调查结果有时难以采信。

2）监测过程存在很多障碍

PCDM 项目涉及的项目活动很多，但单个项目活动减排量很小，从而使监测难以实施。首先，如果按照许多常规 CDM 项目的监测方法，实行安装计量表进行监测，很可能使监测的成本高于 CER 带来的收益，不具备经济上的可行性；其次，如果实行抽样监测，同样会出现工作量过大和抽样结果不可靠的问题；最后，如果实行抽样监测，还需要每个实施主体做好日常记录，并将其保存完好，这样将给实施主体增加很多额外的负担。

3）协调管理困难重重

在 PCDM 项目实施过程中，协调管理机构需要设计一套激励机制吸引项目实施主体参与到项目活动中；在实施过程中，协调管理机构还要确保各个实施主体能够按照项目实施计划逐步实施，能够按照监测计划做好日常记录以配合 DOE 的监测，等等。在项目寿期内，如果实施主体在某个环节，或一部分实施主体不能按照项目实施计划实施，可能导致整个项目活动难以持续实施下去。然而，由于实施主体众多，每个人都有不同的利益诉求。并且，由于人所固有的机会主义倾向和信息不对称等因素，项目实施过程中存在很多不确定性，将使协调管理工作异常困难。

203. PCDM 项目的开发成本是否更高？

与常规 CDM 相比，PCDM 的制度安排是为了简化项目申报程序，节约交易成本。但是否能够真正降低项目开发成本，还需具体分析。

一方面，PCDM 项目开发需要各参与方投入更专业、更密集的服务，项目开发的初始成本将更高。

第一，协调管理机构成本。在常规 CDM 项目中，项目的实施主体直接与咨询机构和 DOE 等沟通，不需要协调机构。在 PCDM 项目中，增加了协调管理机构这个参与方。并且，协调管理机构承担许多重要职责，并投入大量的人力和协调管理费用。因此，PCDM 项目实施的协调管理成本比常规 CDM 项目实施的单纯的管理成本要高得多。

第二，咨询费用。与常规 CDM 项目相比，咨询机构在为 PCDM 项目提供咨询服务时，不仅面对协调管理机构，也需要直接参与跟项目实施主体的沟通。这就需要咨询机构也要有更强的沟通能力、更好的专业技能、更雄厚的财力支持和更强的抗风险能力，并投入更多服务。因而，PCDM 项目开发的咨询费用也要比常规 CDM 项目高。

第三，DOE 的认证、核查费用。同样，DOE 在认证、核查过程中，也需要同时与协调管理机构和项目实施主体沟通，对 DOE 的沟通能力、专业技能提出了更高的要求，DOE 也需要投入更多的服务，同时要承担更多的责任和风险。因而，PCDM 项目的认证、核查费用要比常规 CDM 项目高得多。

第四，项目申报注册费用。EB 已经明确规定，PCDM 项目注册时，只需提交规划方案设计文件和一个规划方案下 CDM 活动设计文件时，注册费用按照第一次提交的 CPA 的年预期减排量收取。此后加入的 CPA 直接自动注册，无需再缴纳费用。与常规 CDM 项目相比，注册费用大为减少。

第五，监测费用。PCDM 项目涉及无数个项目实施主体，需要更复杂的监测方法、监测计划和监测手段，监测的工作量更大，相应的监测成本比常规 CDM 项目更高。总的来看，PCDM 项目开发初始更大，成本更高，程序更复杂。如果规划方案的规模有限，PCDM 的规则并不能达到简化程序、节约成本的目的。

另一方面，PCDM 项目具有规模效应，从而使 PCDM 项目的 CER 的单位成本可能低于常规 CDM 项目。根据 EB 规定，一个 PCDM 项目，只要规划方案和一个具体的 CPA 成功注册，此后无数个 CPA 可以不断地添加，而无需再申报审批，只需 DOE 认证核查，从而使添加 CPA 的边际成本很低，时间更快。因而，只要规划方案达到一定的规模，PCDM 项目的单位 CER 成本是可以低于常规 CDM 项目的。

204. PCDM 项目的开发风险是否更大？

与常规 CDM 项目相比，PCDM 项目实施的风险将更大。

第一，PCDM 项目需要众多的实施主体参与到项目活动，参与方越多，意味着利益关系越难协调。如果利益关系协调不好，将直接影响到后期项目计划的实施。

第二，PCDM 项目实施过程中还面临国际政治、碳市场和方法学取消的风险。PCDM 项目与常规 CDM 项目相比，项目寿期更长。项目寿期延长虽然有利于 CPA 的添加，但同时也使 PCDM 面临更大的时间风险。因为，在这么长的时间跨度里，将面临国际气候谈判、碳市场波动和方法学的取消等风险，许多不确定的因素都会影响 PCDM 项目的实施。

第三，某个 CPA 出现问题，可能影响整个规划方案的实施。根据 EB 规定，如果相关指定的国家主管机构或者 EB 成员发现一个 CPA 有问题，将影响整个规划方案的实施。因而，规划方案的规模不宜过大，添加 CPA 也须谨慎。否则，承担的风险就非常大。

205. DOE 如何看待 PCDM 项目？

DOE 目前对 PCDM 项目一般持谨慎态度，没有表现出较高的热情，主要有两方面的原因。

一是现有规则中的惩罚机制过于苛刻。根据 EB 第 32 次会议确立的规则，一个 CPA 有问题有可能导致整个 PCDM 项目的失败。并且，如果证实一个已加入 CPA 存在问题，DOE 须在 30 天内弥补该 CPA 签发的 CERs。可见，DOE 承担的责任和风险加大。

二是 PCDM 项目包括众多的小型减排活动，核查核证的过程非常繁琐，需要投入的工作量大，监测也很困难。

鉴于此，DOE 一般 PCDM 项目的认证持谨慎态度，然而，DOE 也是经营实体，只要认证费用足够高，能够弥补其风险和投入的工作量，DOE 也将转变对 PCDM 的态度。

206. 买家如何看到 PCDM 项目？

从目前来看，买家对 PCDM 项目的态度可以概括为：热情关注、谨慎出手。一方面，许多买家认为 PCDM 的单个项目可以产生大量的 CERs，具有规模效应，符合买家的利益倾向；另一方面，很多买家，尤其是政府买家，认可 PCDM 项目的可持续发展效益，认为 PCDM 项目具有较高的质量。因而，很多买家对 PCDM 项目表现出较大的兴趣，但同时，如前所述，PCDM 项目面临较大的风险，尤其是目前尚未成功注册的案例，买家一般对购买 PCDM 项目的 CERs 持谨慎的态度。相信随着 PCDM 项目的成功注册，买家将对这类项目表现出更大的热情。

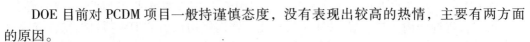

附　件

附件一　《电力工程技术改造项目经济评价暂行办法（试行）》（节选）*

《电力工程技术改造项目经济评价暂行办法（试行）》（节选）

1.6　经济评价应遵守效益与费用计算范围相一致的原则，既要防止疏漏，又要防止重复和扩大计算范围。

1.7　电力技改项目经济评价以动态分析为主，静态分析为辅。计算期包括改造期和生产期。起始年从工程开始施工算起，不包括前期及文件准备时间。改造期按施工组织设计确定；生产期参照项目主要设备经济服务期限或折旧年限确定。

1.8　电力技改项目经济评价主要考察项目为企业整体所创造的新增经济效益和新增费用以及从国家整体角度考虑所产生的新增效益和新增费用。新增经济效益和费用原则上宜采用"有无对比法"进行计算，计算改造与不改造相对应的增量效益和增量费用（本办法以后所见新增一词，均为增量概念），从而计算增量部分的评价指标。必要时，也可计算改造后的有关指标。

1.9　增量经营成本的测算应反映出改造与不改造两种情况的差别。对于与技术改造项目有关的设备的运行和维护费用，应根据设备运行变化情况分析确定。必要时，还应考虑改造期间的停产损失和计算期内设备更新所需要的追加投资。

1.10　电力技改项目的资金来源主要由自有资金，银行贷款以及其他各种资金来源组成。电力技改项目资本金的比例应不低于项目总投资的20%。

1.11　社会折现率和电力工业财务基准收益率是进行国民经济评价和财务评价的重要参数。社会折现率由国家统一测定发布，现为12%；电力工业财务基准收益率暂定为：全部投资的8%或资本金的10%。当项目的财务内部收益率和经济内部收益率分别大于或等于相应的财务基准收益率和社会折现率时，则项目财务上可行，经济上合理。

1.12　根据电力工程技术改造的特点，电力技改项目的效益划分为直接效益和间接效益两大类。可以用货币单位直接度量的效益，称之为直接效益；不能或难以用货币单位直接度量的效益，称之为间接效益。直接效益为主的项目可只进行财务评价。间接效益为主的项目除进行财务评价外，还应进行国民经济评价，计算经济内部收益率、经济净现值，并采用费用—效用法计算单位效用费用。

1.13　间接效益项目的费用—效用比值，一般应不低于当地同类的项目的人一年的平均水平。要尽可能地对间接效益进行定量分析。

附

件

＊　国家电力公司发输电运营部．2002．电力工程技术改造项目经济评价暂行办法（试行）．北京：中国电力出版社

1.14　承担项目可行性研究的单位应切实保证评价的科学性，公正性的可靠性。

1.15　本办法主要适用于国家电力公司系统的发电、输电、变电限额以上技术改造项目，限额以下项目也可参照执行。

1.16　电力技改项目经济评价除应执行本《暂行规定》外，还应符合国家及电力行业现行的其他有关标准和规定。

附件二 《小水电建设项目经济评价规程》及条文说明

（一）《小水电建设项目经济评价规程》

中华人民共和国行业标准

小水电建设项目经济评价规程

Economic Evaluation Code for Small Hydropower Projects

SL16-95

主编单位：水利部农村电气化研究所
批准部门：中华人民共和国水利部

1995-06-02 发布　　　　　　　　　　　　　　　　　1995-07-01 实施

中华人民共和国水利部

关于发布《小水电建设项目经济评价规程》（SL16—95）修订版的通知

水电 [1995] 186 号

由水利部杭州农村电气化研究所修订的《小水电建设项目经济评价规程》（SL16—95）修订版，经审查，现予以颁布。

该标准修订版从 1995 年 7 月 1 日起实施。实施过程中如发现问题，请及时反映给主编单位。该标准由水利部水电及农村电气化司负责解释。

由中国水利水电出版社出版发行。

一九九五年六月二日

目　次

1　总　　则

1.1　为实现小水电建设项目决策的科学化、民主化，促进小水电事业的发展，根据国家计委《建设项目经济评价方法与参数》中的规定，结合小水电特点，特制定本规程。

1.2　小水电建设项目的经济评价，是指装机容量 25 000kW 以下电站和其配套电网的新建、改建、扩建、复建、更新改造项目，以及主要由中小水电站网供电的县级农村电气化规划的经济评价。农村水电地区 50 000kW 及以下容量的中型电站可参照执行。

1.3　本规程适用于小水电建设项目（以下简称建设项目）的可行性研究、初步设计及相应县级农村电气化规划等文件和报告中的经济评价。

经济评价是建设项目规划、设计文件的重要组成部分，没有进行经济评价的规划、设计文件，主管部门（单位）不予审批。

装机容量较小的水电站和规划（达标）期较短的农村电气化规划项目，允许采用适当的简化方法进行经济评价，简化方法见附录 A。

1.4　建设项目的经济评价分财务评价与国民经济评价。

1.4.1　财务评价的目的是在国家现行财税制度和价格的条件下，考察建设项目的财务可行性。

1.4.2　国民经济评价的目的是从综合平衡角度，分析评价建设项目对国民经济发展的贡献，以判别建设项目的经济合理性。

1.5　建设项目经济评价的判别条件如下。

1.5.1　财务评价和国民经济评价的成果均可行，则建设项目经济评价可行。

1.5.2　财务评价和国民经济评价均不可行或财务评价可行而国民经济评价不合理时，则建设项目经济评价不可行。

1.5.3　国民经济评价合理而财务评价不可行时，可向国家和主管部门提出采取优惠政策的建议，如通过反推可行的电价，提出调整电价的方案或给以低息贷款的建议等，使建设项目符合财务可行性条件。

1.6　建设项目经济评价应严格遵守费用与效益（投入与产出）计算口径对应的原则。

财务评价时投入与产出均用现行价格体系为基础的预测价格，即要考虑工程筹备期和建设期物价上涨因素。

国民经济评价时其投入产出均用影子价格。

小水电建设项目经济评价应以动态分析为主，辅以某些静态指标。

1.7　小水电建设项目经济评价的计算期包括建设期、投产期和生产期。

1.7.1　建设期：自建设项目动工兴建到开始生产前为止。

1.7.2　投产期：自建设项目开始生产到形成全部生产能力前为止。

1.7.3　生产期：自建设项目形成全部生产能力开始算起，一般采用 20 年计算。

1.7.4　计算期的时间基准点定在建设期的第一年初。

1.8　利用外资的项目，按国家计委颁发的《建设项目经济评价方法与参数》的要求和原则，参照本规程的计算方法和参数进行评价。

1.9 小水电建设项目经济评价中的主要参数（影子价格、社会折现率等），应采用国家计委同期颁发的参数，当国家计委调整参数时，本规程应作相应调整。

2 费用计算

2.1 建设项目的投资是指达到设计效益时所需要的全部支出费用，应包括以下各项：

（1）主体工程、附属工程和临建工程的投资。

（2）配套工程（含输变电配套和水源配套工程）的投资。

（3）开发性移民工程投资和淹没、浸没、挖压占地、移民迁建所需费用。

（4）处理工程的不利影响，保护或改善生态环境的费用。

（5）勘测、规划、设计、试验等前期工作费用。

（6）预备费。

（7）其他费用。

2.2 建设项目经济评价中投资计算应满足如下要求。

2.2.1 财务评价时采用的固定资产投资应为该建设项目规划设计文件提供的概（估）算中的静态投资和价差预备费之和。

2.2.2 国民经济评价时采用的计算投资，应将建设项目的财务投资按其材料、设备、工资等项目所占投资比例及其各自的影子价格进行调整计算。资料不足或确定影子价格有困难时也可按当地设备和材料的市场价计算。

2.2.3 发供电统一计算的建设项目，应计入电站和输、变、配电设施的投资。只发不供建设项目的投资为电站和联网工程的投资。

2.3 发电总成本包括年运行费、折旧费、摊销费和利息支出。其中摊销费包括无形资产和递延资产分期摊销。年运行费是指建设项目每年支付的运行管理费，包括发电成本中的修理费、工资及福利费、水费和其他费用，再加供电年运行费。

2.3.1 财务评价中建设项目运行费的计算方法：

（1）根据已建同类工程统计资料分项对比分析确定，但应按定员定编标准确定职工人数和工资，并对其他各单项费用定额计入价格实际变动的影响。

（2）也可按建设项目发电年运行费的构成，分项计算。计算方法见附录 B。

2.3.2 供电年运行费可按上一年县电网单位供电年运行费乘本项目售电量计算。

2.3.3 国民经济评价中的年运行费，以财务评价的年运行费为基础，用国民经济评价投资与财务评价投资的比率调整。

2.4 财务评价中应按政策规定和实际情况计入税金及附加和保险金。

国民经济评价中不计入税金及附加和保险金。

2.5 建设项目的折旧费按财政部的有关规定以分项设施折旧率计算。成本计算见附录 B。

2.6 多目标综合开发建设项目的费用分摊原则。

2.6.1 小水电开发为主兼有水利开发，且水利设施增加的费用和相应的效益均较小，费用不作分摊，全部计入小水电建设项目。

2.6.2 以水利开发为主兼有小水电开发时，小水电按收益比例分摊共用设施的投资。

2.6.3 小水电开发和水利开发各占相当比重时，应进行合理的费用分摊。

2.7 多目标综合开发项目的工程投资一般分为四类。

2.7.1 各受益部门的共用设施（如大坝、溢洪设施、淹没迁建等）的投资属共用投资。

2.7.2 为补偿项目的不利影响（如环保、船闸、鱼梯、筏道等）所需的投资。其中，为维持开发前水平的部分属"共用投资"；增加效益提高水平所增加部分，属受益部门的"专用投资"。

2.7.3 虽为某一部门受益，但可替代部分共用设施的工程（如河床式电站的挡水厂房代替该段大坝）所需的投资，"其中替代共用设施部分的投资属"共用投资"。其余部分为"专用投资"。

2.7.4　各受益部门所需的专用设施的投资属专用投资。

2.8　共用投资可按下述方法分摊。

2.8.1　按各受益部门占用的实物量指标（如库容、水量等）比例分摊。

2.8.2　按各受益部门获得效益的比例分摊。

2.8.3　按受益部门等效益最优替代方案投资的比例分摊。

2.8.4　其他合理的分摊办法。

2.9　各受益部门承担的投资份额为分摊共用投资与本部门专用投资（或可分离投资）之和。计算结果可从下列方面作合理性检查。

2.9.1　任何一个受益部门所承担的投资，应不大于本部门举办等效最优替代工程的投资。

2.9.2　各受益部门所承担的投资应不小于可分离投资。

2.9.3　各受益部门所承担的投资必须具有合理的经济效果。

经过合理性检查，如发现分摊结果未尽合理，可进行适当调整，直至合理为止。

2.10　年运行费及折旧费的分摊，比照上述原则和方法进行。各受益部门应承担的份额也可采用分摊后的投资按统一的年运行费率和折旧率进行折算。

3　效益计算

3.1　建设项目的效益分经济效益、社会效益和环境效益。

3.1.1　建设项目的经济效益包括发供电效益、综合利用效益和多种经营效益，上述效益必须按货币量作定量计算，称为收益。

3.1.2　建设项目的社会效益和环境效益应尽可能作定量计算，不能进行定量计算的必须作定性描述，具体内容见附录 C。

3.2　建设项目的发供电收益，按以下情况计算。

3.2.1　建设项目为发、供电统一核算单位时，计算式为

$$售电收益 = 有效电量 \times (1 - 厂用电率) \times (1 - 网损率) \times 计算电价 \qquad (3.2.1)$$

式中　有效电量——通过系统负荷预测、系统电力电量平衡、计入设备检修及设备事故率因素，计算出可为用户或系统利用的发电量；

厂用电率——根据建设项目的具体情况计算或参照类似工程的统计资料分析确定；

网损率——根据本县电网当年实际综合网损率，适当考虑在建设期间改进管理工作、减少网损等因素确定。

3.2.2　只发不供的建设项目，计算式为

$$发电收益 = 有效电量 \times (1 - 厂用电率) \times 计算电价 \qquad (3.2.2)$$

当电站联网有线路工程时，有效电量应减去相应网损电量。

3.3　计算电价规定如下。

3.3.1　在财务评价中，发、供电统一核算的建设项目，其计算电价，应采用"新电新价"的售电价，或采用满足还贷条件反推的售电价。

对只发不供的电站项目，其计算电价为向电网售电的"新电新价"（当实行丰枯、峰谷不同电价时采用综合售电价），或采用满足还贷条件反推的售电价（上网电价）。

反推电价应按具体贷款方式、利率、比重进行计算，并据此提出现实可行的电价方案。

3.3.2　在国民经济评价中，计算电价采用当地电网的影子电价，其计算方法见附录 D。

对于只发不供的电站项目，计算电价应调整为上网的影子电价。

3.4　允许采用简化方法计算的建设项目，其有效电量可按下式估算

$$有效电量 = 设计发电量 \times 有效电量系数 \qquad (3.4)$$

有效电量系数可按表 3.4 选用。

表 3.4 有效电量系数表

电站类别	有效电量系数 a
1. 年或多年调节的联网电站	0.95 ~ 1.00
2. 季调节的联网电站	0.90 ~ 0.95
3. 月、周、日调节及无调节的联网电站:	
电网同意吸收丰水期及夜间电能时	0.80 ~ 0.90
电网限制丰水期及夜间电能时	0.70 ~ 0.80
4. 独立运行的日调节及无调节的电站	0.60 ~ 0.70

3.5 建设项目的综合经营收益,应根据投入与产出对口的原则,进行分析计算。

3.6 多目标综合开发项目的收益,如防洪、灌溉、航运、水产等应参照有关专业规范计算。

4 财 务 评 价

4.1 建设项目的财务评价,以财务内部收益率及固定资产投资贷款偿还期为主要指标,以财务净现值、财务净现值率、投资利润率、投资利税率及静态投资回收期为辅助指标。并应计算单位千瓦投资,单位电能投资,单位电能成本等技术经济指标。

4.2 财务评价使用的基本报表为:财务现金流量表、成本利润表、资金来源与运用表、借款还本付息表和资产负债表。

基本报表 1 为财务现金流量表,该表反映建设项目计算期内各年的现金收支,以便计算动态及静态评价指标和进行项目盈利分析。该表假定全部投资为自有资金,用以计算项目的财务内部收益率、财务净现值、财务净现值率及投资回收期等评价指标。

基本报表 1　务现金流量表　　　　　单位:万元

序号	项目	建设起点	建设期		投产期		生产期			合计
			1	2	3	4	5	6…	n	
	年末装机容量(kW)									
	年有效发电量(万 kW·h)									
	年供电量(万 kW·h)									
	年售电量(万 kW·h)									
1.	现金流入									
1-1	销售收入									
1-2	回收固定资产余值									
1-3	其他									
	流入小计									
2.	现金流出									
2-1	固定资产投资									
2-2	年运行费(经营成本)									
2-3	销售税金及附加									
2-4	所得税									
	流出小计									

附
件

序号	项目	建设起点	建设期		投产期		生产期			合计
			1	2	3	4	5	6…	n	
3.	所得税后净现金流量									
4.	所得税后累计净现金流量									
5.	所得税前净现金流量									
6.	所得税前累计净现金流量									
（1）	指标计算									
	财务净现值									
	折现系数（$I_c = 10\%$）									
	净现值									
（2）	财务内部收益率									
	折现系数（i = ）									
	净现值									
（3）	折现系数（i = ）									
	净现值									
	静态投资回收期（年）									

基本报表 2 为成本利润表，用以计算建设项目在计算期内各年的成本利润额，所得税及税后利润的分配情况，并计算投资利润率，投资利税率和资本金利润率等指标。

基本报表 2 成本利润表 单位：万元

序号	项目	投产期		生产期			合计
		3	4	5	6…	n	
	年末装机容量（kW）						
1.	销售收入 其中：其他收入						
2.	售电总成本						
2－1	发电总成本						
2－1－1	水费						
2－1－2	修理费						
2－1－3	工资及福利费						
2－1－4	其它费用						
2－1－5	摊销费						
2－1－6	发电年折旧费						
2－1－7	利息支出						
2－2	供电总成本						

清洁发展机制
项目开发百问百答

序号	项目	投产期		生产期			合计
		3	4	5	6…	n	
2-2-1	供电经营成本						
2-2-2	供电年折旧费						
2-2-3	利息支出						
2-2-4	其他支出						
3.	税金及附加						
3-1	增值税						
3-2	教育费附加						
3-3	城市维护建设税						
4.	销售利润						
5.	所得税						
6.	可分配利润						
6-1	盈余公积、公益金（可分配利润×10%）						
6-2	应付利润（资本金×5%）						
6-3	未分配利润（还贷利润）						
	累计未分配利润						
7.	成本指标						
7-1	发电单位成本［元/（kW·h）］						
7-2	售电单位成本［元/（kW·h）］						
7-3	供电单位成本［元/（kW·h）］						
7-4	售电经营成本（扣除折旧费）［元/(kW·h)］						

基本报表3为资金来源与运用表，根据项目的具体财务条件，测算计算期内各年的资金盈余或短缺情况，选择资金筹措方案，制定贷款偿还计划。

基本报表3　资金来源与运用表　　　　　　　　　单位：万元

序号	项目	建设起点	建设期		投产期		生产期			合计
			1	2	3	4	5	6…	n	
1.	资金来源									
1-1	销售利润									
1-2	折旧费									
1-3	摊销费									
1-4	固定资产投资来源									
1-4-1	自筹资金									
1-4-2	上级拨款									

序号	项目	建设起点	建设期		投产期		生产期			合计
			1	2	3	4	5	6…	n	
1－4－3	政府借款									
1－4－4	银行贷款									
1－5	回收固定资产余值									
	资金来源小计									
2.	资金运用									
2－1	固定资产投资									
2－2	建设期借款利息									
2－3	所得税									
2－4	应付利润									
2－5	提取公积、公益金									
2－6	借款本金偿还									
	资金运用小计									
3.	盈余资金									
4.	累计盈余资金									

基本报表 4 为借款还本付息表，根据还贷资金来源，具体编排还贷资金计划。

基本报表 4　借款还本付息表　　　　单位：万元

序号	项目	合计	建设期		投产期		生产期		
			1	2	3	4	5	6…	n
1.	借款及还本付息								
1－1	年初借款本息累计								
1－1－1	本金								
1－1－2	利息								
1－2	本年借款								
1－3	本年应计利息								
1－4	本年还本付息								
2.	偿还借款的资金来源								
2－1	还贷利润								
2－2	还贷折旧								
2－3	还贷摊销								
2－4	计入成本的利息支出								
2－5	其他资金								
	来源小计								

基本报表 5 为资产负债表，用以反映建设项目在计算期内各年末资产、负债和所有者权益的增减变化及对应关系，以考察项目资产、负债、所有者权益的结构情况，用以计算资产负债率等指标，进行清偿能力分析。

清洁发展机制 项目开发百问百答

基本报表5　资产负债表　　　　　　　　　　　　　单位：万元

序号	项目	建设起点	建设期		投产期		生产期			合计
			1	2	3	4	5	6…	n	
1.	资产									
1－1	流动资产总值									
1－1－1	流动资产									
1－1－2	累计盈余资金									
1－2	在建工程									
1－3	固定资产净值									
1－4	无形及递延资产净值									
2.	负债及所有者权益									
2－1	流动负债总额									
2－2	长期负债									
	负合计［(2－1)＋(2－2)］									
2－3	所有者权益									
2－3－1	资本金									
2－3－2	资本公积金									
2－3－3	累计盈余公积金与公益金									
2－3－4	累计未分配利润									

计算指标：资产负债（%）［(2－1)＋(2－2)］/1

4.3　财务内部收益率（FIRR）是指计算期内各年净现金流量累计现值等于零的折现率，其表达式为

$$\sum_{t=1}^{n}(CI-CO)_t(1+FIRR)^{-t}=0 \qquad (4.3)$$

式中　CI——现金流入量；

　　　CO——现金流出量；

　　　$(CI-CO)_t$——第 t 年的净现金流量；

　　　n——计算期。

在财务评价中，求出的财务内部收益率（FIRR）大于或等于小水电财务基准收益率（I_c）时，即认为建设项目财务评价可行。

小水电财务基准收益率（I_c）定为 10%。

4.4　建设项目固定资产投资贷款偿还期是指在国家有关财务制度的规定和项目具体条件下，可利用建设项目的可分配利润和折旧摊销费的大部分（如90%）及其他可以利用还贷的资金还清贷款所需的年限，由基本报表3和基本报表4逐年计算，并计算出各项贷款的偿还期。

4.5　财务净现值（FNPV）和财务净现值率（FNPVR）是衡量计算期内盈利能力的动态指标，其表达式为：

$$FNPV=\sum_{t=1}^{n}(CI-CO)_t(1+I_c)^{-t} \qquad (4.5-1)$$

$$FNPVR = FNPV/I_p \tag{4.5-2}$$

$$I_p = \sum_{t=1}^{m} I_t (1 + I_c)^{-t} \tag{4.5-3}$$

式中　I_p——投资的现值，计算基准点为建设期第一年初；

$\quad\quad m$——施工期（含建设期和投产期）；

$\quad\quad I_t$——第 t 年的财务投资。

计算出的财务净现值和财务净现值率应大于或等于零。

4.6　投资利润率和投资利税率是指项目达到设计生产能力后的正常年份利润额和利税额对总投资的比率。

4.7　静态投资回收期是以项目的净收益累计等于全部投资所需的时间，自建设年开始计算，并同时注明自生产期开始计算所需的年数。

4.8　资产负债率是反映建设项目财务风险程度和偿还债务能力的指标。

$$资产负债率 = 负债合计/资产合计 \tag{4.8-1}$$

$$资产合计 = 负债合计 + 权益合计 \tag{4.8-2}$$

5　国民经济评价

5.1　建设项目的国民经济评价以经济内部收益率（EIRR）为主要指标；以经济净现值（ENPV）及经济净现值率（ENPVR）为辅助指标。

5.2　国民经济评价的基本报表为国民经济效益费用流量表。

基本报表6为国民经济效益费用流量表，以国民经济投资为计算基础，用以计算经济内部收益率、经济净现值、经济净现值率等评价指标。

基本报表6　国民经济效益费用流量表　　　　　　　　　单位：万元

序号	项目	建设起点	建设期		投产期		生产期			合计
			1	2	3	4	5	6…	n	
	年末装机容量（kW）									
	年有效发电量（万 kW·h）									
	年供电量（万 kW·h）									
	年售电量（万 kW·h）									
1.	效益流量									
1－1	销售收益									
1－2	回收固定资产余值									
1－3	其他									
	流入小计									
2.	费用流量									
2－1	固定资产投资									
2－2	年运行费（经营成本）									
2－3	其他费用									
	流出小计									
3.	净效益流量									
4.	累计净效益流量									

序号	项目	建设起点	建设期		投产期		生产期			合计
			1	2	3	4	5	6…	n	
(1)	指标计算									
	经济净现值									
	折现系数（$I_s = 12\%$）									
	净现值									
(2)	经济内部收益率									
	折现系数（i = ）									
	净现值									
	折现系数（i = ）									
	净现值									

5.3 经济内部收益率（EIRR）是计算期内各年经济净效益流量累计现值等于零的折现率，是反映建设项目对促进国民经济发展的相对评价指标，其表达式为：

$$\sum_{t=1}^{n}(B - C)_t(1 + \text{EIRR})^{-t} = 0 \tag{5.3}$$

式中　B——经济效益流入量；

　　　C——经济费用流出量；

　　　$(B - C)_t$——第 t 年的（经济）净效益流量；

　　　n——计算期。

国民经济评价中求出的经济内部收益率大于或等于社会折现率（I_s）时，即认为经济评价可行。小水电建设项目的社会折现率（I_s）定为 12%。

5.4 国民经济评价中各项效益及费用的计算，以财务评价的计算结果为依据，按照影子价格与现行价格的差别进行调整。投资部分先调整总投资，然后按与总投资相同的调整系数调整各年度投资。初步设计阶段亦可根据实际情况分别调整。年运行费亦作相同调整。

5.5 国民经济评价中的发供电收益计算，应按照"按质论价"的原则，对不同时期和时段的电能，采用不同的计算电价计算，具体计算见附录 D。

5.6 经济净现值（ENPV）是按社会折现率将计算期内净效益流量折算到建设期初的现值之和。经济净现值率（ENPVR）是单位投资现值的净现值。其表达式为

$$\text{ENPV} = \sum_{t=1}^{n}(B - C)_t(1 + I_s)^{-t} \tag{5.6-1}$$

$$\text{ENPVR} = \text{ENPV}/I_p \tag{5.6-2}$$

$$I_p = \sum_{t=1}^{m}I_t(1 + I_c)^{-t} \tag{5.6-3}$$

式中　I_p——国民经济投资现值；

　　　I_t——第 t 年的经济投资。

计算出的经济净现值和经济净现值率应大于或等于零。

6 不确定性分析

6.1 建设项目的经济评价应作不确定性分析。小水电建设项目的不确定性分析以敏感性分析为主，有条件时可进行风险（概率）分析。

6.2 敏感性分析的指标作如下规定。

附
件

6.2.1 主要敏感因素及变化幅度：

（1）建设项目投资为 ±10% ～ ±20%；

（2）建设项目收益为 ±10% ～ ±20%。

6.2.2 敏感性分析只作单因素变化对内部收益率的影响分析。

6.3 敏感性分析结果以敏感性分析图表达，其纵坐标为内部收益率，横坐标为不确定因素变化率。同时还应标出未考虑变动时的评价指标和允许的评价指标临界值。

6.4 风险（概率）分析是将各评价因素的变化作为随机因素，分析单因素或多因素变化时，对评价指标的影响，求出评价指标的概率分布，以便更全面反映评价指标的变化情况，从而得出明确的可靠性或风险概率。

风险（概率）分析可只在财务评价时对净现值作分析，具体计算方法见附录 E。

7 方案比较方法

7.1 建设项目的方案比较是优化决策的重要手段，应对建设项目的各种方案进行筛选，对筛选出的几个方案进行经济评价，以便于作出决策。方案比较通过国民经济评价确定。在不会与国民经济评价结果发生矛盾时，也可通过财务评价确定。

7.2 方案比较应注意保持各个方案的可比性。在方案比较中，可按各个方案的全部投入和全部产出作全面比较；也可按影响方案抉择的不同因素计算相对的差值，进行局部比较。

7.3 方案比较宜采用净现值法或差额投资内部收益率法。

7.3.1 净现值法：应用净现值法比较时，应选净现值大的方案。

7.3.2 差额投资内部收益率法：差额投资内部收益率是两个方案各年净现金流量差额现值之和等于零的折现率，其表达式为

$$\sum_{t=1}^{n} \left[(B-C)_2 - (B-C)_1 \right]_t (1 + \Delta IRR)^{-t} = 0 \qquad (7.3\text{-}2)$$

式中 $(B-C)_1$——投资小的方案的年净效益流量；

$(B-C)_2$——投资大的方案的年净效益流量；

ΔIRR——差额投资经济内部收益率。

若差额投资经济内部收益率 ΔIRR 大于或等于社会折现率 (I_s)，应选投资大的方案，反之，应选投资小的方案。

7.4 当比较方案的效益相同或基本相同时，可采用最小费用现值法确定。

费用现值 (P_w) 的表达式为

$$P_w = \sum_{t=1}^{n} (I + C - S_v)_t (1 + I_s)^{-t} \qquad (7.4)$$

式中 I——投资；

C——年运行费（经营成本）；

S_v——计算期末回收固定资产余值；

I_s——社会折现率。

比较方案应选费用现值最小的方案。

7.5 方案比较不仅应计算经济评价指标，还应对社会效益、环境效益作出定量或定性分析。

8 改建、扩建、复建、更新改造项目与农村电气化规划经济评价

8.1 改建、扩建、复建及更新改造项目与新建项目相比具有一定的特殊性。

（1）效益表现为：如扩大工作容量、增加发电量、提高电能质量、合理利用水利资源、提高装备水平、改善劳动条件或降低劳动强度等。

（2）费用表现为：除新增投资外，还应包括原有固定资产的拆除费和由于改、扩建建设带来的

停产或减产损失。

进行上述项目的经济评价应计入以上各项费用和效益。

8.2 改建、扩建与更新改造项目的经济评价可用"有无对比法"，即计算改、扩建与不改、不扩建相对应的增量费用与增量收益和增量部分的评价指标。

8.3 增量收益可按以下情况区别计算。

8.3.1 能和原收益分开计算的，应单独计算改、扩建和更新改造部分的新增收益。扩建机组、增加水源或扩建调节水量工程是新增原来设备未能利用的水能资源收益，原有设备、设施的收益不得转嫁给新设备、新工程。

8.3.2 和原收益难以分开计算的项目，其增量收益可按项目建设前后整体项目收益的差额值计算。

8.3.3 不增加电量只降低生产成本的更新改造项目，其增加的收益为成本节约额。

8.3.4 不增加电量只提高调节性能及供电质量的更新改造项目，其增量收益为实行峰谷、丰枯电价的收益与原电价收益的差额。

8.3.5 可增加下游已建或在建电站收益的水源改、扩建项目，国民经济评价可将下游电站增加的收益进行合理分摊，分摊有困难时可将其50%计入改、扩建项目的增量收益，财务评价按实际情况计算。

8.3.6 改善劳动条件或降低劳动强度等的更新改造项目，或兼有上述效益的改、扩建项目可作定性描述。

8.3.7 停建后复建项目的增量收益与新建项目收益相同，但应将原有工程可利用的固定资产重新估价，计入投资中。

8.4 县级农村电气化规划，可将规划范围内的发、供电设施视为一个扩建工程进行计算。其规划基准年和达到电气化规划标准（达标）年之间的年数为规划（建设）期，其经济评价按下列原则进行。

8.4.1 按增量费用与增量收益对应的原则计算。

8.4.2 以规划基准年的发、供电收益为基数，逐年计算规划期内的新增收益，以达标年的收益与基准年的收益之差为最终设计增量收益。

8.4.3 与规划期内新增收益有关的发、供电项目投资均纳入费用计算。规划期前的在建项目在规划期投产，其规划前的投资纳入费用计算；在规划期内兴建而达标年之后才能发挥效益的建设项目，其投资不纳入费用计算。

8.4.4 在规划期内县外电源补充供电的新增收益，只计算供电环节分摊的收益。

8.4.5 电网建设中的0.4kV低压线路及其用电设施的投资不纳入费用计算。

8.4.6 对规划（达标）期不大于3年的农村电气化规划项目，可适当简化。

9 小水电联合企业项目的经济评价

9.1 小型水电站及与其统一核算的其他企业（如"载电体"工业），称为小水电联合企业项目。联合企业项目应作为单一的建设项目，将水电站与其他企业联为一体，进行经济评价。

9.2 小水电联合企业的用电，视为自发自用，纳入厂用电项内。

9.3 小水电联合企业的费用为水电站及其他企业费用的总和。其收益为对企业外部售电收益与其他企业产品销售收益之和。计算其他企业费用与收益时，除应遵照本规定外，还应参照有关行业的规定执行。

9.4 小水电联合企业的财务评价基准收益率（I_c）定为10%，社会折现率（I_s）定为12%。

9.5 小水电联合企业应作包括盈亏平衡分析在内的不确定性分析。盈亏平衡分析按国家计委颁布的《建设项目经济评价方法与参数》规定进行。

附录 A 经济评价的简化方法

（补充件）

A1 为了简化评价计算工作量并便于基层掌握应用，对容量较小的小水电建设项目和规划期较短的农村电气化规划项目允许用简化方法进行评价。应用简化方法进行经济评价的小水电建设项目应具备以下条件。

（1）总装机容量在 6000kW 以下；

（2）施工期不长于三年；

（3）全部机组投产期在一年以内。

A2 简化评价方法的主要简化内容为：

（1）假定投资在施工期内各年末均匀投入；

（2）施工期末即可达到设计生产能力，投产后年运行费及年效益均视为常数；

（3）还贷资金可按未分配利润额和折旧费的某一比率计算。

A3 简化评价方法中财务评价主要指标是财务内部收益率、固定资产投资贷款偿还期，辅助指标是财务净现值和财务净现值率，当计算的财务内部收益率与贷款偿还期同时满足要求时，财务评价才认为可行。

简化公式中的投资、年收益、年运行费、税金及附加等的计算方法按《规程》有关条款进行。

A3.1 财务内部收益率（FIRR）的简化计算式为：

$$\frac{\left[(1+FIRR)^m - 1\right](1+FIRR)^{n-m} - \frac{m}{I}S_v(FIRR)}{(1+FIRR)^{n-m} - 1} = \frac{m}{I}(B - C - T) \qquad (A3.1)$$

式中 m——施工期（年）；

       I——项目投资；

       B——项目年收益；

       C——年运行费；

       T——应交纳的税金及附加；

       n——计算期（年）；

       S_v——计算期末回收固定资产余值。

若 $FIRR \geq I_c = 10\%$，则财务评价可行。

A3.2 固定资产投资贷款偿还期（P_d）的简化计算公式为

$$P_d = \frac{1}{\ln(1+i)}\ln\frac{mA(1+i)^m}{mA - I_d\left[(1+i)^m - 1\right]} \qquad (A3.2)$$

式中 P_d——开工起算的贷款偿还期；

       i——贷款综合利率；

       I_d——总贷款额；

       A——年还贷资金。

计算的固定资产投资贷款偿还期应满足银行要求。

A3.3 财务净现值（FNPV）及财务净现值率（FNPVR）的简化计算式为：

$$FNPV = (B - C - T)\frac{(1+I_c)^{n-m} - 1}{I_c}\frac{1}{(1+I_c)^n} - \frac{I}{m}\frac{(1+I_c)^m - 1}{I_c}\frac{1}{(1+I_c)^m} + S_v\frac{1}{(1+I_c)^n} \qquad (A3.3-1)$$

$$FNPVR = FNPV\left/\frac{I}{m}\frac{(1+I_c)^m - 1}{I_c}\frac{1}{(1+I_c)^m}\right. \qquad (A3.3-2)$$

财务净现值和净现值率应大于或等于零。

A4　财务评价中，若固定资产投资贷款偿还期不满足银行规定要求时，则应计算其"反推电价"，反推电价的简化计算式为：

$$S = \frac{\dfrac{I_d}{m}\dfrac{\left[(1+i)^m - 1\right](1+i)^{P_d-m}}{(1+i)^{P_d-m}-1} + 0.67a_p(C+D) - a_d D}{0.67a_d E_q(1-\zeta)(1-\eta)} \tag{A4}$$

式中：S——反推电价；

$\quad a_p$——利润还贷因子，指还贷利润与 67% 利润总额的比值；

$\quad E_q$——有效电量；

$\quad a_d$——可用于还贷折旧费与折旧费总额的比值，称为折旧还贷因子；

$\quad \zeta$——税率，指不包括所得税的其他税金及附加占售电收益的比率；

$\quad \eta$——厂用电与网损率。

A5　简化评价方法中国民经济评价的费用和收益的调整方法按《规程》有关条款进行。

A6　国民经济评价的主要指标是经济内部收益率，辅助指标是经济净现值和经济净现值率。

A6.1　经济内部收益率（EIRR）的简化计算式为

$$\frac{\left[(1+\text{EIRR})^m - 1\right](1+\text{EIRR})^{n-m} - \dfrac{m}{I}S_V(\text{EIRR})}{(1+\text{EIRR})^{n-m}-1} = \frac{m}{I}(B-C) \tag{A6.1}$$

若 $\text{EIRR} \geq I_s = 12\%$，则经济评价可行。

A6.2　经济净现值（ENPV）及经济净现值率（ENPVR）的简化计算式为

$$\text{ENPV} = (B-C)\frac{(1+I_s)^{n-m}-1}{I_s(1+I_s)^n} - \frac{I}{m}\frac{(1+I_s)^m-1}{I_s(1+I_s)^m} + S_V\frac{1}{(1+I_s)^m} \tag{A6.2-1}$$

$$\text{NPVR} = \text{FNPV} \left/ \frac{I}{m}\frac{(1+I_c)^m-1}{I_c(1+I_c)^m} \right. \tag{A6.2-2}$$

计算的经济净现值（ENPV）及经济净现值率（ENPVR）应大于或等于零。

A7　当电站容量小于 1000kW，且在一年内投产，免征所得税时，经济评价方法还可作进一步简化。

A7.1　有关参数的计算表达式简化为：

投资　　　　　$I = Nk_N$；其中贷款 $I_d = qI$

年收益　　　　$B = aNh(1-\eta)S$

年运行费　　　$C = \rho_c \varphi Nk_N$

年折旧费　　　$D = \rho_d \varphi Nk_N$

还贷资金　　　$A = a_p\left[B - (C+D) - T\right] + a_d D$

税金及附加　　$T = \zeta B$

式中　m——施工期，取 $m = 1$；

$\quad n$——计算期，取 $n = 21$；

$\quad N$——电站装机容量（kW）；

$\quad k_N$——单位片千瓦投资（元/kW）；

$\quad h$——装机利用小时；

$\quad S$——计算电价 [元/(kW·h)]；

$\quad a$——有效电量系数，取 $a = 0.7$；

$\quad \eta$——厂用电与网损率，取 $\eta = 10\%$；

$\quad \rho_c$——年运行费率，$\rho_c = 5\%$；

$\quad \varphi$——固定资产形成率，取 $\varphi = 1.0$；

$\quad \rho_d$——综合折旧率，取 $\rho_d = 5\%$；

ζ——税率，取 $\zeta = 6.12\%$；

a_p——利润还贷因子，取 $a_p = 0.90$；

a_d——折旧费还贷因子，取 $a_d = 1.0$；

q——贷款额占投资的比重。

且设计期末回收固定资产余值 $S_V = 0$。

A7.2　经济评价的指标主要有：财务内部收益率、财务净现值和财务净现值率、贷款偿还期和经济内部收益率，将上述各参数简化归纳可得下列各关系式。

（1）财务内部收益率 FIRR 与效益系数 S/k_E 关系式

$$[(FIRR)(1+FIRR)^{20}]/[(1+FIRR)^{20}-1] = 0.59S/k_E - 0.05 \qquad (A7.2\text{-}1)$$

式中　k_E——单位电能投资，元/（kW·h）。

（2）财务净现值与财务净现值率计算式

$$FNPV = \left\{ \left[\frac{(1+I_c)^{20}-1}{I_c\ (1+I_c)^{21}} \right] \left[0.59\frac{S}{k_E} - 0.05 \right] - \frac{1}{(1+I_c)} \right\} I \qquad (A7.2\text{-}2)$$

$$FNPVR = FNPV[(1+I_c)/I] \qquad (A7.2\text{-}3)$$

（3）固定资产投资贷款偿还期 P_d 与效益系数 S/k_E 关系式

$$P_d = \frac{1}{\ln(1+i)} \ln \frac{(0.531S/k_E - 0.04)(1+i)}{0.531S/k_E - 0.04 - qi} \qquad (A7.2\text{-}4)$$

式中　i——贷款综合利率；

　　　S——电价 [元/（kW·h）]。

（4）反推电价计算式：

$$S = k_E \left\{ 0.0753 + 1.883q\frac{i(1+i)^{P_d-1}}{(1+i)^{P_d-1}-1} \right\} \qquad (A7.2\text{-}5)$$

式中　i——贷款综合利率。

（5）经济内部收益率 EIRR 与效益系数 S/k_E 关系式：

$$[(1+EIRR)^{20}(EIRR)]/[(1+EIRR)^{20}-1] = 0.63S/k_E - 0.05 \qquad (A7.2\text{-}6)$$

（6）经济净现值和经济净现值率计算式：

$$ENPV = \left\{ \left[\frac{(1+I_s)^{20}-1}{I_s\ (1+I_s)^{21}} \right] \left[0.59\frac{S}{k_E} - 0.05 \right] - \frac{1}{(1+I_s)} \right\} I \qquad (A7.2\text{-}7)$$

$$ENPVR = ENPV[(1+I_s)/I] \qquad (A7.2\text{-}8)$$

A7.3　财务评价简化计算方法的步骤为：根据规划、设计资料，计算出财务评价的单位电能投资 k_E 和计算电价 S，应用公式（A7.2-1）、（A7.2-2）、（A7.2-3）、（A7.2-4）计算财务内部收益率、财务净现值、财务净现值率及贷款偿还期，将其与基准收益率（$I_c = 10\%$）及规定贷款偿还期（P_d）进行比较，以评价其财务可行性。若财务评价不可行，则应用公式（A7.2-5）反推使财务评价可行的电价，并据此提出调整电价的具体建议。

A7.4　国民经济评价简化计算时，在财务评价基础上，按《规程》要求，以影子价格进行国民经济投资、年运行费和收益的调整，并根据公式（A7.2-6）、（A7.2-7）、（A7.2-8）进行计算。

附录 B　小水电设计成本、利润及还贷资金计算

（补充件）

B1　发、供电统一核算的小水电建设项目，其成本包括发电成本和供电成本，统称售电成本。只发不供的水电站只计算发电成本。统一核算的联合企业除发电成本外，还包括用电企业的成本和贷款利息。根据财政部 1993 年颁发的新的财务制度规定，流动资金贷款利息和未还清的固定资产投

资中贷款的利息均应计入总成本。

B2　发电总成本是指水电站达到设计规模后正常运行年份全部支出的费用，包括折旧费；年运行费、摊销费和利息支出。

$$水电站单位发电成本 = 发电成本/供电量 \qquad (B2\text{-}1)$$
$$水电站供电量 = 有效电量 \times (1 - 厂用电率) \qquad (B2\text{-}2)$$

B3　折旧费是建设项目固定资产在生产过程中磨损、损耗价值的补偿费，应按财政部的规定将建设项目按不同折旧年限的单项工程分项进行折旧计算，相应表达式为：

$$单项工程折旧费 = (单项工程固定资产值 - 净残值)/折旧年限 \qquad (B3)$$

各单项工程折旧费之和，即为建设项目的全部折旧费。

B3.1　固定资产投资及折旧率，均指各单项工程或设备的相应值，各类固定资产折旧年限可参照《水利建设项目经济评价规范》（SL72—94）附录A"水利工程固定资产分类折旧年限的规定"之表选用。固定资产折旧率的计算一般采用

$$年折旧率 = (1 - 预计净残值率)/折旧年限 \qquad (B3.1)$$

预计净残值率按3%~5%确定。

B3.2　按财政部1993年新财务制度的规定，建设项目总投资包括固定资产投资、固定资产投资方向调节税、建设期贷款利息及流动资金。其所形成的资产分为：固定资产、无形资产、递延资产及流动资产，对小水电建设项目，后三项数值不大且在总投资中所占比重较小，一般可不予考虑，计算固定资产时采用的固定资产形成率，在规划及可行性研究阶段其取值为1.0。

B3.3　利息分摊值，是建设项目投资中贷款部分在施工期内的利息，按各单项工程或设备的投资占全部投资的比例，分摊给该单项工程或设备的利息，施工期年利息一律按复利计算。

B4　年运行费包括：工资、福利费、水费、修理费及其他费用等。供电年运行费一般按县电网上一年平均单位供电经营成本，乘本项目售电量求得，抽水蓄能电站还应计入抽水电费。

B4.1　工资是指建设项目全部生产经营人员的工资，包括基本工资、附加工资、工资性津贴等，按定员人数乘年平均工资计算。定员人数按"小水电企业定员定编标准"执行，在标准颁布前，可暂按表B4.1选取。年平均工资按当地电网或电站上年度统计的平均值计算。

表 B4.1　小水电站定员编制参考表

单机容量（kW）		$N < 500$	$500 \leqslant N < 3000$	$3000 \leqslant N < 6000$	$N \geqslant 6000$
类别	台数	人数			
运行人员	1	4~8	8~12	12~16	20~24
	2	8~12	16	16~20	20~24
	3	12~20	24	24~28	28~32
	4	16~24	28~32	28~32	32~36
检修调试人员	1	1~4	5~7	7~9	10~14
	2	2~5	6~9	9~12	12~16
	3	3~6	8~11	11~14	14~18
	4	4~7	9~12	12~25	18~20
管理服务人员	1	≤16	≤16	16~39	16~39
	2				
	3				
	4				

B4.2　职工福利费是指职工公费医疗费用、困难补贴等，按职工工资总额的14%计算。

B4.3　修理费是指项目运行、维修、事故处理等耗用的材料、备品，低值易耗品等费用，还包括原规程中大修理费在各年的分摊值，一般可按固定资产原值的1%取值。

B4.4　不分摊大坝等公用投资的水电站，按当地规定向水库或上游梯级水库缴纳的水费应计入年运行费（经营成本）。

B4.5　其他费用是指不属于以上各项的费用，一般包括办公费、旅差费、科研教育费等，可按下式计算：

$$其他费用 = 装机容量（kW）× 其他费用定额（元/kW） \tag{B4.5}$$

其他费用定额见表 B4.5。

偏僻地区可按表 B4.5 再加 10% ~ 25%。

表 B4.5　其他费用定额

装机容量（kW）	< 500	500 ~ 6000	6000 ~ 12 000	> 12 000
其他费用定额（元/kW）	21.6	21.6 ~ 18	18 ~ 12	12

B4.6　保险费和有关税金及附加应单独计算，并纳入财务评价时的支出费用。

B5　国民经济评价中的年运行费，以财务评价中计算出的年运行费为基数，按投资调整比例进行调整。

B6　供电成本是将水电站的供电量送到用户配电变压器之前所需的输电、变电、配电等全部费用。按下式计算：

$$供电成本 = 售电量 × 单位供电成本 \tag{B6-1}$$
$$售电量 = 供电量 ×（1 - 网损率） \tag{B6-2}$$

单位供电成本可采用所在电网上一年实际统计值。

网损率可采用所在县电网上一年度的实际统计值，并适当考虑在建设期间电网加强管理，降低网损率的因素，但不应低于 10%。

B7　售电成本是指发电成本与供电成本的总和。即：

$$售电成本 = 发电成本 + 供电成本 \tag{B7-1}$$
$$单位售电成本 = 售电成本/售电量 \tag{B7-2}$$

B8　小水电的售电利润（即交所得税前利润）和税后利润，分别按下式计算：

$$售电利润 = 售电收益 - 售电成本 - 税金及附加 \tag{B8-1}$$
$$税后利润 = 售电利润 - 所得税 \tag{B8-2}$$

其中　　　　　　　　　$$所得税 = 所得税率 × 售电利润$$

B8.1　小水电的税金按国家政策及各地具体纳税规定计算，免征的税金可不计入。

B8.2　小水电的利税额是指售电利润与税金及附加（不乞括所得税）之和，即售电收入与售电成本之差额。

B9　小水电建设项目的还贷资金，一般按下式计算：

税前（交所得税前）还贷资金 =（售电利润 - 应付利润 - 提取公积、公益金）

　　　　　　　　　　+ 可用于还贷的折旧费

　　　　　　　　　　+ 计入成本的利息支出

　　　　　　　　　　+ 还贷摊销费

$$+ 其他还贷资金 \tag{B9-1}$$

税后还贷资金 =（售电利润 - 所得税 - 应付利润 - 提取公积、公益金）

　　　　　　　　　　+ 可用于还贷的折旧费

　　　　　　　　　　+ 计入成本的利息支出

　　　　　　　　　　+ 还贷摊销费

$$+ 其他还贷资金 \tag{B9-2}$$

附录 C　小水电的社会效益与环境效益

（补充件）

C1　小水电具有经济和社会、环境等多种效益。小水电项目的社会、环境效益评价对建设项目决策有重要影响，因此小水电建设项目，除进行经济评价外，还应对其社会、政治、文化建设及环境生态的效益和影响作出综合评价。

C2　社会效益一般有如下一些方面：

（1）促进地方、乡镇工业企业的发展和国民生产总产值的增长，改善农村产业结构的效益。

（2）促进农、林、牧、副、渔业的发展，对粮食产量和农业总产值的影响。

（3）促进和改善水利防洪、除涝、抗旱的效益。

（4）增加国家和地方财政收入，扩大积累，繁荣地方经济，促进农村经济结构向商品化发展的作用。

（5）当地人均粮食、人均收入的变化。

（6）改善农村劳动力结构的影响，增加能源供应，扩大生产，增加就业人员，稳定社会秩序的作用。

（7）促进边疆少数民族地区发展生产和提高生活水平，并促进民族团结、巩固国防等。

C3　文化建设效益一般有如下一些方面：

（1）推广电化教育，普及文化知识，提高人民文化素质。

（2）发展电影、电视、广播事业，增设文化馆、图书馆、文化夜校，改善人民文化生活，提高人民的政治觉悟和政策水平。

（3）促进农村科学技术及人才的发展。

C4　环境生态效益和不利影响一般有如下一些方面：

（1）"以电代柴"，"以电节煤"，改善农村能源结构，保护森林植被，净化空气，改善气候，促进生态良性循环。

（2）美化环境，保护水资源，促进旅游事业的发展。

（3）项目建设引起的水库淹没、淤积、移民、河道冲刷、鱼类洄游繁衍等方面的不利影响。

C5　其他有利的和不利的影响也应纳入计算和评价。

附录 D　国民经济评价中的电价调整

（补充件）

D1　小水电建设项目经济评价中的影子电价，原则上应根据国家计委 1993 年颁发的影子电价（见表 D1），并结合小水电的特点分析确定。

表 D1　国家计委 1993 年颁布的七大电网平均电力影子价格

电网	东北	华北	西北	华南	华东	西南	华中
影子电价 ［元/(kW·h)］	0.2321	0.2181	0.2116	0.2617	0.2389	0.1931	0.2225

D2　由于小水电供电负荷不像大电网集中，建设地点多在边远山区，交通运输条件不便，经济发展水平较低且很不平衡，其影子电价应作相应的调整。根据对国内小水电用电情况的调整分析，并参照国家计委的规定，调整方法可以按国家计委颁布的各大电网影子电价为基础，结合小水电的特点，采用相应的调整系数进行调整。

D3　小水电影子电价的调整可按以下方式进行。

D3.1　与大电网关系（主要指负荷中心与系统 110kV 变电所的距离）的调整系数 K_1，见表 D3.1。

表 D3.1 与大电网关系的调整系数 K_1 表

与大电网关系（距离，km）	在网内 <10	有一定距离 10～50	距离较远 >50
K_1	1.00	1.10	1.15

D3.2 缺电情况的调整系数 K_2，见表 D3.2。

表 D3.2 缺电情况调整系数 K_2 表

缺电情况	枯水期缺电	平枯水期缺电	全年缺电
调整系数 K_2	1.00	1.10	1.15

D3.3 交通运输条件（主要指负荷中心至铁路、船运码头的距离等）的调整系数 K_3，见表 D3.3。

表 D3.3 交通运输条件的调整系数 K_3 表

交通运输条件 （与炎车站、码头的距离，km）	好（方便）<50	一般 50～150	较差（不便）>150
K_3	1.00	1.10	1.15

D3.4 小水电影子电价 S 计算式为：

$$S = (K_1 K_2 K_3) \times （国家计委规定所属地区平均影子电价） \qquad (D3.4)$$

D3.5 边远偏僻地区，当地常规能源缺乏时，可以按当地柴油机发电成本加适当利润，确定其影子电价。

D4 为了提高小水电供电可靠性，鼓励有调节能力的小水电站优先建设，对不同调节性能电站所发出的不同质量的电能，在国民经济评价中，应进行按质量论价的电价调整。

D4.1 结合小水电的特点并便于推广应用，根据水电站设计运行方式，把以下不同质量的电能按不同的调整系数区分计算：

（1）季节性电量及低谷电量为 0.5。

（2）可靠电量为 1.0。

（3）调峰电量为 1.5；跨季度调节电量为 2.0。

D4.2 不同质量电能数量的划分，可根据水能计算成果确定。

D5 小水电建设项目国民经济评价中的计算电价，应以国家计委规定的该地区影子电价为基础，先按建设地点条件调整，再考虑不同质量电能的调整系数进行按质论价调整。在计算国民经济收益时，可以分别对不同质量的电量和相应电价计算后取总和，也可按不同质量电量所占比例取加权平均影子电价再计算收益。

D6 抽水蓄能电站的发电量属调峰电量，其计算电价应在本附录 D3 的影子电价基础上再乘 1.5，购入电量属低谷电量，其电价可按 0.5 系数调整。

附录 E 经济评价的风险（概率）分析

（参考件）

E1 经济评价指标随某些因素的变化而变化，这些变化因素主要有：年发电量（或年发电收益）、投资及年运行费等。由于工作深度的影响及估计方面的误差，上述各因素的估计值会呈现随机波动，从而影响小水电建设项目的经济指标。为了考虑这些因素变化对经济评价指标的影响，除进行敏感性分析外，有条件时可进行风险（概率）分析。

E2 变化因素的随机特性，一般可用期望值及均方差两个参数描述。

E2.1 年发电量（或年发电收益）。按实际水文资料（不少于 20 年），通过径流调节计算，估算各年的发电量（或发电收益），其参数可由下式确定：

$$期望值 \ \overline{X} = \frac{1}{n} \sum_{t=1}^{n} X_t \tag{E2.1-1}$$

$$均方差 \ \sigma_x = \sqrt{\sum_{t=1}^{n} (X_t - \overline{X})^2 / (n-1)} \tag{E2.1-2}$$

式中 n——计算系列年数；

X_t——第 t 年的量值。

E2.2 当资料不足时，均值和均方差可用下式估计：

$$均值 \ \overline{X} = (X_{max} + 4X_a + X_{min}) / 6 \tag{E2.2-1}$$

$$均方值 \ \sigma_x = \sqrt{\left[\frac{X_{max} - X_{min}}{6} \right]^2} \tag{E2.2-2}$$

式中 X_{max}——观测（或估计）到的最大值，或取保证率 $P = 10\%$ 的丰水年值；

X_{min}——观测（或估计）到的最小值，或取保证率 $P = 90\%$ 的枯水年值；

X_a——正常情况下出现次数最多、取值可能性最大的值（此值也称为众值），或取保证率 $P = 50\%$ 的平水年值。

E2.3 投资和年运行费。通常按要求计算的投资及年运行费是最可能值 X_a（即众值）。其最大和最小值的可能变化幅度随工作深度而异。参考有关规定，各设计阶段的投资与年运行费变化幅度可按表 E2.3 选取。

表 E2.3 各设计阶段的变化幅值

阶段	X_{max}/X_a	X_{min}/X_a
规划阶段	1.20 ~ 1.30	0.80 ~ 0.70
可行性研究阶段	1.15 ~ 1.20	0.85 ~ 0.80
初步设计阶段	1.10 ~ 1.15	0.90 ~ 0.85

据此，即可应用前述公式，估算投资和年运行费的均值和均方差。

E3 各变量的随机分布。在小水电建设项目的可行性研究或初步设计阶段，各变化量的随机分布可近似用正态分布来描述，这是因为：

（1）实践证明，当可靠率在 5% ~ 95% 范围之内时偏态分布与正态分布计算结果相差甚微，水电项目经济评价中风险率大于 95% 的项目一般不能接受；可靠率达 95% 已经极高，故再分析风险率小于 5% 的项目，其意义也不大。

（2）根据对某些水电站发电量、年运行费长期资料序列的分析，发现其用正态分布拟合有较好的结果。

（3）正态分布具有较好的解析特性和计算方便的优点，对于小水电建设项目及基层工作人员较为适用。

E4 评价指标的风险（概率）分析，一般只计算分析财务净现值的概率特性和净现值大于及等于零的概率。

E4.1 年发电收益、投资及年运行费可视为独立随机变量，在计算中分别将其折现至建设期的第一年初，并计算其各自的均值和均方差。财务净现值评价指标的均值和均方差可用下式计算：

$$\overline{X}_N = \overline{X}_B - \overline{X}_I - \overline{X}_C \qquad (E4.1\text{-}1)$$

$$\sigma_N = \sqrt{\sigma_B^2 + \sigma_I^2 + \sigma_c^2} \qquad (E4.1\text{-}2)$$

式中　$\overline{X}_N$——净现值的均值；

$\overline{X}_B$、$\overline{X}_I$、$\overline{X}_C$——年发电收益现值均值、投资现值均值及年运行费现值的均值；

σ_N——净现值的均方差；

σ_B^2、σ_I^2、σ_c^2——年发电收益现值方差、投资现值方差及年运行费现值的方差。

E4.2　在实际计算时，选取若干个规定的净现值 XN，用下式计算可靠率指标

$$\beta = （X_N - \overline{X}_N）/\sigma_N \qquad (E4.2)$$

E4.3　净现值大于及等 X_N 值的风险率为

$$P_f = 1 - \varphi(\beta) \qquad 当\ \beta < 0 \qquad (E4.3\text{-}1)$$

$$P_f = \varphi(\beta) \qquad 当\ \beta > 0 \qquad (E4.3\text{-}2)$$

式中　$\varphi（\beta）$——正态概率积分值，见表 E4.3。

E4.4　由 X_N 及 P_f 即可绘出净现值的累计概率曲线，以及该项目净现值大于等于零的概率，并作为项目经济评价风险分析结果。

表 E4.3　正态概率积分表

β	$\varphi（\beta）$	β	$\varphi（\beta）$	β	$\varphi（\beta）$	β	$\varphi（\beta）$
0.00	0.500 0	1.04	0.850 93	2.08	0.981 24	3.12	0.999 10
0.01	0.503 99	1.05	0.853 14	2.09	0.981 69	3.13	0.999 13
0.02	0.507 93	1.06	0.855 43	2.10	0.982 14	3.14	0.999 16
0.03	0.511 97	1.07	0.857 69	2.11	0.982 57	3.15	0.999 18
0.04	0.515 95	1.08	0.859 93	2.12	0.983 00	3.16	0.999 21
0.05	0.519 94	1.09	0.862 14	2.13	0.983 41	3.17	0.999 24
0.06	0.523 92	1.10	0.864 33	2.14	0.983 82	3.18	0.999 26
0.07	0.527 90	1.11	0.866 50	2.15	0.984 22	3.19	0.999 29
0.08	0.531 88	1.12	0.868 64	2.16	0.984 61	3.20	0.999 31
0.09	0.535 86	1.13	0.870 76	2.17	0.985 00	3.21	0.999 34
0.10	0.539 83	1.14	0.872 86	2.18	0.985 37	3.22	0.999 36
0.11	0.543 86	1.15	0.874 93	2.19	0.985 74	3.23	0.999 38
0.12	0.547 76	1.16	0.876 98	2.20	0.986 10	3.24	0.999 40
0.13	0.551 72	1.17	0.879 00	2.21	0.986 45	3.25	0.999 42
0.14	0.555 67	1.18	0.881 00	2.22	0.986 79	3.26	0.999 44
0.15	0.559 62	1.19	0.882 98	2.23	0.987 18	3.27	0.999 46
0.16	0.563 56	1.20	0.884 93	2.24	0.987 45	3.28	0.999 48
0.17	0.567 49	1.21	0.886 86	2.25	0.987 78	3.29	0.999 50
0.18	0.571 42	1.22	0.888 77	2.26	0.988 09	3.30	0.999 52
0.19	0.575 35	1.23	0.890 95	2.27	0.988 40	3.31	0.999 53
0.20	0.579 26	1.24	0.892 51	2.28	0.988 70	3.32	0.999 55
0.21	0.583 17	1.25	0.894 35	2.29	0.988 99	3.33	0.999 57
0.22	0.587 06	1.26	0.896 17	2.30	0.989 28	3.34	0.999 58
0.23	0.590 95	1.27	0.897 96	2.31	0.989 59	3.35	0.999 60

β	$\psi(\beta)$	β	$\varphi(\beta)$	β	$\varphi(\beta)$	β	$\varphi(\beta)$
0.24	0.594 83	1.28	0.899 73	2.32	0.989 83	3.36	0.999 61
0.25	0.598 71	1.29	0.901 47	2.33	0.990 10	3.37	0.999 62
0.26	0.602 57	1.30	0.903 20	2.34	0.990 36	3.38	0.999 64
0.27	0.606 42	1.31	0.904 90	2.35	0.990 61	3.39	0.999 65
0.28	0.610 26	1.32	0.906 58	2.36	0.990 86	3.40	0.999 66
0.29	0.614 09	1.33	0.908 24	2.37	0.991 11	3.41	0.999 68
0.30	0.617 91	1.34	0.909 88	2.38	0.991 34	3.42	0.999 699
0.31	0.621 72	1.35	0.911 49	2.39	0.991 58	3.43	0.999 70
0.32	0.625 52	1.36	0.913 09	2.40	0.991 80	3.44	0.999 71
0.33	0.629 30	1.37	0.914 66	2.41	0.992 02	3.45	0.999 72
0.34	0.633 07	1.38	0.916 21	2.42	0.992 24	3.46	0.999 73
0.35	0.636 83	1.39	0.917 74	2.43	0.992 45	3.47	0.999 74
0.36	0.640 58	1.40	0.919 24	2.44	0.992 66	3.48	0.999 75
0.37	0.644 31	1.41	0.920 73	2.45	0.992 86	3.49	0.999 76
0.38	0.648 03	1.42	0.922 20	2.46	0.993 05	3.50	0.999 77
0.39	0.651 73	1.43	0.923 64	2.47	0.993 24	3.51	0.999 78
0.40	0.655 42	1.44	0.925 07	2.48	0.993 43	3.52	0.999 78
0.41	0.659 10	1.45	0.926 47	2.49	0.993 61	3.53	0.999 79
0.42	0.662 76	1.46	0.927 86	2.50	0.993 79	3.54	0.999 80
0.43	0.666 40	1.47	0.929 22	2.51	0.993 96	3.55	0.999 81
0.44	0.670 03	1.48	0.930 56	2.52	0.994 13	3.56	0.999 81
0.45	0.673 64	1.49	0.931 89	2.53	0.994 30	3.57	0.999 82
0.46	0.677 24	1.50	0.933 19	2.54	0.994 46	3.58	0.999 83
0.47	0.680 82	1.51	0.934 48	2.55	0.994 61	3.59	0.999 84
0.48	0.684 39	1.52	0.935 74	2.56	0.994 77	3.60	0.999 84
0.49	0.687 93	1.53	0.935 99	2.57	0.994 92	3.61	0.999 85
0.50	0.691 46	1.54	0.938 22	2.58	0.995 06	3.62	0.999 85
0.51	0.694 97	1.55	0.939 43	2.59	0.995 20	3.63	0.999 86
0.52	0.698 47	1.56	0.940 62	2.60	0.995 34	3.64	0.999 86
0.53	0.701 94	1.57	0.941 79	2.61	0.995 47	3.65	0.999 87
0.54	0.705 40	1.58	0.942 95	2.62	0.995 60	3.66	0.999 87
0.55	0.708 84	1.59	0.944 08	2.63	0.995 73	3.67	0.999 88
0.56	0.712 26	1.60	0.945 20	2.64	0.995 85	3.68	0.999 88
0.57	0.715 66	1.61	0.946 30	2.65	0.995 98	3.69	0.999 89
0.58	0.719 04	1.62	0.947 38	2.66	0.996 09		
0.59	0.722 40	1.63	0.948 45	2.67	0.996 21		
0.60	0.725 75	1.64	0.949 50	2.68	0.996 32		

附

件

β	$\varphi(\beta)$	β	$\varphi(\beta)$	β	$\varphi(\beta)$	β	$\varphi(\beta)$
0.61	0.729 07	1.65	0.950 53	2.69	0.996 43		
0.62	0.732 87	1.66	0.951 54	2.70	0.996 53		
0.63	0.735 66	1.67	0.952 54	2.71	0.996 64		
0.64	0.738 91	1.68	0.953 52	2.72	0.996 74		
0.65	0.742 15	1.69	0.954 49	2.73	0.996 83		
0.66	0.745 37	1.70	0.955 43	2.74	0.996 93		
0.67	0.748 57	1.71	0.956 37	2.75	0.997 02		
0.68	0.751 75	1.72	0.957 28	2.76	0.997 11		
0.69	0.754 90	1.73	0.958 18	2.77	0.997 20		
0.70	0.758 04	1.74	0.959 07	2.78	0.997 28		
0.71	0.761 15	1.75	0.959 94	2.79	0.997 36		
0.72	0.764 24	1.76	0.960 80	2.80	0.997 44		
0.73	0.767 30	1.77	0.961 64	2.81	0.997 52		
0.74	0.770 35	1.78	0.962 46	2.82	0.997 60		
0.75	0.773 37	1.79	0.963 27	2.83	0.997 67		
0.76	0.776 37	1.80	0.964 07	2.84	0.997 74		
0.77	0.779 35	1.81	0.964 85	2.85	0.997 81		
0.78	0.782 30	1.82	0.965 52	2.86	0.997 88		
0.79	0.785 24	1.83	0.966 38	2.87	0.997 95		
0.80	0.788 14	1.84	0.967 12	2.88	0.998 01		
0.81	0.791 03	1.85	0.967 84	2.89	0.998 07		
0.82	0.793 89	1.86	0.968 56	2.90	0.998 13		
0.83	0.793 73	1.87	0.968 26	2.91	0.998 19		
0.84	0.799 55	1.88	0.969 95	2.92	0.998 25		
0.85	0.802 34	1.89	0.970 62	2.93	0.998 31		
0.86	0.805 11	1.90	0.971 28	2.94	0.998 36		
0.87	0.807 85	1.91	0.971 93	2.95	0.998 41		
0.88	0.810 57	1.92	0.972 57	2.96	0.998 46		
0.89	0.813 27	1.93	0.973 20	2.97	0.998 51		
0.90	0.815 94	1.94	0.973 81	2.98	0.998 56		
0.91	0.818 59	1.95	0.974 41	2.99	0.998 61		
0.92	0.821 21	1.96	0.975 00	3.00	0.998 65		
0.93	0.823 81	1.97	0.975 58	3.01	0.998 69		
0.94	0.826 39	1.98	0.976 15	3.02	0.998 74		
0.95	0.828 94	1.99	0.976 70	3.03	0.998 78		
0.96	0.831 47	2.00	0.977 25	3.04	0.998 82		
0.97	0.833 98	2.01	0.977 78	3.05	0.998 86		

清洁发展机制 项目开发百问百答

β	$\varphi (\beta)$	β	$\varphi (\beta)$	β	$\varphi (\beta)$	β	$\varphi (\beta)$
0.98	0.836 46	2.02	0.978 31	3.06	0.998 89		
0.99	0.838 91	2.03	0.978 82	3.07	0.998 93		
1.00	0.841 34	2.04	0.979 32	3.08	0.998 97		
1.01	0.843 75	2.05	0.979 82	3.09	0.999 00		
1.02	0.846 14	2.06	0.980 77	3.10	0.999 03		
1.03	0.848 50	2.07	0.980 80	3.11	0.999 10		

附加说明：

主编单位：水利部农村电气化研究所

参编单位：河北省水利厅

主要编写人员：李荧 罗高荣 荣丰涛 蒋水心 辛在森 朱小华 缪秋波

附

件

（二）《小水电建设项目经济评价规程》条文说明

中华人民共和国行业标准

小水电建设项目经济评价规程

SL16-95

条文说明

目　次

1　总　　则

1.1　本条阐述了制订《水电建设项目经济评价规程》（下称《规程》）的目的。其主要依据是：

本规程以1985年原水利电力部农电司颁布的《小水电经济评价暂行条例》为基础，以国家计委颁布的《建设项目经济评价方法与参数》（第二版）以及国家计委和建设部1990年调整发布的《建设项目经济评价参数》和1993年发布的影子电价为依据，结合我国小水电行业的发展趋势而制定。旨在促进小水电建设项目决策的民主化、科学化；促进电源结构的合理化，对小水电产业政策起导向作用；从而达到维护国家和人民利益，促进小水电事业不断发展的目的。

本《规程》可作为《小型水力发电站设计规范》（GBJ71—84）有关经济评价的内容，与其配套使用，使小水电建设项目的设计标准化进一步完善。

1.2　本条规定了《规程》的应用对象是小水电建设项目。

按有关规定：小水电是指装机容量25 000kW以下水电站及其配套电网的统称。农村电气化规划系指主要由中、小水电站供电的县级农村电气化规划。根据国家计委计农经〔1992〕138号《关于将小水电"以电养电"政策扩大到装机50 000kW问题的复函》精神，以及农村水电地区目前已在开发25 000～50 000kW电站的实际情况，农村水电地区50 000kW及以下容量电站可参照执行。

1.3　本条规定了《规程》的使用范围。

由于小水电范围较广，装机容量及相应的技术要求相差较大，因此《规程》对容量较小的电站允许使用适当的简化方法。使用《规程》时，可分三种情况：

（1）不允许采用简化方法评价的建设项目为装机容量6000kW以上至25 000kW的小水电站。由于此类电站多数是县级电网的骨干电站，投资较多，因此，应按《规程》的规定进行经济评价；对施工期超过三年的6000kW以下电站，由于资金投入时间较长，也不宜简化；施工期长于三年的农村电气化规划项目亦不宜简化。

（2）允许采用适当简化方法评价的建设项目为1000～6000kW的电站和施工期不长于三年的农村电气化规划项目。此类项目的简化内容是：施工期的投入简化为均匀投入；假定投产后立即达到设计生产能力；将生产期的年费用及年收益简化为常数；按折旧费和利润的固定比率折算还贷折旧费和还贷利润等。经上述简化之后，一般可用公式计算，而省略基本报表。

若项目审批单位或贷款发放单位要求评估逐年偿还能力时，可以同时作出借款还本付息表。经济评价简化方法的公式见附录A。

（3）允许简化的建设项目。主要是装机容量小于1000kW的水电站，因此可以简化为采用图表或简易公式计算评价指标。评价中有效电量采用折减系数，固定资产形成率、年运行费率、折旧费率等采用概化综合指标。

1.4　本条规定经济评价分为财务评价和国民经济评价，任何小水电建设项目的经济评价都应进行这两种评价。两种评价的主要区别是：

（1）评价角度不同。财务评价是从财务角度考察货币的收支盈利情况及还贷能力；国民经济评价是从整个国民经济发展的角度，考察国家付出的代价和对整个国民经济的效益。

（2）效益与费用的含义及划分范围不同。财务评价只计算项目直接发生的效益与费用，因此税金及附加、利息应计入费用；国民经济评价对项目引起的间接效益与费用，即外部效果也要分析；税金及附加、利息等属国民经济内部转移，因此不计入费用。

（3）采用的价格不同。财务评价中投入、产出均用现行价格。国民经济评价则采用影子价格。

1.5　本条规定了判别建设项目经济评价可行的条件。

经济评价可行是建设项目可行的必要条件。经济评价以国民经济评价为主，国民经济评价可行而财务评价不可行或不满足还贷要求时，则应在满足财务评价可行或还贷要求下，反算其售电价，称反推电价，并由此提出调整电价的具体建议，或报请上级部门给予能使项目具有财务生存能力的优惠政策，如增加拨款，降低贷款利率等。

财务评价与国民经济评价的关系见表1.5。

表1.5　财务评价与国民经济评价的关系

	财务评价	国民经济评价
角度	项目本身直接的	从国民经济整体考虑的
收支划分	项目实际收支，包括利息、保险费等	不计社会内部转移，如保险费等
价格	用现行价格	用影子价格
参数	基准收益率 $l_c = 10\%$	社会折现率 $l_s = 12\%$

1.6　本条规定了经济评价必须遵循的原则，即费用与收益（投入与产出）口径对应的原则，《规程》中的收益是指可以用货币定量表示的效益。效益则是项目产生各种有利影响的总称，包括经济效益、社会效益、生态、环境效益等。

在财务评价计算中投入产出均用现行价格体系为基础的预测价格，因为在经济改革中，价格在年度之间有调整变化。为了保证计算的准确性，不影响其评价结果，投入产出用同年统一水平的价格，计入工程筹备期和工程建设期物价变化的影响。

1.7　本条对经济评价的计算期作了规定。

建设项目的计算期分为：建设期、投产期（两者之和称为施工期）和生产期。建设期和投产期应根据规划设计文件确定。

为了和国家计委颁发的《建设项目经济评价方法与参数》（第二版）的规定相一致，规定生产期为 20 年。小水电工程主要设备和输电线路的折旧年限一般为 20 年，可作一次性投入，其他折旧年限大于 20 年的，可在计算期末回收其余值，余值回收按静态法计算。

按国家计委的统一规定，基准年选为项目开始兴建第一年初。为便于折旧计算，假定投入与产出都在全年末发生。

1.8 本条是对利用外资兴建的小水电建设项目经济评价的原则规定。鉴于利用外资的项目不多，因此本《规程》未作具体规定，在经济评价时，可按国家计委关于《建设项目经济评价方法与参数》（第二版）所规定的原则，采用《规程》的计算公式和参数进行经济评价计算。

2 费 用 计 算

2.1 本条所规定的项目投资中，包括达到设计效益时国家、集体、企业、个体以各种方式投入的全部费用。

2.2.1 本条规定财务评价时的投资，应和设计文件提供投资相一致。

对发、供电统一计算的建设项目，投资应计入水电站和输电线路的全部投资。为使投入产出口径一致，其产出应为售电收益。

对只发不供的小水电站，其投资为电站投资。计算电站的收益，财务评价计算时采用上网电价。国民经济评价时采用售电影子价格乘售电量为售电总收入，从中减去发、供电环节的年运行费与供电分摊的利润（总利润的 30%）后即为发电净效益。

2.2.2 本条所规定的工程造价为建设项目投资减去施工设备、临建工程等施工期末可回收的余值。因为在规划阶段一般都不作施工组织设计和工程概算，计算施工期末回收的余值有一定困难，且计算精度要求相对较粗。因此，《规程》规定在规划阶段可用工程投资代替工程造价。

2.3 本条规定年运行费的计算范围。《规程》的年运行费是指设计年运行费，不是财会部门成本计算或实际企业年运行费。

2.3.1 本条规定了电站年运行费的两种计算方法：

第 1 种方法是采用已运行多年的同类电站按职工编制定员、工资标准、福利费用、单位千瓦的材料费及其他费用的实际统计资料，经分析后分项计算，然后汇总，由于历史资料的价格与现行价格有差异，必须进行调整，以消除价格变动的影响。

当采用第 1 种方法确有困难时可采用附录 B 提供的方法，分项进行计算。对 1000kW 以下的水电站允许按单一的年运行费率折算以简化计算。

2.3.2 本条对供电年运行费用的计算作了规定，供电环节的年运行费用是指供电成本扣除折旧费后的费用，即供电经营成本。

财务计算时，对发、供电统一计算的计算项目，其年运行费为所联电网的上一年综合平均单位供电年运行费乘上本电站售电量。对只发不供的电站不计供电环节的年运行费。

国民经济评价时，对发、供电统一计算的建设项目，供电环节的年运行费以输变电工程财务计算投资与国民经济计算调整投资的比率进行调整。对只发不供的电站亦应按同样的方法进行调整。

2.4 由于各地对小水电实行了优惠政策，其税收减免程度因地而异，因此本条中对税金不作统一规定，计算时可根据实际情况和当地税收政策计算应缴纳的税金及附加。对没有参加保险的建设项目其保险金也不纳入计算。

在国民经济评价中，税金及附加、保险费为社会内部转移，计算时不予考虑。

2.6 本条对多目标综合利用工程的费用分摊原则和方法作了规定，进行费用分摊的目的如下。

（1）协调各部门的开发要求，选择合理的开发方式、规模及最优组合。

（2）分析确定各受益部门的技术经济指标，对各受益部门作出经济评价和方案选择。

（3）为国家和有关部门编制发展规划、建设计划和安排投资提供依据。

本《规程》规定的分摊方法和结果只作为经济评价的依据，不作为各个部门实际支出费用的依据。

3 效益计算

3.1 本条是对建设项目效益的说明。

小水电具有商品经济效益和社会公益的双重效益。

商品生产效益系指发供电收益和综合经营收益。

社会公益系指促进国民经济发展，提高人民生活水平，改善生态环境等方面的宏观效益。

小水电具有群众性、地方性、政策性强的特点，小水电集中的地区多数是经济不发达，大电网供电条件差的老、少、山、边、穷地区，小水电建设对改善当地工农业生产条件，促进物质文明和精神文明建设，提高人民群众生活水平，改善能源结构和生态环境，合理利用土地、劳力、矿产等资源具有显著作用，在某些地区社会效益的需要可能成为决定建设项目可行的关键。因此，《规程》规定对社会效益要尽可能作出定量计算，不能定量计算表达的要作出定性评价，为项目决策提供依据。

3.2 本条是小水电的主要经济效益——发、供电收益计算的规定。

影响发供电收益的一个重要因素是有效电量，小水电设计发电量是按水文水能条件得出的多年平均发电量。由于径流的年际和年内变化，负荷特性的限制，机组检修、事故停机等的影响，多年实践证明，多数小水电难以达到设计发电量，对电站经济评价影响甚大。为使评价更接近实际情况，其发电量应根据以上影响因素进行折减，折算后的发电量称为有效发电量。有效发电量应根据负荷变化特性，本电站在电网内运行位置，通过电力电量平衡，并计入设备检修、事故停机影响后求出。

网损率计算，应以本县电网实际网损率为基础，并考虑在建设期间由于电网建设的日趋合理和管理改进等因素，网损率会有所降低，但采用的综合网损率应不低于10%。

3.3 本条对不同情况下计算电价选择作了具体规定。

（1）反推电价是指建设项目在满足贷款合同中规定的还贷年限、实际利率等条件下所必须的售电价。

（2）对只发不供的电站当实行新电新价或反推电价时，在初步设计文件中应有并网协议书或相应的文件。

3.4 该条规定了对容量较小水电站的有效电量的简化计算方法。由于电站容量较小，水文资料及负荷预测的精度较低，进行电力电量平衡有困难，因此在规划及可行性研究阶段可采用简化计算方法。对于容量在6000kW及以下的电站，其有效电量的计算式为：

$$有效电量 = 设计发电量 \times 有效电量系数$$

根据全国不同类型的小水电站的设计资料和实际发电量的大量统计分析，得出了各类电站的有效电量系数，见表3.4，可供6000kW及以下的电站在计算有效电量时使用。如采用值大于此表规定值，则应有充分的论证。

所选用的有效电量系数，可按下式校核，并作适当的调整。

$$有效电量系数 = 当地同类电站平均利用小时数/本电站设计利用小时数$$

3.5 本条是对小水电建设项目多种经营的收益和费用（即投入和产出）口径和范围的规定。多种经营的收益和费用计算也必须按投入和产出对口的原则进行。

3.6 本条规定了多目标开发的建设项目（如防洪、工农业供水、航运、水产等）的效益与费用计算，应按有关规范进行经济评价计算。

4 财务评价

4.1 本条对建设项目的主要指标（内部收益率、固定资产投资偿还期），辅助指标（财务净现值、财务净现值率、投资利润率、投资利税率及静态投资回收期），参考指标（单位千瓦投资、单位电能投资、单位电能成本）作了规定。

建设项目经济评价中应对主要指标、辅助指标和参考指标进行分析计算。对装机容量为6000kW

以下的电站，为简化工作量可只作主要指标和参考指标的计算。

4.2　本条对财务评价的基本报表作了规定，即基本报表1：财务现金流量表；基本报表2：成本利润表；基本报表3：资金来源与运用表；基本报表4：借款还本付息表和基本报表5：资产负债表。利用基本报表可完成全部经济指标的计算，其有关问题说明如下：

（1）关于时间价值的计算及计算基准年。在过去的经济评价计算中习惯以建设期末作为计算现值的基准年。用哪一个基准点对评价结论并无影响，但必须统一才有可比性，也便于地区、行业间的比较。本《规程》根据国家计委《建设项目经济评价方法与参数》的规定，采用建设期初为计算基准年。

财务现金流量表的年序为1，2，……，n。建设开始的第一年年序为1。为了便于资金流程计算，在折现计数中采用了年末习惯法，即年序1发生的现金流量，按 $(1+i)^{-1}$ 折现，年序2发生的现金按 $(1+i)^{-2}$ 折现，t 年发生的现金按 $(1+i)^{-t}$ 折现。

开工前发生的现金流量支出，如勘测设计等前期工作费，改扩建工程原固定资产的重估值及县农村电气化规划中在规划前的投资等均计入建设起点项内，即 $t=0$，不再折现。

（2）固定资产投资贷款利息的计算。在计算贷款偿还年限时，每年贷款在当年均假定在年中用，按半年计息，其后年份按全年计息，计算公式如下：

施工期每年应计利息 =（年初贷款累计 + 本年贷款支用/2）× 年利率

还清年份应计利息 =（年初贷款累计/2）× 年利率

生产期每年应计利息 =（年初贷款累计 − 本年还本付息/2）× 年利率

不论贷款按月、按季计息一律折算为年息，并以复利计算。当年未还之利息应计入次年本金。

贷款偿还期的计算，按银行规定，自贷款发放之日起计息计时，如第3年贷款100万元，10年还清，则应在第13年前还清。

在基本报表1财务现金流量表中，对固定资产投资当作自有资金不计利息，使项目计算出的指标具有可比性，但是在成本、利润、折旧、资金平衡中均应计入利息。

（3）年发供电收益、年运行费、成本、税金、利润的关系说明如下：

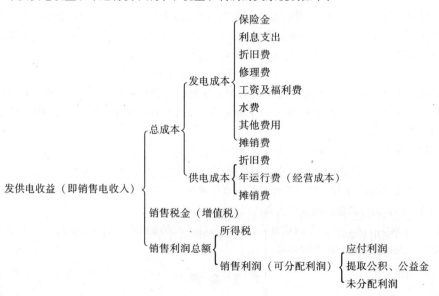

只发不供的电站项目，其收益应为发电收益，即趸售给电网的售电收入，其成本应为发电成本，而无供电成本。

现将有关科目说明如下：

（1）利息支出：对于水电工程，该项包括流动资金利息和固定资产投资利息，前者与固定资产相比所占比重甚小，且以自有资金为主，因此可忽略不计。

（2）保险费：需要投保的部分，计保险费，并列入成本。

（3）折旧费及电能成本计算，见附录 B。

（4）税金，按当地执行的税收政策计算。

（5）应付利润，按资本金的 15% 计算。

（6）提取公积、公益金。企业盈余公积金分为法定盈余公积金和任意盈余公积金，其中前者规定为可分配利润的 10% 提取（盈余公积金已达注册资本金的 50% 时可不再提取）。任意盈余公积金由企业根据盈余情况自定。公积金提取后，再由企业决定是否提取公益金（大水电为 5% 可分配利润）。

5 国民经济评价

5.1 本条规定国民经济评价的主要指标（经济内部收益率）和辅助指标（经济净现值和经济净现值率）。

（1）经济内部收益率的含义是项目占用投资对国民经济贡献的能力，经济内部收益率大于或等于社会折现率，表明建设项目具有规定的经济增殖能力。

（2）经济净现值是整个计算期内建设项目对国民经济贡献有效度量的动态指标，净现值愈大的方案表示建设项目的获益能力愈强。

（3）经济净现值率则是单位投资现值带来的净现值。

5.2 本条对国民经济评价的基本报表作了规定。

财务评价与国民经济评价基本报表的区别见表 5.2。

表 5.2 基本报表的区别

基本报表	财务评价		国民经济评价	
	静态指标	动态指标	静态指标	动态指标
基本报表 1 及基本报表 6，现金流量表	投资回收期	财务内部收益率①、财务净现值及财务净现值率		经济内部收益率①、经济净现值及经济净现值率
基本报表 2，成本利润表	投资利润率，投资利税率			
基本报表 3，资金来源与运用表		（还贷资金）		
基本报表 4，借款还本付息表		固定资产投资贷款偿还期①		

① 不清为主要指标。

附件

5.3 本条是对国民经济主要评价指标计算方法的规定。

评价指标可以用基本报表 6 完成，对容量较小的电站允许简化为用公式计算。

5.4 本条是对国民经济评价的费用计算的规定。

在进行国民经济评价时，费用应进行调整，投资和年运行费一般先按现行价格计算，然后按影子价格与现行价格的差异进行调整，得出按影子价格计算的费用。例如，某小水电建设工程投资为 1000 万元，其中，材料部分为 200 万元，设备部分为 500 万元，工资部分为 100 万元，按影子价格与现行价格的差异调整计算，材料、设备、工资应分别为调整增加 36 万元、85 万元、12 万元，则国民经济评价的投资为 1000＋36＋85＋12＝1133 万元。

年运行费应按同样方法进行调整，也可按投资增加的比例系数进行调整。上例的投资调整系为 1133/1000 = 1.133，则国民经济评价的年运行费即为财务评价的年运行费的 1.133 倍。

各种材料、设备、人工工资的影子价格调整系数及影子电价见《建设项目经济评价方法与参数》（第二版）的附表。使用上述附表应注意影子价格调整系数建立的基础，当基础发生变化时，影子价格的调整系数也应作调整，在新的影子价格调整系数公布之前，暂用国家计委提供的调整系数。

5.5 本条是对国民经济评价收益计算的规定。

国家计委于 1993 年对全国七大电网的影子电价作了规定，供各地执行，小水电的影子电价，以上述规定为基础并进行两方面的调整。

（1）根据小水电的特点，对小水电供电区影子电价的调整。小水电多在远离大电网的边远地区，负荷条件、供电条件、交通运输条件、负荷区的经济条件都没有大电网优越，如采用大电网的影子价格则与实际情况差别较大。为客观地反映小水电对国民经济的贡献，小水电的影子价格宜从以下三个方面进行调整：

1）与大电网关系的调整系数；

2）缺电情况的调整系数；

3）交通运输条件的调整系数。

经过调查研究和多方面论证，确定各种调整系数的取值范围见附录 D，经各种调整系数组合分析，得出全国小水电影子价格在 0.25 ~ 0.45 元/（kW·h）之间，基本反映全国的实际情况。

（2）不同质量电能的影子价格调整。与其他商品一样，小水电的电量也应以质论价，小水电的电能质量可分为季节性电能、保证电能和调峰电能，电能质量的高低取决于水电站的调节性能，有调节性能的电站，不仅能调整峰谷电量，而且还能调节丰枯水量，可以得到较多的保证电量，其调节电量质量高，价格也应高，从目前小水电行业发展的实际情况看，调节性能差的电站所占比重较大，难以进行电力电量平衡和保证供电。从行业发展的导向和调整行业政策考虑，实行分质论价有利于发展调节性能高的电站，适当限制调节性能差或无调节性能的电站，以逐步调整小水电电源结构。

各种质量电能的调整系数见附录 D，不同质量的电能调整系数是根据大量统计资料分析确定的，并在《小水电经济评价暂行条例》中试行多年，收到了较好的效果。

5.6 经济内部收益率、经济净现值、经济净现值率三个评价指标的应用范围归纳如表 5.6。

表5.6　三个评价指标应用范围

用途	净现值（NPV）	内部收益率（IRR）	净现值率（NPVR）
项目评价（项目方案入选）	NPV≥0 可接受	IRR≥I_s 可接受	NPVR≥0 可接受
方案比较（互斥方案优选）	选择 NPV 较大者（投资不同时结合 NPVR 一起考虑）	不能直接用，可计算差额投资内部收益率（ΔIRR）≥I_s 时，投资大的方案较优	不能直接用

6　不确定性分析

6.1 本条规定建设项目经济评价应进行不确定性分析。不确定性分析应包括敏感性分析、盈亏平衡分析和概率分析（即风险分析）。由于小水电建设项目可变成本所占比重较小，故可不作盈亏平衡分析。

敏感性分析的目的是考察项目经济评价结果对有关指标变化的敏感程度。

概率分析是分析当评价项目某些参数的单因素随机变化或多因素组合变化时，获取决策指标（净现值）的风险概率，用以考察项目获取规定决策指标的稳定性。

概率（风险）分析，本条规定只在有条件的工程项目进行。

6.2 本条是对敏感性分析中的敏感因素及其变化幅度与指标的具体规定。

小水电建设项目敏感因素较多，根据《小水电经济评价暂行条例》试行多年的经验，在众多因素中，影响建设项目评价成果的主要因素是投资与收益。年运行费影响较小，因此，《规程》只作以上两个主要因素的敏感计算，以简化评价工作量。

6.4 本条是对进行风险分析指标和方法的规定。

概率分析可以采用"概率树分析方法"。为了更好地反映各随机变量的影响，《规程》提出按解析方法计算，具体计算方法见附录 E。

解析计算中各随机变量的概率分析均采用正态分布来拟合，其原因在附录 E 中已有说明，为简化计算，不计各随机变量之间可能存在的相关影响。

7 方案比较方法

7.1 本条所述的方案比较是指建设项目自身若干个可行方案之间的比较，不包括项目外部替代方案的比较。为了和《建设项目经济评价方法与参数》相一致，本条规定项目方案比较时只作国民经济评价比较。

7.2 本条规定比较方案必须具备可比性。可比性包括计算数据、效益与费用计算口径、范围是否一致。各比较方案间若生产期不同，可折算为相同的生产期，或将固定资产折旧年限短的方案计入更新费用后，折算成同一生产期，或将固定资产折旧年限长的方案折算成短的生产期，但应考虑回收固定资产余值。

7.5 方案比较的抉择不仅取决于能用价值量表示的因素，根据小水电的特点；有时不能以价值量表示的生态环境、国防、文化教育及当地的社会经济影响等因素，也是影响方案抉择的关键因素。因此，本条规定对各方案的社会效益也作定量或定性分析与比较。

8 改建、扩建、复建、更新改造项目与农村电气化规划经济评价

8.1 项目的改建、扩建、复建、更新改造与新建项目相比具有一定的特殊性，本条列出改建、扩建、复建、更新改造项目与新建项目效益与费用的特点，在进行上述建设项目的经济评价时要充分考虑这些特点，以使经济评价符合实际。

8.2 本条规定改、扩建及更新改造项目的经济评价应采用"有无对比法"。

"有无对比法"中的效益与费用是按"有项目"相对于"无项目"而言。"有项目"与"无项目"的比较不同于"项目前"与"项目后"的比较。"项目前"是反映未建项目前的状况；"无项目"则是指不建设该项目的方案，即考虑没有该项目情况下的未来状况。如某水电站扩建后，发电量可增加20%，若无该项目，通过加强管理、改进技术、设备挖潜等，发电量也可增加2%，根据"有无对比法"，这一项目发电量将提高18%（20% – 2%），而不是20%。当兴建一个项目发电量仅是为了改善现状，不建该项目现状不会改变时，"有无对比法"与"前后对比法"相同，但对改、扩建及更新改造项目来说"有无"比较与"前后"比较，可能会有很大区别，"前后对比法"可说是"有无对比法"的一种特殊情况，因此对改、扩建及更新改造项目宜用有无对比法"。

8.3 本条是对增量收益计算的规定，其计算原则是根据不同情况采用不同的方法。

8.3.1 本款规定，能和原收益分开计算的应单独计算，在计算中应注意电价调整，财务评价时新增收益用"新电新价"计算（或"反推电价"计算）。在国民经济计算时由于保证电量、调峰电量、季节性电量或跨季调节电量均有变化，因此应以新增保证电量、新增调峰电量、新增季节性电量或新增跨季调节电量分别计算其收益。

8.3.2 当项目确实难以和原收益分开计算时，其增量效益也按改、扩建前后整体项目的收益差额值计算。在财务计算中应注意项目在改造后其电价与改造前电价不同的现实情况，应该允许采用"新电新价"（或"反推电价"）；在国民经济评价中仍采用以质论价的影子电价。

8.3.3 当水电站增建调节水量工程或增加调节能力时，对电站下游已建或在建的各梯级电站都将产生增量收益，其增量收益包括增加发电量、改善电能质量、降低发电成本等，因此下游梯级电站

的增量收益，应按适当比例纳入改、扩建工程。本《规程》在国民经济评价中将下游电站净增量收益50％，计入改扩建项目。下游电站的净增量收益为增量收益减去其增量成本后的净收益。

8.4 农村电气体规划项目有增加产量、提高质量、扩大利用水能资源的特点，既有固定资产、原有收益，又有新增投资、新增收益。这些特点与改、扩建工程类似，可视为改、扩建工程，用"有无对比法"进行经济评价。

8.4.2 农村电气化规划中达标年的设计增量收益，是指达标年的设计收益与基准年的实际收益之差，并以此为常数计算20年的收益。如果在达标年建设项目的收益没有发挥，在达标年之后才能发挥的收益，不再计入增量收益中。

8.4.3 为使投入与产出的口径一致，本条规定了以达标年为准，与规划新增收益有关的发供电项目的投资纳入费用计算，与规划新增收益无关的发供电项目费用不纳入费用计算。

8.4.4 在规划期内由县外补充供电的新增收益，其发电环节的收益应归县外电源，不应计入农村电气化规划范围。但供电环节已属农村电气化规划范围，应分摊其收益。

8.4.5 1985年颁布的《小水电经济评价暂行条例》计算了"以电代柴"的效益，在投资中计入了0.4kV低压线路及家用电器的投资，本《规程》规定了电气化投资只计到配电变压器，因此，"以电代柴"效益，只在社会、环境效益中进行定量或定性分析，不纳入经济效益计算。

9 小水电联合企业项目的经济评价

9.1 本条是对与小水电统一核算的其他企业所组成的"联合企业"的经济评价规定。

近几年来为了扩大小水电季节性电能及低谷电能的利用，提高小水电网负荷率，增强小水电自我发展能力，有相当一部分小水电企业自办了一些电解铝、硅铁、结晶硅、硅钙合金、电溶镁、碳化钙等"载电体"工业企业，这些企业与小水电统一核算。从发展趋势看，今后这类企业还会发展，因此，有必要对这类项目的经济评价作出规定。

9.2 与小水电统一核算的其他企业的用电，属自发自用。根据现有企业经营经验，可把联合企业的用电纳入厂用电，因此《规程》规定了联合企业的用电纳入厂用电项内。

9.3 本条是对联合企业费用（投入）与收益（产出）计算的原则规定。

小水电联合企业的费用为小水电与其他企业费用之和。

小水电联合企业的收益为对企业外部售电收益与其他企业产品销售收益之和。电站对"载电体"企业供电的收益已经包括在产品销售收益中，不能重复计算发电收益。

因为其他企业涉及面广，难以作出统一的评价规定，对"联合企业"的经济评价还应参照有关行业的规定，以求经济评价结果符合实际。

9.5 联合企业与小水电企业相比，还有产品销售情况、生产成本变化、价格变化等特殊情况。根据已建成的联合企业的经营情况看，产品在生产期初销路较好，以后销售量会有所减少或价格有所降低，针对这种情况有必要进行不确定性分析。根据联合企业的情况，本《规程》除了规定小水电建设项目应作的不确定性分析内容，又增加了盈亏平衡分析。